葉嘉瑩作品集

詩歌自有其生生不已之生命，呼喚著讀者的共鳴。

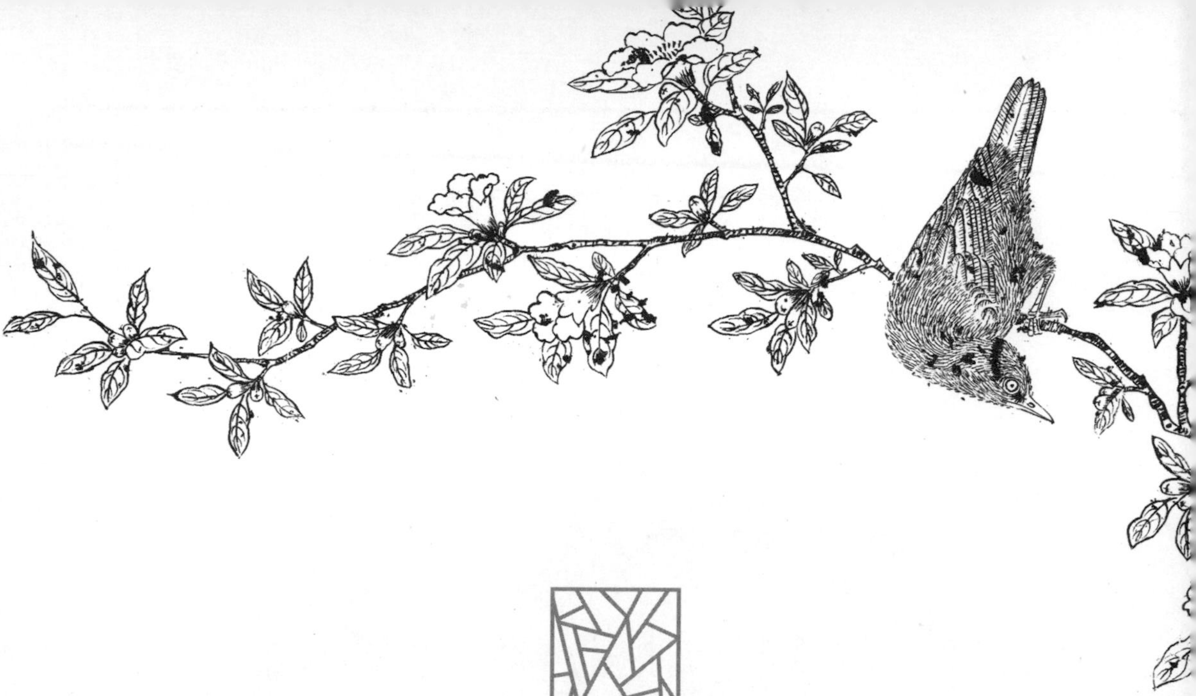

迦陵各體詩文吟誦全集

葉嘉瑩——編著

詩經

楚辭

樂府

擬樂府

歌行

五言古詩

七言古詩

五言律詩

七言絕句

詞

曲

古文

按：本書所選詩文的出處以通行版本爲主，但通行版本中的文字往往有異文或訛誤之處，故與葉嘉瑩先生審定的版本不盡相同。例如杜甫《秋興八首・其八》之「白頭今望苦低垂」一句中的「今望」，前人版本亦有作「吟望」者，葉老師曾對此加以辨析，以爲「今望」之說可取，詳見先生的《杜甫秋興八首集說》。又如李白《將進酒》之「將」的讀音，先生也曾說明，此字與《詩經・將仲子》的「將」不同，應讀爲「ㄐㄧㄤ」，不讀爲「ㄑㄧㄤ」。其他不暇一一列舉。

前言

這本《迦陵各體詩文吟誦全集》的出版，有一個機緣。二〇一八年暑期，中宣部原副部長王世明先生來迦陵學舍，帶來了親手磨製的大漠胡楊根雕作為禮物送給我。王部長多年來十分關心傳統文化，特別是傳統吟誦，請我現場即興吟誦了兩首古詩。沒想到王部長聽後大加讚賞，說應該將我的吟誦錄音整理出版。隨行而來的有一位劉琴宜女士，是中國楹聯學會中華優秀傳統文化教育促進會的會長，也十分熱心，當場表示願意協助整理出版我的吟誦合集。二〇一九年二月，我在迦陵學舍還為劉會長的團隊和京津地區的部分教師代表專門舉辦了一場關於詩歌吟誦的講座，本來計劃還有一場關於詞曲的吟誦講座，可惜後來因我三月底罹患肋間筋膜炎，病痛折磨竟達半年之久而擱置了。幸而有張伯禮院士的精心醫治，把我從極其危重的病中拯救了回來。

二〇一九年的教師節，在南開大學舉辦了「葉嘉瑩教授歸國執教四十週年暨中華詩教國際學術研討會」，當時我雖然尚未痊癒，仍然出席了開幕式。開幕式最後大家讓我講話，我真誠地說出了自己的心願：「在病中，我想如果這次我幸運病而未死，如果我能夠康復的話，我下一件要做的事，就是請人把我當年的吟誦整理出來，留給後面的年輕教師和學生們，不要教我們這麼寶貴的吟誦失傳。我如果這次病好，仍然有精力去做，我要把我留下的從古到今所有的詩、詞、歌、賦的錄音，請負責校錄這方面的人整理出來。而且我們中國的戲曲一向不發達，我也選了兩套最好的散曲，我如果幸而身體能夠恢復健康，還能夠讀誦的話，我要把這些吟誦錄音留給有心人去推廣，不然的話，我既對不起此前的歷代詩人，也對不起後來的學者。這是我這次病中的想法，如果我幸而病好未死，我就還要為國家、為後代的人留下我們中國幾乎失傳的吟誦。我希望我們中國的吟誦不要失傳，我們中國李杜詩篇萬口傳，他們那種興發感動的力量是伴隨著聲音出來的，是真正有平仄韻律、含著作者內心感發的吟誦，所以我們中國詩歌的吟誦傳統一直是非常重要的。」

會後我親自打電話給劉琴宜會長，希望這件事情一定要抓緊進行。劉會長放下自己多年來原本安逸的生活，拋家別子，北上從事傳承推廣吟誦的事業，對吟誦、對我本人都有著深厚的感情，她馬上積極聯繫廣西師範大學出版社，而且請閆曉錚老師做了蒐集整理，請安易老師做了詳細的審校。目前這本書每首作品下面都放了二維條碼，大家掃描就可以聽到我的吟誦，方便學習。作為多年來我吟誦的各體詩文的錄音合集，此次出版還把我早年撰寫的一篇《談古典詩歌中興發感動之特質與吟誦之傳統》的長文附於書前，這篇也正是我對吟誦之重要性的想法。大家在習誦之餘，如果還希望能從理論上對吟誦多些了解，或可參考。

作為一位九十六歲的老人，我實在要說，聲音裡有古典詩詞一半的生命，而吟誦則是我們體會中國古典文學音聲之美的門鑰。

「遺音滄海如能會，便是千秋共此時！」

葉嘉瑩

二〇二〇年五月

談古典詩歌中興發感動之特質與吟誦傳統

關於中國古典詩歌之以興發感動為其主要之特質，我在以前所寫的一些文稿中，已曾多次論及。早在一九七五年所發表的《鍾嶸〈詩品〉評詩之理論標準及其實踐》一文中，我就曾根據《詩品・序》開端所提出的「氣之動物，物之感人，故搖蕩性情，形諸舞詠」一段話，來說明過鍾嶸所認識的詩歌「其本質原來該是心物相感應之下的，發自性情的產物」。並根據其所提出的「春風春鳥，秋月秋蟬……斯四候之感諸詩者也」一段話，以及其「嘉會寄詩以親，離群託詩以怨……凡斯種種，感蕩心靈」一段話，來歸結出鍾氏所體會到的，使內心與外物相感應之因素「實在乃是兼有外界之時節景物與個人之生活遭際二者而言的」。[1]至於談到詩歌之表達方式，則我在該文中也曾根據鍾氏之序文歸納出他的意旨，以為乃是「主張比、興，與賦體兼用；而且除了『丹采』的潤飾以外，還需要具一種『風力』，也就是由心靈感發而出的力量，以支持振起詩歌之表達效果」。[2]其後，我於一九七六年又發表了《論〈人間詞話〉境界說與中國傳統詩說之關係》一篇文稿，透過嚴羽的「興趣」說、王士禎的「神韻」說，以及王國維的「境界」說，對中國古典詩歌之重視興發感動之作用的評詩傳統，也曾做過一次整體的追溯。以為「興趣」說所重視者是「感發作用本身之活動」；「神韻」說所重視者是「由感發作用所引起的言外之情趣」；而「境界」說所重視者則是「感受作用在作品中具體之呈現」。而且做出結論說：「在中國詩論中，除了重視聲律、格調、用字、用典等偏重形式之藝術美一派的各家主張外，其他凡是從內容本質著眼的，蓋無不曾對此種興發感動之力量有所體會和重視。只是因為不同之時代各有不同之思想背景，因此各家詩論當然也就不免各有其偏重之點。」[3]於是在該文中，我乃又曾對周秦兩漢之際儒家思想籠罩下的詩說、魏晉之際文學有了自覺性以後的詩說，以及唐宋以後受了佛教禪宗思想影響之詩說，以迄於晚清之際受了西學影響以後的王國維之詩說，都做了簡單之綜述，以證明歷代論詩之說表面雖有不同，但就其主旨而言，卻莫不對詩歌中之興發感動的作用有所體會和重視。其後於一九八一年我又寫了《中國古典詩歌中形象與情意之關係例說》一篇文稿，對詩歌中興發感動之作用的問題，做了更進一步的探討。繼續著前二篇文稿對中國古典詩歌以興發感動為主要之本質的探討，以及對歷代詩說之重視此種興發感動之作用的探討，更從形象與情意之關係方面，對於形象在詩歌之孕育與形成以及其傳達之效果中的作用，做了透過實例的探討。在該文中，我曾舉引中國最早的一部詩歌總集《詩經》中的一些詩例，分別說明了在中國古典詩歌之表達中，最基本的以「賦」、「比」、「興」為主的三種表達方式。以為這三種表達方式，其「所表示的實在並不僅是表達情意的一種普通的技巧，更是對於情意之感發的由來和性質的一種基本的區分」。「賦」的作品是「以直接對情事的陳述來引起讀者之感發的」，「比」的作品是「借用物象來引起讀者之感發的」，「興」的作品則是「作者之感發既由物象所引起，便也同時以此種感發來喚起讀者之感發的」。[4]這三種表達方式，除去「賦」的一類乃是以直接對事象之敘述以引起讀者之感發以外，其他「比」和「興」兩類則都是重在借用物象以引起讀者之感發的。而如果以「比」和「興」相比較，則我在該文中也曾提出了二者的兩點主要差別：「首先就『心』與『物』之間相互作用之孰先孰後的差別而言，一般說來，『興』的作用大都是『物』的觸引在先，而『心』的情意之感發在後；而『比』的作用則大都是已有『心』的情意在先，而借比為『物』來表達則在後，這是『比』與『興』的第一點不同之處。」「其次就其相互間感發作用之性質而言，則『興』的感發大都由於感性的直覺的觸引，而不必有理性的思索安排，而『比』的感發則大都含有理性的思索安排。前者的感發多是自然的、無意的，後者的感發則多是人為的、有意的。這是『比』和『興』的第二點不同之處。」[5]而如果就中國古典詩歌之以興發感動為其主要之特質的一點而言，則私意以為「興」字所代表的直接感發作用，較之「比」的經過思索的感發作用，實更能體現中國詩歌之特質。而為了要突顯出中國詩歌中的此種特質，所以在該文的結尾之處，我遂又加了一節〈餘論〉，把西方詩論中對形象之使用的幾種基本模式，用中國詩論中的「賦」、「比」、「興」之說做了一番比較。在此一節〈餘論〉中，我曾列舉了西方詩論中有關「形象」之作用的八種重要模式，如「明喻（simile）」、「隱喻（metaphor）」、「轉喻（metonymy）」、「象徵（symbol）」、「擬人（personification）」、「舉隅（synecdoche）」、「寓託（allegory）」、「外應物象（objective correlative）」等，各以中國古典詩歌為例證做了依次的說明。[6] 以為如果就中國傳統詩論中的「賦」、「比」、「興」三種表達方式而言，則以上所舉引的西方詩論中的這些模式，「可以說都僅是屬於『比』的範疇」。而就「心」與「物」的關係而言，「則所有這些術語所代表的，實在都僅只是由『心』及『物』的經過思索安排的關係而已」，「至於『興』之一詞，則在英文的批評術語中，根本就找不到一個相當的字可以翻譯」。這種情形實在也就正顯示了「西方所重視的是對於意象之模式如何安排製作的技巧，因此他們才會為這種安排製作的模式，訂立了這麼多不同的名目」。而他們卻沒有一個相當於中國的「興」字的術語，這也就說明了他們對於詩歌中這種以直接感發為主的特質，和以直接感發為主的寫作方式並未予以足夠的重視。[7]

以上是我對自己十年前所寫的幾篇文稿中，有關中國古典詩歌中興發感動之特質的一些看法的簡單追述。而自一九八二年以後，我因與四川大學繆鉞教授開始了《靈谿詞說》的合作撰寫計劃，遂致近年之所寫者多屬論詞之文稿，而久久未再撰寫論詩之作。去歲應邀赴臺教書，有幾位三十年前聽過我「詩選」課的友人，屢次提出要我再寫一些詩之文稿的要求。適巧我最近才完成了一篇《論詞學中之困惑與〈花間〉詞之女性敘寫及其影響》的文稿，對詞之特質曾做了較系統和較深入地探討。[8]繆鉞教授也以為《靈谿詞說》及其續編的撰寫，至此已可宣布告一段落。因此我遂決定將論詞之文筆暫時擱置，而又重新提起了論詩之文筆。而我首先要提出來加以討論的，就是最值得關注的目前已日益消亡了的中國古典詩歌的吟誦之傳統。我以為中國古典詩歌之生命，原是伴隨著吟誦之傳統而成長起來的。古典詩歌中的興發感動之特質，也與吟誦之傳統密切結合在一起。而且重視吟誦的這種古老的傳統，並非如一般人觀念中所認為的保守和落伍，而是即使就今日西方最新的文學理論來看，也仍是有其重要性的。下面我們就將對中國古典詩歌的吟誦之傳統，及其與興發感動之作用的關係和在理論方面的重要性，分別略加討論。

先談中國古典詩歌的吟誦傳統。如眾所周知，中國詩歌的吟誦傳統原是與中國最古老的一部詩歌總集《詩經》一同開始的。當然，《詩經》本來也是可以合樂而歌的。司馬遷在《史記·孔子世家》中，就曾有「三百五篇，孔子皆弦歌之，以求合韶、武、雅、頌之音」[9]的記述。而且當時《詩經》中的詩歌還可以伴舞，《墨子·公孟》就也曾有「弦詩三百，歌詩三百，舞詩三百」[10]的記述。不過，合樂而歌或甚至合樂而舞，至少需要有樂師、樂器，甚至舞者等種種配備的條件，這當然不是任何場合中都能具備的。所以一般而言，在詩歌的教學方面所重視的，實在乃是背讀和吟誦的基本訓練，這在古書中也早有記述。《周禮・春官・宗伯》下篇，就曾有「大司樂……以樂語教國子，興、道、諷、誦、言、語」的記述。鄭玄《注》云：「興者，以善物喻善事；道讀曰導，導者言古以剴今也；倍文曰諷；以聲節之曰誦；發端曰言；答述曰語。」[11]關於這六種「樂語」的內容，朱自清以為「現在還不能詳知」，[12]但私意以為我們或可以就此種教學訓練之目的來略做探求。原來在當時的諸侯國間每逢宴饗聘問等外交之聚會，常有一種「賦詩言志」的傳統，關於這種「賦詩言志」的傳統，《左傳》中曾有不少記述。雷海宗在其《古代中國的外交》一文中，就曾舉出《左傳・文公三年》所載鄭伯要向魯侯求得外交方面的援助，因而互相「賦詩言志」的故事，來證明「賦詩」在當日外交中具有「重大的具體作用」。[13]所以孔子在《論語》中就曾說過「不學詩，無以言」的話，又曾說過「誦詩三百，授之以政，不達；使於四方，不能專對，雖多，亦奚以為」的話，足可見學詩的重要目的之一，乃是為了外交場合中的言語應對之用的。[14]而這種外交場合的「賦詩」有時是出之以合樂而歌的形式，這應該也就是何以在《周禮・春官》中有著「以樂語教國子」的教學訓練的緣故。不過，在外交場合中「賦詩言志」時，也不一定都要合樂而歌，有時也可以用朗讀和吟誦的方式。即如《左傳・襄公十四年》

就曾記載一段故事，說衛國的孫文子因為不滿意衛獻公的無禮，而回到了自己的采地戚，卻又叫他的兒子孫蒯去探看衛獻公的態度如何。《左傳》記載衛獻公與孫蒯的會見，說：「孫蒯入使，公飲之酒，使大師歌《巧言》之卒章。大師辭，師曹請為之。初，公有嬖妾，使師曹誨之琴。師曹鞭之。公怒，鞭師曹三百。故師曹欲歌以怒孫子，以報公。公使歌之，遂誦之。」[15] 這是一段非常有趣的記載，明顯地表現了「歌」與「誦」的不同。原來《巧言》乃是一篇嫉讒致亂之詩，其卒章四句為「彼何人斯，居河之麋。無拳無勇，職為亂階」。衛獻公令樂師歌之，意思是說孫文子算個什麼人，跑回到黃河邊的「戚」這個地方，既沒有足夠的武力，難道還想發動叛亂嗎？大師恐怕歌唱了這一章詩，激怒了孫文子，會真的造成衛國發生叛亂，所以推辭不肯歌唱。可是師曹卻因以前教衛獻公的愛妾學琴時，以鞭子責罰過這一位愛妾，為此而被衛獻公打了三百鞭，心中懷怨，所以乃想正好藉此激怒孫文子使之叛亂，來報復衛獻公。因此衛獻公本是教樂師歌唱這章詩，師曹卻擔心用歌唱的方式不能使孫蒯完全明白詩意，所以就用誦讀的方式誦了這一章詩。由此自可見出「賦詩言志」之時，除了「歌」的方式，原來也還可以有「誦」的方式。而無論是「歌」也好，「誦」也好，都必須先要使學子們對於所學的詩能夠理解和背誦才行。所以《周禮・春官》才有所謂「興、道、諷、誦、言、語」的教學訓練。

以上我們既然對於以「興、道、諷、誦、言、語」來「教國子」的教學目的，做了簡單的探討，現在我們就可以對此種教學的內容也略加探索和說明了。關於這種教學訓練，雖然已因年代久遠而難以確知其真相究竟如何，不過當我們對其教學目的有了理解以後，則根據前人之注疏，我們也不難推知一些大概的情況。先從《周禮・春官》所提出的「興」字說起，鄭注以為「興」是「以善物喻善事」，其後賈公彥為之作疏，則更增廣其義以為「興」同時也有「以惡物喻惡事」之意，並且以為鄭注之說乃是「舉一邊可知」，[16] 也就是舉其一邊可以推知其另一邊的意思。賈氏之說我認為是可取的。因為同樣在《周禮・春官》談及「大師」、「教六詩」的時候，鄭注對於「興」和「比」就曾經有過「見今之美」與「見今之失」的喻勸美刺的說法。[17] 不過此處教學訓練第一項目既只是「興」，所以鄭注就只提到了「善物喻善事」，而其兼含有「惡物喻惡事」之意，則是極有可能的。而且事實上無論「比」或「興」，其本質上原來都是指的一種心物交感的作用，也就是說，都是屬於發自內心的一種興發感動的聯想作用。雖然詩之「六義」中的「比」和「興」主要乃是就作者方面而言，不過我在前面引用我自己多年前所寫的《中國古典詩歌中形象與情意之關係例說》一文時，就也已經說明過「賦」、「比」、「興」所指的「並不僅是」作者方面的「表達情意的一種技巧」而已，同時也是兼指如何「引起讀者之感發」的一種方式。[18] 如今既是在詩歌的教學訓練中首先就提出了「興」的作用，則其不僅指作者而言，同時更指教讀的方面而言，應該乃是可以肯定的。何況我們從《論語》中所記述的孔子教詩的態度，也可以得到有力的證明。即如在《泰伯》篇中，孔子就曾說過「興於詩」的話；在《陽貨》篇中，又曾說過「詩可以興」[19]的話。則其所謂「興」乃是指學詩讀詩時所可能引起的一種興發感動之作用自然可知。所以詩的教學第一當然應該先培養出一種善於感發的能力，我想這很可能是何以《周禮·春官》記載「以樂語教國子」時，要把「興」列在第一位的緣故，而這種訓練對於國子們將來一旦「使於四方」要隨時隨地「賦詩言志」時，當然會有莫大幫助。至於所謂「道」的訓練，鄭注以為「道」字應讀為「導」，又加以解釋說：「導者，言古以剴今也。」賈疏以為「導」有「導引」之義，又解釋「言古以剴今」的意思說：「謂若詩陳古以刺幽王、厲王之輩，皆是。」[20]關於這種讀詩的訓練，與前面所提出的「興」字也有著莫大的關係。「興」字指讀詩時應具有一種感發的能力，而「道」字的意思則是指對於感發之指向的一種導引，其重點則是要從古人之詩義能夠為今人所用，而且貴在能藉之以反映出對時代政教之善惡的一種美刺的作用。這種以政教為主的聯想，在「賦詩言志」的場合中，當然也有莫大的幫助。而為了要達到這種對於詩歌可以有隨時隨地的感發，並且可以靈活自如的運用之目的，因此在對於「國子」的訓練中，遂又提出了「諷」與「誦」的要求。鄭注以為「倍文曰諷，以聲節之曰誦」；賈疏以為「『倍文曰諷』者，謂不開讀之」。至於「以聲節之曰誦」則是「亦皆背文」。不過「諷」之背讀「無吟詠」，「誦則非直背文，又為吟詠，以聲節之為異」。[21]可見「諷」與「誦」的訓練乃是既要國子們把詩歌背讀下來，而且要學會詩歌的吟誦之聲調。當國子們有了這種背讀吟誦的訓練以後，於是就可以有所謂「言」和「語」的練習了。鄭注以為：「發端曰言，答述曰語。」賈疏引《毛詩・公劉》傳云：「直言曰言，答述曰語。」[22]總之「言」和「語」應該乃是引用詩句以為酬應對答的一種練習。透過以上的論述，我們已可清楚地見到，在中國古典詩歌的教學訓練中吟誦所佔有的重要位置，以及其源流之久遠悠長。雖然周代的詩歌教學之重視吟誦之訓練，原有其為了以後可以「賦詩言志」的實用之目的，但這種對吟誦的重視，事實上卻是在其脫離了「賦詩言志」之實用目的以後，才更顯示出它對中國古典詩歌在形式方面所形成的重視頓挫韻律之特色，以及在本質方面所形成的重視興發感動之作用的特色，所造成的極為重大的影響。而且在形式之特色與本質之特色兩者間，更有著互相牽連互相作用的極密切之關係。下面我將對中國古典詩歌由於吟誦之傳統所造成的形式與本質兩方面的特色及其相互間的關係，略做簡單之論述。

先談吟誦在詩歌形式方面所造成的特色。要想討論此一問題，我們首先就要對中國語文的特色先有一些基本的認識。中國語文是獨體單音的，不像四方的拼音語言，可以因字母的拼合而有音節多少和輕音與重音的許多變化。在這種情況下，以一種獨體單音的語文而要尋求一種詩歌之語言的節奏感，因此中國的詩歌遂自然就形成了一種對於詩句吟誦時之頓挫的重視。而中國古典詩歌之節奏感的形成，也就主要依賴於詩句中詞字的組合在吟誦時所造成的一種頓挫的律動。關於這方面，早在三十年前我所寫的《簡談中國詩體之演進》一文中，也已曾有所討論。約而言之，則四言詩之節奏以二、二的頓挫為主；五言詩之節奏以二、三之頓挫為主；七言詩之節奏以四、三之頓挫為主。中國最早的一部詩歌總集之所以會形成以四言句為主的體式，主要就因為以單音獨體為特色的中國語文要想形成一種節奏感，其最簡短的、最原始的一種可能的句式，必然是四言的體式。所以摯虞在其《文章流別論》中就曾經說：「雅音之韻，四言為善」，以為其可以「成聲為節」。[23]這主要就指的是四言之句在吟誦的聲調中可以形成一種節奏感。至於五言詩句之二、三的頓挫，則應是詩歌與散文在句式上分途劃境的開始。因為一般而言散文的五字句往往是三、二的頓挫，而詩歌中的五言句則絕不允許有三、二的頓挫。說到這裡，我還想補充一點說明，那就是在詞和曲的五字句中，也可以有三、二或甚至是一、四的頓挫，而惟有詩之五言句卻必須是二、三的頓挫。這種現象就恰好幫助我們說明了詩歌之體式，其既不同於朗讀為主的散文，也不同於歌唱為主的詞曲，而是以吟誦為主的一種特殊的性質。至於七言詩句之以四、三之頓挫為主，則基本上乃是五言詩句的二、三之頓挫的延伸，所以七言詩句之四、三的頓挫，有時也可以再細分為二、二、三之頓挫，卻決然不可以有三、四之頓挫。並且即使當文法上之結構與此種頓挫之結構發生了矛盾，講解時雖可依文法之結構，但在吟誦時卻仍必須依頓挫之結構。

除去在頓挫方面詩歌體式之形成及演變與吟誦之習慣有著密切的關係以外，在押韻的方面，詩歌之體式的形成也同樣曾受有吟誦之習慣的影響。最明顯的一點值得注意之處，就是詞曲中往往有可以平仄通押的現象，《詩經》中亦有此現象，但《詩經》之時代，尚無所謂四聲之分別，自可置而不論。可是在五、七言詩中的押韻的韻腳，卻必須是同一個聲調的韻字，即使可以換韻，卻絕不可平仄通押。清朝的著名聲韻學家江永，在其《古韻標準·例言》中，就曾對此提出討論說：「如後人詩餘歌曲，正以雜用四聲為節奏，詩歌何獨不然？」[24]郭紹虞先生在其《永明聲病說》一文中，就曾據江永之討論提出解釋說：「四聲之應用於文詞韻腳的方面，實在另有其特殊的需要。這特殊的需要，即是由於吟誦的關係。」又說：「吟誦則與歌的音節顯有不同……自詩不歌而誦之後，即逐漸離開了歌的音節，而偏向到誦的音節。」又說：「歌的韻可隨曲諧適，故無方易轉。」而「吟的韻須分析得嚴，故一定難移」。[25]這當然也就證明了中國詩歌在押韻方面之所以不同於詞曲之四聲可以通押，實在也是因為受了吟誦習慣之影響的緣故。

以上我們所討論的有關中國古典詩歌在頓挫和押韻之形式方面所受到的吟誦習慣之影響，可以說乃是全出於吟誦時口吻聲氣的自然需要而造成的結果。但除此之外，中國古典詩歌在形式方面卻還有一項特色，則是由於把吟誦時聲吻的自然需求加以人工化了的結果，那就是近體詩之平仄的聲律方面的特色。本來，以中國語文之獨體單音的性質，要想在形式方面造成一種抑揚高低的美感效果，則聲調之講求必然是一項重要的要求。雖然古代的作者還沒有對四聲的認知，但這卻並未妨害他們對於聲調之抑揚長短的體會。即如漢代的司馬相如，在其《答盛覽問作賦》一文中，便曾提出過「一經一律，一宮一商」[26]之說。其後陸機在《文賦》一篇作品中，也曾提出過「暨音聲之迭代，若五色之相宣」[27]的說法。可見早在四聲之說出現以前，前代的作者也早已注意到了聲調的問題。而更值得注意的，則是司馬相如與陸機兩個人都是長於寫賦的作者，而且司馬相如更是在答人問作賦時，提出來的「一宮一商」之說，可見這種對聲調之覺醒，實在與「賦」這種文體之寫作有著密切的關係。而賦這種文體之特色則在其具有一種「不歌而誦」的特色，也就是說賦與詩之最大的區別，乃在於古代的詩是可以合樂而歌的，賦則是只供朗誦的。而當詩不再合樂歌唱，只用誦讀的方式來吟誦時，當然便與賦之不歌而誦的讀誦有了相似之處。雖然詩之吟誦因為韻律節奏的關係，較之賦之朗誦更多抑揚婉轉之致，但二者在不依傍音樂的樂譜而要尋求一種純然出之口吻聲氣間的聲調之美的一點，則是相同的。而這種尋求的結果，遂使得如司馬相如和陸機等賦家，發現到了「一宮一商」和「音聲迭代」的妙用。等到齊梁以後的詩人對於平仄四聲有了明白的反應和認知以後，遂不僅在詩體方面有了律體的詩，在賦體方面便也有了律體的賦。這種格律的完成，雖然與以前出於口吻聲氣之自然的聲調之美，已有了很大的不同，但格律之完成並非為了配樂歌唱的需要，而是為了吟詠誦讀的需要，這種關係乃是明白可見的。

以上我們既然從頓挫、押韻與聲律各方面說明了吟誦對詩歌之形式方面所造成的影響，現在我們就將再從詩歌之興發感動作用之本質方面，也談一談吟誦的影響。首先我們該注意到的，就是當一個人內心有了某種激動之感情時，常不免會有一種想要用聲音來加以宣泄的生理上之本能的需要。而當人類的文明進化到有了詩歌以後，這種內心之情志的興發感動，遂不僅表現為單純的發聲，還有了與聲音相配合的文字，然後才逐漸更進一步地有了配詩之樂與合樂之舞，《毛詩·大序》中所說的「詩者，志之所之也，在心為志，發言為詩。情動於中而形於言，言之不足故嗟嘆之，嗟嘆之不足故永歌之，永歌之不足，不知手之舞之，足之蹈之也。」[28]這當然乃是在詩歌可以合樂而歌舞的《詩經》時代的現象。而當詩歌脫離了合樂而歌之時代，進入到吟誦之時代的時候，中國的詩文論著中對於詩文與吟誦之音聲的關係，遂有了更進一步的認識。即如我們在前文所曾提到的文論家陸機，在其《文賦》中就曾注意到在創作的感發中聲音的重要性說：「若夫應感之會……思風發於胸臆，言泉流於唇齒……文徽徽以溢目，音泠泠而盈耳。」[29]另外齊梁之間的一位著名的文論家劉勰，也曾在其《文心雕龍》的《神思》篇中論及創作的感發與聯想時，注意到吟詠之聲調的重要性說：「文之思也，其神遠矣。故寂然凝慮，思接千載；悄焉動容，視通萬里；吟詠之間，吐納珠玉之聲；眉睫之前，卷舒風雲之色。」又說：「然後使玄解之宰，尋聲律而定墨；獨照之匠，窺意象而運斤；此蓋馭文之首術，謀篇之大端。」[30]可見無論是陸機或劉勰，這兩位對文學深有體會的文論家，都同樣注意到了「唇齒」之「言泉」和「吟詠」之「聲」

調，乃是伴隨著「應感」和「神思」一同流溢和運行的一種創作活動。以上所引陸氏與劉氏之說，還不過只是對於詩文創作與聲吻吟誦之關係的泛論而已；此外劉氏更曾在其《聲律》篇中論及詩歌之聲律與人之自然聲吻的密切關係，謂：「故言語者文章，神明樞機，吐納律呂，脣吻而已。」又論及音聲在創作中與詞字之關係，說：「聲轉於吻，玲玲如振玉；辭靡於耳，累累如貫珠矣。」更論及吟詠之重要性，云：「是以聲畫妍蚩，寄在吟詠，吟詠滋味，流於字句。」[31] 所以中國古代詩人作詩總說「吟詩」或「詠詩」，這並不是隨便泛言之辭，而是古人作詩時確實常伴隨著吟詠出之的。而且古代的詩人不僅伴隨著吟詠來作詩，還更伴隨著吟詠來改詩。所以唐詩中有兩句為後人所熟知的描寫苦吟的詩，說是「吟安一個字，撚斷數莖鬚」。[32] 杜甫在《解悶十二首》的詩中也曾提到他的一種「解悶」之法，說：「陶冶性靈存底物，新詩改罷自長吟。」[33] 此外杜甫與友人相聚時，也經常以吟詩為樂，他在《題鄭十八著作丈故居》一詩中，懷念天寶亂後被遠貶到台州的好友鄭虔時，就曾經寫有「酒酣懶舞誰相拽，詩罷能吟不復聽」[34] 的句子。而且當時不僅是成年的詩人們可以相聚吟詩為樂，就是稚年的童子也一樣會吟詩，杜甫在《陪鄭廣文遊何將軍山林》一組詩中，就曾寫到在何將軍家裡聽小孩子們吟詩的事，說：「將軍不好武，稚子總能文。醒酒微風入，聽詩靜夜分。」[35] 詩而可「聽」，則其吟誦時之富於聲調之美，自可想見。所以後來宋朝趙蕃所寫的一首《學詩》詩，就曾有「學詩渾似學參禪，要保心傳與耳傳」[36] 之句。

因此口頭的吟誦，實在應該是學習寫作詩歌和欣賞詩歌的一項重要訓練。杜甫的詩之所以特別富於感發力量，就應該是與他的長於吟誦分不開的。至於唐代的另一位與杜甫並稱的大詩人李白，雖然不像杜甫之以工於詩律見稱，但李白卻實在也是一位長於吟詠而且以此自負的詩人。李白應該也是從童少年時代就學會了吟詩的，有兩首相傳是李白少作的詩，一首題為《初月》，另一首題為《雨後望月》，前一詩中曾有「臨風一詠詩」之句，後一詩中則曾有「長吟到五更」[37]之句，則其從童少年時代便已養成吟詩之習慣，從而可想。所以後來李白在其《夜泊牛渚懷古》一首名詩中，才會寫出了「余亦能高詠，斯人不可聞」[38]的句子，表現了他自己對「能高詠」的自負。把自己和晉朝的因吟詩而得到謝尚賞拔的袁宏相比，而慨嘆自己之無人知賞。所以李白雖不是一個喜歡拘守聲律的詩人，但卻絕不是一個不熟於聲律的人，正因為他能夠熟於聲律卻又不拘於聲律，所以才能寫出像《蜀道難》、《夢遊天姥吟留別》和《鳴皋歌送岑徵君》等，如沈德潛所讚美的「大江無風，濤浪自湧，白雲卷舒，從風變滅」[39]的偉大詩篇，突破了死板的聲律而卻在格律以外之抑揚長短和頓挫押韻的變化無方之中，自然形成了一種聲情相生的「筆落驚風雨，詩成泣鬼神」[40]的感發力量，而他的「能高詠」，就正與這種感發的效果有著密切的關係。所謂「聲情相生」，使作者內心的情意伴隨著聲音一起湧出，然後才落紙成為文字，這正是中國古典詩歌何以特別富於直接的興發感動之力量的一個主要原因。清代的曾國藩在寫給他兒子曾紀澤的家信中，就曾提出過作詩要伴隨著吟詠才能富於感發之力的說法，謂「凡作詩最宜講究聲調」，因此要學作詩，乃必須「先之以高聲朗誦以昌其氣，繼之以密詠恬吟以玩其味，二者並進，使古人之聲調拂拂然若與我之喉舌相習」。如此作出詩來才會「自覺琅琅可誦，引出一種興會來」。曾氏之說確實乃是學詩之人的最佳入門途徑。而且曾氏對於詞字與聲調的配合，還曾提出過一段絕妙的理論說：「蓋有字句之詩，人籟也。無字句之詩，天籟也。解此者，能使天籟人籟湊泊而成，則於詩之道思過半矣。」[41] 私意以為曾氏所說的「天籟」，其實就是劉勰在《文心雕龍·音律》中所提出的「神明樞機，吐納律呂」的一種聲吻間所自然形成的節奏感；而所謂「天籟人籟湊泊而成」則正是本文在前面所提到的「聲情」相生，使文字伴隨著聲音和情意一起湧出的一種作詩的方法，而這正是一定要熟讀方能達到的作詩的最高境界。

一九六〇年代中，美國的高友工和梅祖麟兩位教授，曾經合寫過一篇論文，題為《杜甫〈秋興〉析論——一個語言學之文學批評的嘗試》（"Tu Fu's 'Autumn Meditation': An Exercise in Linguistic Criticism"），發表於一九六八年的《哈佛大學亞洲研究學報》（*Harvard Journal of Asiatic Studies*）第二十八期中，引用了西方批評理論中的李查茲（I. A. Richards）、恩普遜（William Empson，或譯燕卜蓀）、傅萊（Northrop Frye）及卡姆斯基（Chomsky，或譯杭士基）諸家的理論與方法，從語音之模式（phonic patterns）、節奏之變化（variation in rhythm）、語法之類似（syntactic mimesis）、文法之模稜（grammatical ambiguity）、形象之繁複（complex imagery）及語彙之不諧調（dissonance in diction）各方面，對杜甫《秋興》八詩做了細緻的分析，而歸結出一個結論，以為中國傳統批評之讚美杜甫者往往都是從他的忠愛纏綿等內容之情意方面來加以稱述，但這種稱述實在乃是屬於詩歌以外的評論，而詩歌本身則是一種精美的語言的加工品。[42]所以高、梅二位教授的這篇論文，就是對杜詩之精美的語言藝術所作的論析。高、梅二位的論述自然極為有見，不過杜詩之語言的精美如其《秋興》八首之語音、節奏、語法、文法、形象和語彙各方面的變化運用之妙，卻實在並非出於頭腦的理性的思索安排，而是出於杜甫內心之感發與其吟誦中的聲調之感發相結合，形成的一種出自直感的選擇之能力。這正是吟誦在古典詩歌之創作中的一種妙用。

以上我們既討論了吟誦在詩歌的創作方面可能形成的一種直接感發之妙用。現在我們就將再談一談吟誦在讀者或聽者方面所可能形成的感發之妙用。關於這方面的妙用，中國前代的讀書人當然也早曾注意及之。俗語說「熟讀唐詩三百首，不會作詩也會吟」，又說「書讀百遍，其義自見」，則吟誦對於讀者學習古代詩文之妙用已可概知。清代的曾國藩也曾經把這種妙用傳授給他的兒子，在《家訓．字諭紀澤》中談到朗誦和吟詠對於學習詩文的重要性，說：「如《四書》《詩》《書》《易經》《左傳》諸經、《昭明文選》、李杜韓蘇之詩、韓歐曾王之文，非高聲朗誦則不能得其雄偉之概，非密詠恬吟則不能探其深遠之趣。」[43]曾氏所提出的「高聲朗誦」和「密詠恬吟」兩種讀誦法實在非常重要，大抵一般而言，高聲朗誦之時聲音佔主要之地位，因此讀者所得的主要是聲音方面所呈現的氣勢氣概，而在密詠恬吟之時則聲音之比重較輕，因此讀者遂得伴隨著聲音更用沉思來體會作品中深遠之意味。可見吟誦乃是引發讀者對作品有直覺之感受和深入之了解的一種重要方式。歷史上也曾記載有不少關於吟誦帶給人強烈之感動的記載，即如《晉書・王敦傳》就曾記載說：「（敦）遂欲專制朝廷，有問鼎之心……每酒後，輒詠魏武帝樂府歌曰：『老驥伏櫪，志在千里。烈士暮年，壯心不已。』以如意打唾壺為節，壺邊盡缺。」[11] 則王敦在吟誦此四句詩時，其內心之感動可知。所以後世形容對詩文之欣賞還常說「唾壺擊缺」，此一成語就足以說明吟誦在詩文之欣賞中所形成的感發力量之強大了。而且吟誦還不只是能使吟誦者自己感發而已，有時也可以對聆聽吟誦的人同樣造成一種感發。李商隱的《柳枝詩・序》就曾記載了一段因聽人吟詩而對詩之作者產生了愛情的動人故事。原來柳枝是一個不同於一般的女子，喜歡「吹葉嚼蕊，調絲擫管」，能夠「作天海風濤之曲，幽憶怨斷之音」。有一天李商隱的從兄弟讓山在柳枝家的附近吟誦李商隱的《燕台》詩，柳枝聽到後，立即「驚問『誰人有此？誰人為是？』」而且「手斷長帶」，請讓山代邀李商隱相見，表現得極為動情。[45] 可惜後來柳枝被「東諸侯取去」，而李商隱則只留下了一些纏綿悱惻的詩篇。透過李商隱的詩和序文中對柳枝的描述來看，這可以說是中國詩史中極為美麗動人的一則愛情故事，那主要就因為柳枝與李商隱的互相賞愛，乃是透過詩歌的吟誦而結識的，因此其間便自然有了一種屬於心靈之相通、而不僅是色相之傾慕的深心知賞。所以後來蒲松齡在《聊齋志異》中寫人鬼異類相戀的故事，如《連瑣》《白秋練》[46]等，就甚至也都以詩歌之吟誦，作為了相感通之情節的媒介，則吟誦之具含一種可以感發的妙用，也就從而可知了。

以上我們對於吟誦在詩歌本質方面所可能形成的興發感動之作用，雖然已經從作者與讀者及聽者各方面，都做了相當的論述；但事實上在中國古典詩歌之傳統中，卻還有另外一項更為微妙的感發作用，甚至比前面所提的幾種感發作用，更為值得注意。那就是孔子與弟子論詩時，以實例所顯示出來的，一種可以由讀詩人自由發揮聯想的感發作用。即如《論語》的第一篇《學而》，就曾記述有一段孔子與子貢的談話：「子貢曰：『貧而無諂，富而無驕，何如？』子曰：『可也。未若貧而樂，富而好禮者也。』子貢曰：『《詩》云：「如切如磋，如琢如磨」，其斯之謂與？』子曰：『賜也，始可與言詩已矣，告諸往而知來者。』」[47]另外在第三篇《八佾》中又記載有一段孔子與子夏的談話：「子夏問曰：『巧笑倩兮，美目盼兮，素以為絢兮，何謂也？』子曰：『繪事後素。』曰：『禮後乎？』子曰：『起予者商也，始可與言詩已矣。』」[48]從這兩段孔子讚美其弟子「可與言詩」的記敘來看，我們已可清楚見到，孔子教弟子學詩時所重視的，原來乃是貴在從詩句中得到一種興發感動的作用。雖然在這兩段記敘中都未曾提到過「吟誦」的字樣，但我們從他們師生間之問答如流、衷心相契的情況來看，則這些弟子們之曾受有「興、道、諷、誦、言、語」一類的訓練，乃是從而可想的。雖然《周禮．春官》所記載的這種訓練，原有其為了以後「使於四方」在聘問交接中「賦詩言志」的實用之目的，但值得注意的則是孔子與弟子之回答中，所顯示的興發感動之重點，則主要乃在於進德修身方面的修養，而這也就形成了中國所謂「詩教」的一個重要的傳統。談到「詩教」，若依其廣義者而言，私意以為本該是指由詩歌的興發感動之本質，對讀者所產生的一種興發感動之作用。這種興發感動之本質與作用，就作者而言，乃是產生於其對自然界及人事界之宇宙萬物萬事的一種「情動於中」的關懷之情；而就讀者而言，正是透過詩歌的感發，要使這種「情動於中」的關懷之情，得到一種生生不已的延續。所以馬一浮在其《復性書院講錄》中，就曾認為這種興發感動乃是一種「仁心」本質的甦醒，說：「所謂感而遂通」，「須是如迷忽覺，如夢忽醒，如仆者之起，如病者之蘇，方是興也」，又說：「興便有仁的意思，是天理發動處，其機不容已，詩教從此流出，即仁心從此現。」[49]我認為這是對於廣義之「詩教」而言的一種極能掌握其重點的體認和說法。因此在教學中，每當同學們問起「讀詩有什麼用」的問題時，我總常回答說：「詩之為用，乃是要使讀詩者有一種生生不已的富於感發的不死的心靈。」而且這種感發還不僅是一對一的感動而已，而是一可以生二，二可以生三，以至於無窮之衍生的延續。我們在前文所舉引的《論語》中孔子與弟子論詩的話，可以說就是孔門詩教注重感發之聯想的一個很好的證明。而且從孔子與弟子論詩的例證來看，這種聯想實極為自由，甚至不必受詩歌本義之拘限，可是又因為其感發之本質乃是出於一種「仁心」的甦醒，所以在自由之聯想中，又能不失其可以進德修業的效果。如果以近人為例證，則王國維之以「成大事業、大學問之三種境界」來評說晏、歐之小詞，[50]無疑應該乃是屬於孔門詩教之同一類型的，注重感發與聯想之作用的讀詩與說詩之方式的一脈真傳的延續。而更值得注意的則是，這種古老的孔門詩教之觀念，乃正與西方近代的接受美學中的某些理論，有著不少暗合之處。其一是接受美學同樣也承認，讀者在閱讀時可以有一種背離作品原意的自由的聯想；其二是接受美學也承認，閱讀的過程就是一個再創造的過程，也就是讀者自身改變的過程。關於這些暗合之處，我以前在《迦陵隨筆》和《唐宋詞十七講》及最近出版的《詩馨篇》序言中，曾分別引用過義大利的接受美學家弗蘭哥·墨爾加利（Franco Meregalli）及德國接受美學家沃夫崗·伊塞爾（Wolfgang Iser）的論點做過說明。[51]總之中國傳統詩論之認為詩歌可以有興發感動的作用，甚至可以對讀者產生一種變化氣質的結果，並不是古老落伍的空言，而是在今日西方細密的文學理論中也可得到印證的一種在閱讀之體驗的過程中，所必然會獲致的一種結果。只不過就詩歌而言，則熟讀吟誦實在乃是使這種興發感動之作用達到更好之發揮的一種必要之訓練，這種重要性乃是學詩和教詩之人所決然不可不知的。只可惜所謂「詩教」者，既自漢儒之說詩便使之蒙受了美刺之說的拘限，而失去了其原有的自由感發之活潑的生命，而只成了一種迂腐的陳言，再加之自「五四」以來對於以背誦為主的古典教學方式之盲目的反對，遂使得我國古典詩歌中這一寶貴的興發感動之傳統，竟落到了今日之沒落消亡的地步，這種現象實在是深可為之浩嘆的。

關於熟讀朗誦在詩歌教學中的重要性，這在西方也是對之極為重視的。即如在美國英詩課中所常用的一本教材，肯奈迪（X.J. Kennedy）所編著的《詩歌概論》（*An Introduction to Poetry*）一書中，開端第一章首先提出的就是詩歌的讀誦，以為讀詩不能「只用眼睛去閱讀（just let your eye light on it）」，[52]雖然用眼睛閱讀一首詩，也可體會出一些意味來，但卻絕不會有深入的全部的體會。讀詩要反覆多讀細心吟味，不能像讀散文一樣，明白意思就好了，更不能像讀報紙一樣「匆匆閱過（galloped over）」。愈是好詩，愈要多讀熟誦，「甚至數十百遍以後，仍能感到尚有不盡之餘味（after ten, twenty or a hundred readings—still go on yielding）」，[53]肯氏還曾引一位名叫吉拉德・曼雷・霍浦金斯（Gerard Manley Hopkins）的詩人的話，說：「聆聽詩歌的誦讀，其所得更勝過意義的了解（even over and above its interest of meaning）」。[54]又說讀詩最好是大聲朗誦，或聆聽別人的朗誦，如此一定能體會出只憑眼睛閱讀所不能感受到的更多的意味。[55]此外，在該書的第八章中，肯氏還曾提出詩歌中聲音的重要性，以為大多數好詩都有富於意義的聲音和音樂性的聲音（meaningful sound as well as musical sound）。[56]肯氏更曾提出說高聲朗誦是增強對詩歌了解的一種方法，因此要「學習賦予詩歌以你自己的聲音的這種藝術（practice the art of lending your voice）」。[57]

以上肯氏之說主要乃是對誦讀在詩歌之教學方面之重要性而言。至於再就聲音之感發在詩歌之創作方面的重要性而言，則私意以為當代法國一位才華橫溢的女學者朱莉婭·克利斯蒂娃（Julia Kristeva）在其《詩歌語言的革命》（*Revolution in Poetic Language*）及其《語言之意欲》（*Desire in Language*）二書中所提出的一些說法，實在極可注意。克氏對於詩歌創作的原動力有她自己的一套理論，她曾借用希臘文中的「chora」一詞來指稱這種原始的動力，她以為「chora」是一種最基本的動能（an essentially mobile），是由瞬息變異的發音律動所組成的（extremely provisional articulation constituted by movements and their ephemeral stases）。[58]又以為「chora」乃是不成為符示而先於符示的一種作用，它是類似於發聲或動態的一種律動（is analogous only to vocal or kinetic rhythm）。[59]克氏又曾舉引蘇聯詩人馬雅可夫斯基（Vladimir Mayakovsky）在其《詩是怎樣作成的》（*How Are Verses Made*）一書中的一段話，說：「當我一個人擺著雙臂行走時，口中發出不成文字的喃喃之聲（waving my arms and mumbling almost wordlessly），於是而形成為一種韻律（rhythm is trimmed and takes shape），而韻律則是一切詩歌作品的基礎（rhythm is the basis of any poetic work）。」[60]克氏所提出的「chora」一詞，雖看似十分新異，但事實上她對聲音之感發在詩歌創作中之重要性的體認，卻實在與中國古典詩論中「興」的觀念，以及中國古典詩歌在吟誦與寫作之實踐中的體認，有著不少暗合之處。

關於「興」之為義，如果就漢代經師的說法而言，自然有所謂美刺政教的許多意義。但這些說法卻往往只是一種牽強比附之辭，而事實上就「興」之最基本、最原始的意思而言，則私意以為原該只是指一種興發感動之作用。如我在前文所言，「興」的作品一般本是指「由物象所引起」的一種感發，不過這種感發卻實在還有一點值得注意之處，那就是這種引起感發的「物象」，有時與後面所敘寫的詩意卻似乎並無意義上的關聯。因此我在《中國古典詩歌中形象與情意之關係例說》一文中，乃又曾補充說：「這種感發關係，也許並非理性可以解說，卻必然有著某種感性的關聯，既可能為情意之相通，也可能為音聲之相應」。[61]而如果就「興」之直接感發的特色而言，則「音聲之相應」實在應該乃是較之「情意之相通」還更為基本的一種引起感發之動力。關於這種情況，前人也曾經注意及之。即如宋代的鄭樵在《昆蟲草木略》中，就曾經說過「夫詩之本在聲，而聲之本在興；鳥獸草木乃發興之本」[62]的話。鄭樵又曾批評漢儒，說「漢儒之言詩者，既不論聲，又不知興，故鳥獸草木之學廢矣」。[63]近人朱自清在其《關於興詩的意見》一文中，對此種感覺作用曾有更明白的說法，謂：「由近及遠是一個重要的原則。所歌詠的情事往往非當前所見所聞，這在初民許是不容易驟然領受的；於是乎從當前習見習聞的事指指點點地說起，這便是『起興』。又因為初民心理簡單，不重思想的聯繫而重感覺的聯繫，所以『起興』的句子與下文常是意義不相屬，即是沒有論理的聯繫，卻在音韻上（韻腳上）相關聯著。」[64] 寫到這裡，我又聯想到前文所曾引用過的肯奈迪之《詩歌概論》中的一則記述。肯氏在該書論及聲音（sound）一章中，曾經舉引伊薩克．丁尼森（Isak Dinesen）在其《走出非洲》（*Out of Africa*）一書中所記載的一段故事。丁氏自謂東非一些土著對於韻律有強烈的感受，有一天傍晚，在一片玉蜀黍田裡，大家正忙著收穫的工作，丁氏開始高聲朗誦一些韻句（verses），這些土著雖不明白那些韻句的意義，但卻很快就掌握了其中的韻律。他們熱切地等待著韻字的出現，每當這些韻字出現時，他們就發出歡快的笑聲。而且不斷要求丁氏「再說一遍，說得像落雨一樣（speak again, speak like rain）」。丁氏以為這應該是讚美的意思。因為在非洲，人們總是期盼著「雨」，「雨」是被歡迎的。這一則故事，當然足以證明本文在前面所說的「音聲之相應」乃是引起感發的一種最原始的動力，這應該是古今中外所同然的一種共同現象。克利斯蒂娃氏之所謂「chora」，以及中國之所謂「興」，雖然義界並不相同，但就其對詩歌之創作的一種原始動力之與音聲密切相關這一方面之體認而言，則是頗有可以相通之處的。因此對詩歌的高聲誦讀，實在應該是使得人們內心中可以引生出一種興發感動之生命的最基本也最重要的培養訓練之方式。

說到對詩歌之誦讀的培養和訓練，又使我聯想到了流行在日本中小學之間的一種競賽遊戲。

這種遊戲的名稱叫作「小倉百人一首」，簡稱「百人一首」。大約早在七百五十年前，日本藤原定家選了自天智天皇至順德天皇之五百七十多年間的一百位著名歌人的作品。每人選一首，共計一百首和歌，將之書寫在京都嵯峨小倉山別墅的屏風上，因稱「小倉百人一首」。到了江戶時代初期，這百首和歌遂被製成紙牌，供人們在新年期間作為一種室內遊戲。至元祿時代已極為盛行。直至現代，日本的中小學校仍訓練學生們，利用暑假期間將這百首和歌背誦熟記，到了新年期間，就舉行盛大的「百人一首」的競賽遊戲。這種紙牌共二百張，一百張寫詩之上半首由吟誦者吟唱，另一百張為和牌，寫詩之下半首，並繪有圖畫。遊戲時分兩組，每組各分五十張和牌，比賽時，各把五十張和牌攤放在面前，然後仔細聆聽唱牌人的吟誦，聽到所吟誦的上句後，要盡快將面前所攤放的寫有下句的和牌找到取出。如果下句的和牌是攤放在對手面前的，則將對手和牌取出後，可將自己面前的一張和牌移放到對手面前，直到比賽之一方面前的和牌先取淨者為勝。這種遊戲到目前在日本仍很流行。我曾經詢問過好幾位日本友人，她們都說在學生時代曾參加過此種背誦和歌的遊戲，而且那時背誦過的歌往往終生不忘。在與日本的對比之下，我實在為我們這個曾經以詩自豪的古老的中國感到慚愧。我們在過年的節日中所流行的室內遊戲，乃是麻將、撲克、擲骰子，也許現在還該加上電子遊戲，卻沒有一項如日本之「百人一首」的寓文化教育於娛樂的，足以培養青少年對祖國詩歌傳統之學習興趣的遊戲項目。其實如果與日本相比較，中國的詩歌不僅歷史更悠久，數量更豐富，而且以內容言，中國詩歌「言志」之傳統所引發出來的情意，也較之日本和歌之一般只吟詠景物山川與離別今昔之即興式的短歌，要深廣得多。更何況中國詩歌具有明顯之韻腳，也較之無韻腳的日本詩歌更易於背讀和吟誦。況且中國詩歌透過韻律所傳達出來的感發力量，也較之日本詩歌更為豐美；可是，我們竟然沒有一種重視詩歌之寶貴傳統的教學和普及的辦法，這實在是極值得我們深思反省的一個重大問題。

關於重振中國詩歌的吟誦之傳統，就今日社會之情況而言，當然仍有著不少困難，首先是因為曾接受過此種訓練的人已經不多，能真正體會吟誦之作用與效果的人日少，因此先不用說師資難覓，即使只就意識觀念而言，很多人也會因自己對此一傳統之無所體悟和了解，而在心理上先就對之存有了一種輕視和反對的心態。其次就教學方面而言，也先不說今日大學中文系的詩歌教學，已不重視背讀吟誦的訓練；即使有人要學生強記硬背，以考試默寫來督促學生們背誦，也將因為方法不當及為時已晚，而絕不會收到良好的效果。我這樣說，是從我數十年來從事詩歌之讀誦寫作與教學之經驗中所體會出來的一點認識。先就我個人學詩的經歷而言，我之學詩就是從童年時代的吟誦開始。關於這一段經歷，我在三十多年前所寫的題為《從李義山〈嫦娥〉詩談起》一文中，曾經有所敘述。[65] 我當時對古詩中的深意妙解實在並無所知，只是像唱兒歌一樣的吟誦而已。我想我那時大概也正像前引丁尼森氏在《走出非洲》一書中所寫的土人一樣，由於對詩歌的韻律有一種美感的直覺，因此在吟誦中乃自然感到一種欣喜。也就正是在這種並不經意的隨口吟誦中，卻自然熟悉了詩歌中平仄韻律的配合和變化。所以在我十一歲時，伯父要我寫一首詩試試看，我也就隨口謅出了一首七言絕句來。這使我又聯想到了我的一個姪孫女的故事。當她不過只有一歲多的時候，我弟弟就常教她吟誦一些小詩，兩年後有一次我回北京老家，我弟弟就要她背幾首詩給我聽。她背了好幾首詩都背得音調鏗鏘，頗能掌握詩歌的韻律美，我正在誇獎她時，她卻出了一個錯誤，那是李商隱的一首題為《登樂遊原》的五言絕句。詩的末兩句本是「夕陽無限好，只是近黃昏」，[66] 她在背誦時竟把這首詩的末一句與她所背誦的另一首賀知章的《回鄉偶書》中的「鄉音無改鬢毛衰」[67] 的詩句弄混了，因此把李商隱這詩的末兩句，背成了「夕陽無限好，只是鬢毛衰」，我弟弟當然立刻就警告她說「背錯了」。而我卻由她的錯誤中見到了一種可喜的現象，那還不只是「鬢毛衰」三個字與上一句「夕陽無限好」在情意上也可以相承而已，而是「鬢毛衰」三個字與原詩的「近黃昏」三個字的平仄四聲竟然完全相合。我以為這種情形就恰好說明了她在背誦中已經自然養成了一種對聲調之掌握的能力。而據前面我所引的克利斯蒂娃之說，則聲音的律動正該是詩歌之創作的一種最原始的動力。事實證明，我的小姪孫女在熟於吟誦之後，果然在五歲多的時候自己就萌生了一種作詩的衝動。那是一個中秋的夜晚，她自己忽然說要作一首詩，她母親就按照她所念的句子寫了下來寄給我看，她的詩是：「天邊樹玉月，菊花開滿枝。人間過佳節，牛郎織女在天邊。」這首詩當然不完美，句子既不整齊，也不押韻，而且在開端與結尾重複了「天邊」兩個字。但我以為其中也仍有一些可喜的現象，那就是無論五字或七字之句，句中的平仄聲律都沒有違拗之處，而且從「人間」到「天上」也表現了一種自然感發的意趣，確屬「孺子可教」之才。那時她背詩的興趣極高，每天要求她父親「再教我背一首詩，再教我背一首詩」。後來去報考一所小學，要在報名表上填寫特長，她就要求她母親為她填寫「背詩」。可是這次我再回到老家，卻發現情形完全改變了，她再也不熱心於背詩了。當學校又要求學生們填寫特長時，她也不肯再填寫背詩了，我問她為什麼不再填背詩了，她說因為同學們沒有人填背詩為特長，她恐怕老師不會承認這是一種特長。她父親已經去了日本，沒有再教她背詩了，而且也有人以為功課多了沒時間再背詩了。於是她對詩歌方面由吟誦而引生的感發和創作的才能，遂被荒廢了下來。這種情形與日本之以競賽遊戲鼓勵中小學生背詩的情形相對比，實在極可感慨。

以上是關於我自己學詩以及我的姪孫女學詩的一些情況。再就我個人教詩的體驗而言，自從我到海外教書以後，因為特殊的環境關係，對於外國的學生當然難以強迫他們去背誦中國古典的舊詩，此種特殊情況，姑置不論。至於多年前我在臺灣各大學任「詩選及習作」之課程時，則確實曾根據課程的要求，為了教學生們習作而強迫他們去背誦所教過的詩歌。因為詩歌乃是不同於口語和散文的另一種語言，如果只靠著所學的平仄韻腳等格律方面的知識去強拼硬湊，而不從吟誦下手去熟悉其聲氣口吻，是很不容易作出像樣子的好詩的。這種情況，就如同想要學英語的人，如果只學習死板的文法方面的知識，而不肯開口去練習，是決然不會講出流利的英語一樣。不過，我強迫學生們去背詩，卻實在並沒有收到我所預期的效果。這就正因為我自己乃恰如前文之所言在教學生們背詩的時候，誤犯了方法不當的錯誤。我只是以考試默寫的要求來勉強同學們背誦，然而卻未曾用吟詠的方式帶領同學們養成吟誦的興趣和習慣。何況到了讀大學或研究所的年齡再來學詩歌的吟誦，似嫌為時已晚，因為正如我在前文所言，學習詩歌的語言乃是如同學習另一門外語一樣，實地的練習當然重要，而學習的年齡越早，則直感的能力越強，學出來的發音也就越加正確，說出來的話語也就越加流利自然，若等到年齡老大以後再學，則不免事倍功半，要顯得困難多了。何況我又根本未曾帶領學生們從事過實地的吟誦練習，則我勉強學生背誦之不能收預期之功效，自是可想而知的了。可是就另一方面而言，則我自己卻是從自幼吟誦所培養出來的一個說詩人，因此我在講課時，乃特別重視如孔門詩教所說的「詩可以興」的活潑豐富的感發和聯想。以前我曾自我解嘲地說，我這種講課的方式是喜歡「跑野馬」，而近來我卻為我這種說詩的方式找到了一個西方文論中的批評術語，那就是由瑞士語言學家索緒爾（Ferdinand de Saussure）所提出的「內在文本（intratextuality）」及「外在文本（extratextuality）」發展出來，經過法國解析符號學的女學者克利斯蒂娃之引申，而提出的互為文本（intertextuality）之說。現在此一批評術語已被西方文論所廣泛使用，而且已達成了一種共識，那就是任何一種符示作用中，都隱含有多種不同符示系統的換置作用。關於這種換置（transposition），克氏以為其由前一符號系統移換到另一符號系統的作用，乃是透過兩種符號系統所共通的一個本能的中介而完成的（the passage to a second via an instinctual intermediary common to the two systems），[68]雖然這種所謂「本能的中介」實在極難加以理性的具體說明。不過其並不允許加以謬說妄指，而必然含有某些可以相通的基本質素，則是可以斷言的。至於就中國的古典舊詩而言，如何養成這種微妙的感發和辨析的能力，我在二十年前所寫的《關於評說中國舊詩的幾個問題》一文中，也早已有所討論。我認為要想在評說舊詩時，既有豐富之感發與聯想的自由，而又不致流入於謬論妄說的錯誤，則「熟讀吟誦實在是最直接有效的一種方法」。「因為任何一種語言在被使用時，都必然各有其不同的綜合妙用，此種隨時隨地的變化，絕非死板的法則之所能盡。而況詩人落筆為詩之際，其內心之情意與形式之音律交感相生，其間之錯綜變化，當然較之日常口語有著更多精微的妙用。凡此種種，都非僅憑一些死板的法則所能傳授，而唯有熟讀吟誦才是學習深入了解舊詩語言的唯一方法。」[69]可是我當年擔任「詩選及習作」之課程時，卻並未曾用吟誦的實踐訓練，來培養出同學們吟誦的興趣和習慣。因此既未能在習作方面收到預期的效果，而且在詩歌之詮釋和評說方面，也未能使學生們透過吟誦來養成如前所言的在感發和聯想中的辨析精微的能力。當然我的學生當中也不乏才智之士，無論在創作、研究或評說方面，都曾有人做出了很好的成績。這是因為一則有些同學原曾在家庭中從小就養成了吟誦的習慣；再則也有些同學雖未曾養成吟誦的習慣，但卻生而具有敏銳的感受之能力；更有些同學則精於思辨的理論之分析，因此在大學中雖不傳授吟誦，而只要有足夠的知識與理論的學習，一般都可培養出不錯的學者型的人物。但我仍不得不承認，我當年在教學時未曾提出吟誦的重要性，是對於詩歌之生命的傳承失落了一個重要的環節。這是及今思之也仍然使我深懷愧疚之感的。不過儘管如此，當我近年來返回大陸及臺灣去講授中國舊詩時，卻也依然未曾對同學們做過任何吟誦實踐的訓練。其所以然者，主要蓋由於目前無論在大陸或臺灣，一般人對於吟誦的傳統都已經非常陌生，而我回去教書的期限又為時甚短，如果把教學的重點放在吟誦方面，則一方面對於已不熟悉吟誦之效用與傳統的同學們來說，他們必將難以驀然接受這樣一種陌生的訓練，再則就另一方面來說，在極短的時期內也必然不會收到什麼良好的效果。何況目前在大學或研究所中的學生，他們所主要考慮的，乃是如何以速成的效率學到一種研究的方法，寫出一篇像樣的論文的問題，而並不是如何去感受和掌握詩歌中之生命的問題。本文之所以提出吟誦的重要性，我的目的也並不在於訓練研究生，而是想透過詩歌的吟誦，使國民能自青少年時代就養成一種富於聯想與直感的心靈的品質和能力。下面我將簡單談一談自己對這方面的一些粗淺的意見。

首先我想要提出來一談的，乃是吟誦之訓練應自童幼之年齡開始的問題。因為童幼年之時的記憶力好，而且直感力強，這兩點優勢當然是人所共知的常識，但一般教育者卻似乎並未能對此兩點優勢善加掌握和利用，當然更未能了解到如何掌握此兩點優勢來訓練兒童們養成吟誦之習慣和興趣的重要性，現在我就將自己個人對這方面的一點看法略加陳述。先從記憶力好的一點優勢來說，當兒童自己還沒有養成正確的判斷力以前，如何引導他們把自己寶貴的記憶力用在一門可以終身受用的學習上，這實在應是父母師長們的一項重要責任。不過，記憶力與理解力的發展之間，卻存在有一個先後的矛盾，也就是說記憶力好的童幼年時代，其理解力方面卻往往有所不足，因此一般人遂經常有一個錯誤的觀念，認為童年時代只能學一些淺近明白的口語化的課文，就如當年我的女兒在臺灣初上小學時，她每天所背誦的乃是「來、來、來，來上學，去、去、去，去遊戲」以及「見了老師問聲早，見了同學問聲好」之類的課文，我認為這對兒童優勢的記憶力實在是一種浪費。一般人總主張應該使兒童先理解，然後才可以要求他們背誦，殊不知這種觀念原來並不完全正確，兒童有時並不要求理解而就能夠背誦，這對於韻文的背誦更是如此。即如小朋友們在玩橡皮筋時所唱的「小皮球，香蕉梨，滿地開花二十一，二五六，二五七，二八二九三十一」之類，他們並不要求理解其中的意義，卻都能琅琅上口地歌誦。如果在這時能教他們背誦一些他們雖不理解卻具含深遠之意蘊且能琅琅上口的詩歌，這對他們實在並無困難，而這種背誦卻是將使他們終身受用不盡的。最近我偶然讀到一冊華裔第一位諾貝爾獎得主著名物理學家楊振寧先生的《演講集》，他在一篇標題為《談談我的讀書經驗》的訪談錄中，就曾經提出了一種不必先求理解的所謂「滲透性」的學習法，他說：「滲透性學習方法就是在學習的時候對學習的內容還不太清楚，但就在這不太清楚的過程中，已經一點一滴地學到了許多東西。」並且說：「這種在還不完全懂的情況下，以體會的方法進行學習，是非常重要的學習方法。」[70] 我認為楊先生的話實在是極具智慧的對學習方面的深入有得之言。而這也就牽涉到了我在前面說的童幼年時代「直感力強」的問題。一般人對兒童的教學，往往偏重於智性的知識的教育，而忽視感性的直覺的教育，再加之現代的急功近利的觀念，當然就更認為以感性的直覺來訓練兒童們吟誦並不十分理解的舊詩，乃是全然無用的了。而殊不知透過詩歌吟誦所可能訓練出來的直感和聯想的能力，不僅對於學文學的人是一種可貴的能力和資質，即使對於學科學的人而言，也同樣是一種可貴的能力和資質。早在一九八七年，我在瀋陽化工學院對一些科學家的一次談話中，就曾經談起過第一流的具有創造性的科學家，往往都是具有一種直感與聯想之能力的人物，而自童幼年學習詩歌吟誦，無疑是養成此種直感與聯想之能力的最好方式。因為詩歌的感發所可能引生的乃是一種聯想的能力，而詩歌的吟誦所可能引生的則是一種直感的能力，如果這種訓練能自童幼年的時代開始，則這種聯想和直感的能力就能隨著學習者的年齡與他的生命之成長密切地結合在一起，[71]因而得到終生受用不盡的好處，這無論對以後從事於文學或科學之研究的人都是有益的。何況在童幼年時代訓練他們像唱歌一樣的吟誦詩歌，實在乃是並不困難費力的一件事，如果等到年齡已經長大，記憶力和直感力都已減退了以後才開始學習，則縱然付上幾倍的努力，也難以收到預期的效果了。

其次我想要提出來一談的，則是不可以使詩歌之吟誦流為樂曲之歌唱的問題。關於這一點，西方論及詩歌讀誦時也有類似的看法。即如我們在前面所曾引用過的肯奈迪之《詩歌概論》一書，在論及「詩歌之朗聲誦讀與聆聽（Reading and Hearing Poems Aloud）」一節中，就也曾提出過詩歌之誦讀「不可落入為歌唱（don't lapse into singsong）」的話。肯氏以為詩歌可能有一種固定的音律節奏（a definite swing），但卻絕不可以因過分誇張這種節奏而忽略了讀誦的感受（but swing should never be exaggerated at the cost of sense）。[72]我認為肯氏的話極有道理，因為吟誦實在應該乃是讀誦者以自己的感受用聲音對詩歌所做出的一種詮釋，每個人的感受不同，所做出的詮釋自然也應該有所不同，如果將之制定為一個固定的曲調，則勢必形成為對個人之感受的一種限制和扼殺，所以詩歌吟誦之絕不可流為唱歌，可以說乃是詩歌吟誦中的一項極為重要的基本原則。而且我以為此一原則對中國古典詩歌之吟誦而言，似較之對西洋詩歌之吟誦尤為重要。因為一般說來西洋詩歌之讀誦往往有一種表演之性質，即如李察・波頓及勞倫斯・奧立佛之朗誦莎翁的劇本，就是這種誦讀方式的一個很好的例證。而中國古典詩歌之吟誦則不僅不可流為歌唱，並且也不應成為一種表演。西方詩歌的誦讀似乎本來就含有一種讀給聽眾聆聽的目的（中國白話詩的朗誦會便應屬於此種誦讀的方式），可是中國古典詩歌的吟誦則似乎只是為了傳達一種自我的體味，和享受一種自我的愉悅。雖然如果有知己的友人在身旁也可以互相聆聽和欣賞，但絕不可含有任何表演之性質，因此中國古典詩歌之吟誦，實在應該乃是一種更重視個人直感的心靈活動，其所重視的乃是人之體會。吟誦之目的不是為了吟給別人聽，而是為了使自己的心靈與作品中詩人的心靈能藉著吟誦的音聲達到一種更為深微密切的交流和感應。《文心雕龍》的《聲律》篇就曾經寫有「聲畫妍蚩，寄在吟詠。吟詠滋味，流於字句」[73]的話，可見「吟詠」乃是傳達詩中「滋味」的一個重要媒介。而且也正因為吟詠具含此種作用，所以在中國文化傳統中乃衍生出了一系列包含有「吟」或「詠」之字樣的語彙，用以指說對一切事物的欣賞和品味。即如《宣和畫譜》就曾記載說，畫師樂士宣晚年工於水墨畫，「士大夫見之，莫不賞詠」。[74]姜夔的《清波引》詞序也曾說「滄浪之煙雨，鸛鵠之草樹……勝友二三，極意吟賞」。[75]樂士宣的畫並非文字，當然不可能發為吟詠之聲，姜夔所寫的「煙雨」、「草樹」更非文字，當然也不能供人吟詠，然而他們卻用了「賞詠」和「吟賞」等字樣，來寫他們對於圖畫和景物的玩味和欣賞，這種字彙的衍生，就足以說明「吟詠」的主要作用，原在於表達一種心靈中的體悟和感受。而這種體悟和感受則是極為個人化的一件事，不僅此人之體悟感受與彼人之體悟感受一定有所不同，即使是同一個人，此一時之體悟感受與彼一時之體悟感受，也並不可能完全相同。在前文中，我曾提出吟誦乃是「以自己的感受用聲音來對詩歌所做出的一種詮釋」之說，而如果按照詮釋學之理論來看，則不僅每個人的詮釋都是出於自我仍復歸於自我的一種詮釋的循環（hermeneutic circle），而且每個人閱讀詮釋的水平（reading horizon）也時刻在變化之中。一個人此一時的吟誦與另一時的吟誦並不可能完全相同，縱然基本的平仄聲律之音調不變，但每個字在吟誦時的高低緩急的掌握，卻實在並不能也不必如唱歌時之遵守樂譜的一成不變。因此不應把詩歌的吟詠落入到固定的樂譜之中，這種道理也就從而可知了。

以上，我們對於吟誦教學的具體實踐，既已提出了應自童幼年開始及不可流為歌唱的兩點建議，那麼我們究竟應該如何實踐訓練呢？關於此一問題，我的意思是最好從幼兒園的中班開始，就增入一個寓教學於遊戲的詩歌唱誦的教學項目，在此一教學項目中教師可以選擇一些篇幅短小、文字易解的作品，如李白的《靜夜思》（床前明月光）、孟浩然的《春曉》（春眠不覺曉）等眾所習見的詩篇，教兒童們隨意唱詠。這種唱詠不必像教學生們唱歌一樣要求他們有正確的音階和樂律，只不過在唱詠時應掌握住兩個重點，那就是詩歌的節奏頓挫與平仄押韻所形成的一種律動感。下面我們就將對此種律動感之形成的因素與重點略加敘述。

先談節奏的問題，如前文所言，四言之節奏以二、二之頓挫為主，五言之節奏以二、三之頓挫為主，七言之節奏以四、三之頓挫為主。以上所言，只是最簡單的基本句式之分別。如果要按吟詠的節奏來劃分，則中國古典詩之頓挫實當以每兩個字為一個單位，也就是說五言詩之二、三的頓挫，又可細分為二、二、一之頓挫，而七言詩之四、三的頓挫，又可細分為二、二、二、一之頓挫。在吟詠時，凡是頓挫之處都不可與下一字連讀，至於不連讀的頓挫之表示，則又可分別為兩種情況，一種是略做停頓，另一種則是加以拖長。即如五言詩之第二字，七言詩之第二字和第四字，便都是在吟詠時應該加以拖長或略做停頓的所在。至於五言詩之第四字及七言詩之第六字，則可視情況之不同或與後一字連讀，或不連讀而加以停頓或拖長。而與此種頓挫相對的則是五言詩之第一字及第三字，與七言詩第一字、第三字及第五字，即必須與下一字連讀，而絕不可任意停頓或拖長。以上是詩歌吟詠中在節奏頓挫方面所當掌握的幾個重點。再談平仄押韻方面的掌握，在這方面因為牽涉到古體與近體的區分，所以我們就不得不先對近體詩的聲律略加敘述。近體詩雖然有五言律、絕與七言律、絕等各種不同的體式，但在平仄方面卻可以歸納出一個基本的原則，那就是平仄兩個聲調的間隔與呼應。如果我們用「—」的符號代表平聲，用「|」的符號表示仄聲，那麼，我們就可以把近體詩的聲律歸納為兩個基本的形式。第一類形式我們可以寫為：

— — — | |

| | | — —（A式）

第二類形式我們可以寫為：

| | — — |

— — | | —（B式）

我們可以稱第一類為A式，第二類為B式。如果按節奏頓挫之處來劃分平仄，我們就可見到若以一句為單位，則在此單位中之第二字與第四字之平仄恰好相反。而若以兩句一聯為單位，則上句之第二字及第四字，又與下句之第二字及第四字之平仄也恰好相反，如此自然就形成了一種極具規律的間隔和呼應。

至於七言詩句的平仄格式，則只要在五言詩之格式上，每句各加兩個字就可以了。至於其增字之原則，則仍以保持此種間隔與呼應之基本聲律為準，由此遂成了下面兩種七言句的聲律之基式。第一類形式我們可以寫為：

| | — — — | |

— — | | | — —（C式）

這是以平起的五言句A式為基式，在首句開端的兩個平聲字之前增加了兩個仄聲字，而在次句開端的兩個仄聲字之前，增加了兩個平聲字。此一格式我們可以稱為C式。還有第二類形式我們可以寫為：

——||——|

||——||—（D式）

這是以仄起的五言句B式為基式，在首句開端的兩個仄聲字之前增加了兩個平聲字，而在次句開端之前增加了兩個仄聲字，此一格式我們可以稱為D式。

當我們對五言與七言的近體詩之聲律有了以上的基本認識以後，我們就可以依類推知五言四句的絕句，其基本格式乃是AB的連接或BA的連接。AB的連接格式如下：

———||
|||——
A式

||——|
——||—
B式

此一格式我們稱為五言絕句的平起式，因為第一句之第一個節奏停頓之處（也就是第一句的第二個字）是平聲字。至於BA的連接形式則是：

｜｜——｜
——｜｜—
B式

———｜｜
｜｜｜——
A式

同理我們就稱此一格式為五言絕句的仄起式。至於七言絕句的基本格式，則是CD二式的連接或DC二式的連接。CD的連接為七言絕句的仄起式，而DC的連接則為七言絕句的平起式。至於八句的律詩，則只需將絕句的形式再加一次重複就可以了。如ABAB就是五律的平起式，BABA就是五律的仄起式。依此類推，CDCD就是七律的仄起式，DCDC就是七律的平起式。

以上我們簡單地介紹了五、七言近體律絕的一些聲律的基本格式。不過我的目的卻並不在介紹詩歌之體式，我的目的只是想透過聲律，使大家能夠認識中國近體詩中，由於平仄之間隔連用以及前後相呼應所形成的一種聲音的律動感，如此則當我們在吟詠時，自然就知道如何掌握和傳達此種聲律之美了。此外若再就押韻而言，近體詩一般都以押平聲韻為主，平聲字則一般都宜於拖長聲調來吟誦，因此押平聲韻的近體律絕，在吟詠時乃自然容易形成一種詠嘆的意味。不

過，若詳細加以區分，則律詩與絕句的吟詠又不全同，絕句較短，吟誦時在抑揚起伏的唱嘆中，仍有一種流暢貫注的神味。可是律詩則不僅句數增加了一倍，而且中間四句又是兩兩相對的兩個對句，而對於駢偶的對句，則在吟誦間一般總要表現出與駢對之開合相應的聲吻，如此遂在吟詠時，較之絕句的流暢貫注更多了一種呼應頓挫之致。除此以外，還有一點也應提到的，就是近體詩雖以雙數句押韻為主，首句不必然要押韻，不過首句也可以押韻，七言近體首句押韻者較之五言為多，如此則七言C式之首句，遂將成為||——||—的格式，而七言D式之首句則將成——|||——的格式（五言式只要減去首二字即可）。如果既是七言近體，而且首句又押韻，如此則較之五言近體既多了一個節奏頓挫，又多了一個韻字的呼應，當然吟誦起來也就更富於抑揚唱嘆之感了。

最後我們還要談一談古體詩之吟誦。古體詩就字數而言，基本上可以有四言、五言、七言，以及雖以七言為主但卻雜以五言的五七雜言，或雜以三言的三五七雜言，抑或更有雜以四、六、八言等變化多樣的雜言之體式。而就聲律言，則古詩本無平仄固定之聲律，不過自唐代近體詩流行以後，古詩亦有雜用律句者（可以參看王力所撰《漢語詩律學》一書，對於古詩入律與不入律的各種平仄句式曾有詳細之討論）。[76]本文之主旨既不在討論詩之格式，因此對這方面不擬詳論。至於以吟誦言，則不論古體中雜用律句與否，都不可以用吟誦近體詩之方式來吟誦。因為如本文在前面論近體聲律時之所言，近體律絕在平仄聲律方面有一種極具規律的間隔和呼應，因此在吟誦時自有其聲律之連續性與一貫性。至於古體詩，則有時雖亦雜用律句，但卻因其不能由始至終形成一貫的間隔呼應之律動，所以乃決然無法用吟誦近體詩之方式來吟誦。一般而言，近體詩之吟誦因為有聲律，故易於形成為一種詠唱的味道，也就是說雖是吟詠，但因其聲調之抑揚乃頗近於唱。而古體詩之吟誦則因為沒有抑揚的聲律之緣故，因此古體詩之吟誦乃頗近於詠讀的味道，也就是說雖是吟誦但聲調較為平直，是一種誦讀的聲吻，而不是唱嘆的聲吻。而且七言詩的吟誦與五言詩的吟誦方式也不盡同，因為七言詩每篇的字數句數往往都較五言詩為長，而且在形式上還可以有雜言或雜用律句等許多變化，因此如以七言詩與五言詩相比較，則五言詩之吟誦以宜於用平直敘說之口吻誦讀者為多，而七言詩之吟誦則可以因其有形式上之字數句數與聲律及換韻或不換韻的多種變化，因此其吟誦的方式自然也就有了多種不同。或者可以用高揚激促之聲調以傳達一種氣勢之感，如李白寫的一些七言古詩，便適於用此種方式來吟誦。或者因其雜用律句而且經常換韻，因此在吟誦時便可以迴環往復地傳達出一種迴盪之感，如白居易寫的一些七言歌行，便適於用此種方式來吟誦。

以上，我們雖然對各體詩之聲律及形式方面的特色，以及配合著這些特色在吟誦時所當掌握的一些重點，都做了簡單說明，但這其實都不過只是紙上談兵而已。至於真正在吟誦的實踐中，則可能因作品之各有不同及吟者的各有不同，而在實踐中產生出無窮的變化。因為即使是同一格律的詩篇，同為平聲字還可以有陰陽之不同，而仄聲字更可以有上去入之不同。何況即使是同一聲調的字，其發聲還可以有開合洪細之不同。至於以詩篇之內容情意而言，則當然更是千差萬別，古往今來絕不會有任何兩首全然相同的作品。任何吟誦者的閱讀背景、修養水平、年齡長幼、性別男女、音色高低，也絕不可能有任何兩個相同的人物。如此，則由吟誦者透過聲音對詩篇所做出的詮釋，當然不可能制定為一種固定的、如樂譜一樣的死板法則，來提供給大家去遵守。因此本文所能提供的，遂只是詩歌在形式方面所應認知的一些最基本的格式，和在吟誦方面所當注意的一些最基本的常識而已。至於真正想要重振中國詩歌的吟誦之傳統，則私意以為最好的方法就是付諸實踐，也就是從童幼年開始就以吟唱的方式，誘導孩子們養成吟誦的愛好和習慣。因為吟誦乃是一種實踐的藝術，而不是可以從理性去學習的一種知識。即以我個人為例而言，我雖然在前文中舉引了不少有關吟誦時所當掌握的韻律方面的重要法則，但事實上我在幼年學習吟誦的過程中，對於這些法則一無所知。我只是因為常聽到我伯父和父親的吟誦，因此在全然無意於學習的自然薰習中，學會了吟誦。而且事實上他們二人吟誦的聲調並不相同，我自己吟誦的聲調與他們二人也並不相同，不過我確實從聲音的直感中掌握了韻律的重點，毫不費力地學會了吟詩，而完全未曾假借於任何有關韻律的智性的知識。可見如果從童幼年開始吟誦的訓練，乃是全然不會令孩子們感到任何困難的，而經由吟誦所培養出來的如我在前文所提到的聯想與直感之能力，則將使他們無論以後學文或學理，為學與做人各方面都將受用不盡（據今日「知識生態學」之研究，以為音樂性知識之學習，對兒童身心之成長有密切之關係，不過我對這方面所知不多，不敢妄加徵引）。

最後還有一個重要的問題有待解決，那就是如何培養孩子們吟誦的師資問題。如我在前文所言，吟誦既然是要由口耳相傳的一種藝術，因此最好的學習方式應該就是聆聽別人的吟誦。這在今日錄音與錄像之科技設備已極為普及的現代社會中，應該也並非難事，因為吟誦之傳統雖然已經日漸消亡，但是會吟誦的人則畢竟猶有存者，所以將他們的吟誦錄為影音來加以推廣，實在應是想要振興吟誦之傳統的一個十分可行的辦法。而且據我所知，大陸及臺灣近年來也都曾錄製過一些吟詩的音帶，不過這些吟誦的音帶，卻並未能對重振吟誦之傳統一事產生任何重要的影響。那是因為廣大的社會人士對於如我們前文所言的吟誦之價值與意義沒有絲毫的認知，因此即使有吟詩的音帶出版，也不過是僅在少數對吟誦感興趣的人之間流傳而已，所以私意以為此事還有待於社會上有心人士加以推廣。最近我在八月十一日《世界日報》的「文化集錦」欄目中，看到一則消息，標題是「中華詩詞吟誦會在閩南安舉行」，報導說這次匯集了大陸各地吟誦的人士，將以流動的方式依次在南安、泉州和廈門三市縣進行，並且說：「中華詩詞是中國傳統民族文化的瑰寶，而詩詞的吟誦藝術又是表現詩詞韻致的重要方式。」我衷心希望這一類活動能引起社會上普遍的關心和重視，尤其希望中小學的教師們，或者目前正在師範學校肄業以後將從事中小學教育的青年們，能夠首先學會吟誦，如此則自然可以在教學中以口耳相傳的吟唱方式，使吟誦的傳統能在下一代學童中扎下根來。如果更能像日本的「百人一首」一樣，為學童們舉辦吟誦的競賽遊戲，則吟誦一事便自然能在學童間引起普遍的興趣。而這種興趣的養成，我以為無論是對學文或學理的人而言，在以後的學習中都會有相當的助益。以上所言，在今日競相追逐物欲享受的現代人看來，自不免有不合時宜之譏。不過眼見一種寶貴的文化傳統之日漸消亡，作為一個深知其價值與意義的人，總不免有一種難言之痛。古人有言「知其不可為而為之」，我之所以不避不合時宜之譏，不辭辛苦地寫了這一篇二萬八千餘字的長文，蓋亦不過出於「知其不可為而為之」的不忍見其消亡之一念而已。

葉嘉瑩

一九九二年五月一日初稿於天津南開大學

一九九二年九月十三日定稿於哈佛燕京圖書館

◎注解

1 《迦陵論詩叢稿》第三一〇至三一一頁，中華書局一九八四年版；亦可參見《迦陵論詩叢稿》第一四四至一四五頁，大塊文化二〇一二年版。

2 《迦陵論詩叢稿》第三一一及三一三頁，中華書局一九八四年版；亦可參見《迦陵論詩叢稿》第一四五及一四八頁，大塊文化二〇一二年版。

3 《迦陵論詞叢稿》第三〇五及三〇九頁，上海古籍出版社一九八〇年版。

4 《迦陵論詩叢稿》第三四八頁，中華書局一九八四年版。亦可參見《迦陵論詩叢稿》第四六至四七頁，大塊文化二〇一二年版。

5 《迦陵論詩叢稿》第三三五頁，中華書局一九八四年版。亦可參見《迦陵論詩叢稿》第三四至三五頁，大塊文化二〇一二年版。

6 《迦陵論詩叢稿》第三五四頁，中華書局一九八四年版。亦可參見《迦陵論詩叢稿》第五三頁，大塊文化二〇一二年版。

7 《迦陵論詩叢稿》第三五七頁，中華書局一九八四年版。亦可參見《迦陵論詩叢稿》第五五至五六頁，大塊文化二〇一二年版。

8 《中外文學》第二八卷，第八期，第四至三一頁，第二九卷，第九期，第四至三〇頁，臺北《中外文學》月刊社一九九二年一月及二月號。

9 《史記・孔子世家》冊四，卷四七，第一九三六頁，中華書局一九三七年版。

10 《墨子閒詁》，見《新編諸子集成》第一輯，冊下，第四一八頁，中華書局一九八六年版。

11 《周禮注疏》第三三六頁，上海古籍出版社一九九〇年版。

12 朱自清《詩言志辨》，見《朱自清古典文學論文集》上，第一九八頁，上海古籍出版社一九八一年版。

13 雷海宗《古代中國的外交》，見清華大學《社會科學》第三卷，第一期，第二至三頁，一九四一年四月清華大學三十週年紀念專號。
14 《論語·季氏》及《論語·子路》，見朱熹《四書集注》第七六八頁及五七六頁，臺北《中華叢書》一九五八年版。
15 《左傳會箋》冊下，卷一五，第五〇至五一頁，臺北廣文書局一九六一年版。
16 《周禮注疏》第三三六頁，上海古籍出版社一九九〇年版。
17 《周禮注疏》第三三五頁，上海古籍出版社一九九〇年版。
18 《迦陵論詩叢稿》第三四八頁，中華書局一九八四年版。亦可參見《迦陵論詩叢稿》第四六至四七頁，大塊文化二〇一二年版。
19 《論語·陽貨》，見朱熹《四書集注》第七八七頁，臺北《中華叢書》一九五八年版。
20 《周禮注疏》第三三六頁，上海古籍出版社一九九〇年版。
21 《周禮注疏》第三三六頁，上海古籍出版社一九九〇年版。
22 《周禮注疏》第三三六頁，上海古籍出版社一九九〇年版。
23 《摯太常集》，見《漢魏六朝百三家集》第六函，第三二冊，第三八頁，光緒乙卯信述堂重刻本。
24 江永《古韻標準·例言》，見《百部叢書集成》所收《貸園叢書》第二函，第一冊，第五頁。
25 郭紹虞《永明聲病說》，見《照隅室古典文學論集》上編，第二三四頁，上海古籍出版社一九八三年版。
26 司馬相如《答盛覽問作賦》，引自《西京雜記》，見《歷代小史》第五九頁，廣陵古籍刻印社據明刊本影印。
27 陸機《文賦》，見《文選》第二二六頁，上海世界書局一九三五年版。
28 《毛詩·大序》，見《十三經注疏》冊二，第一三頁，臺北藝文印書館一九六五年版。

29 陸機《文賦》，見《文選》第二二六頁，上海世界書局一九三五年版。
30 劉勰《文心雕龍·神思》第四九三頁，臺北明倫書局一九七〇年版。
31 劉勰《文心雕龍·聲律》第五四二至五四三頁，臺北明倫書局一九七〇年版。
32 盧延讓《苦吟》，見《全唐詩》卷七一五，第八二一二頁，中華書局一九七九年版。
33 《杜詩鏡銓》卷一七，第六一三頁，臺北新興書局一九七〇年版。
34 《杜詩鏡銓》卷四，第二〇四頁，臺北新興書局一九七〇年版。
35 《杜詩鏡銓》卷二，第一二三頁，臺北新興書局一九七〇年版。
36 趙蕃（字章泉先生）《學詩》詩，見《詩人玉屑》卷一，第八頁·中華書局一九六一年版。
37 《李白全集編年注釋》第一至二頁，巴蜀書社一九九〇年版。
38 《新評唐詩三百首》第一五九頁，廣東人民出版社一九八二年版。
39 沈德潛《說詩晬語》，見《清詩話》第四八四頁，臺北西南書局一九七九年版。
40 杜甫《贈李十二白》，見《杜詩鏡銓》卷六，第二六二頁，臺北新興書局一九七〇年版。
41 曾國藩《曾義正公全集》，見《近代中國史料叢刊續輯》第九種第三冊，第二〇三六八至二〇三六九頁，臺北文海出版社一九七四年版。此處出自咸豐八年八月二十日曾國藩家書《諭紀澤八月二十日》。詳見附錄。
42 *Harvard Journal of Asiatic Studies*, Vol. 28, 1968, pp.44-73.
43 曾國藩《曾文正公全集》，見《近代中國史料叢刊續輯》第九種第三冊，第二〇三六三頁，台北文海出版社一九七四年版。此處出自咸豐八年七月二十一日曾國藩家書《諭紀澤七月二十一日》。詳見附錄。
44 《晉書·王敦傳》卷九八，列傳六八，第四九七頁，上海大光書局一九三六年版。

45 李商隱《柳枝詩．序》，見《李商隱詩集疏注》第五六五頁，人民文學出版社一九八五年版。

46 蒲松齡《聊齋志異》上冊第三三一頁；下冊第一四八二頁，上海中華書局一九六二年版。

47 《論語．學而》，見朱熹《四書集注》第二七至二九頁，臺北《中華叢書》一九五八年版。

48 《論語．八佾》，見朱熹《四書集注》第九三至九五頁，臺北《中華叢書》一九五八年版。

49 馬一浮《復性書院講錄》卷二，第三六頁，臺北廣文書局一九七九年版。

50 王國維《人間詞話》，見《詞話叢編》冊五，第四二四五頁。

51 《迦陵隨筆》，見《中國詞學的現代觀》第二部分，國立臺灣大學出版中心二〇二一年版；《唐宋詞十七講》第四九九至五〇五頁，大塊文化二〇一三年版；《詩馨篇．序》，見《迦陵雜文集》第二九二至二九三頁，大塊文化二〇一三年版。

52 X. J. Kennedy, *An Introduction to Poetry* (Harper Collins Publishers, 1990, 7th ed.), p. 1.

53 Ibid., p. 1.

54 Ibid., pp. 1-2.

55 Ibid., p. 2.

56 Ibid., p. 125.

57 Ibid., p. 141.

58 Julia Kristeva, *Revolution in Poetic Language* (New York, Columbia University Press, 1984), p. 25.

59 Ibid., p. 26.

60 Julia Kristeva, *Desire in Language* (New York, Columbia University Press, 1980), p. 28.

61 《迦陵論詩叢稿》第三三九頁，中華書局一九八四年版。亦可參見《迦陵論詩叢稿》第三七頁，大塊文化二〇一二年版。

62 鄭樵《通志略・昆蟲草木略第一・序》第七八五頁，上海世界書局一九三五年版。

63 同上。

64 朱自清《關於興詩的意見》，引自顧頡剛《古史辨》第六八四頁，上海古籍出版社一九八二年版。

65 《從李義山〈嫦娥〉詩談起》，見《迦陵論詩叢稿》第六五頁，中華書局一九八四年版。亦可參見《迦陵論詩叢稿》第三一六頁，大塊文化二〇一二年版。

66 李商隱《登樂遊原》，見《李商隱詩集疏注》第三一頁，人民文學出版社一九八五年版。

67 賀知章《回鄉偶書》，見《唐詩三百首》第三一五頁，上海古籍出版社一九八〇年版。

68 「Intertextuality」之說見：Tori Mori (Ed.), *The Kristev Reader* (reprinted. 1987, Basil Blackwell Ltd. Oxford, UK), p. 112。

69 《迦陵談詩二集》第六九頁，台北東大書局一九五八年版。

70 楊振寧《談談我的讀書經驗》，見《楊振寧演講集》第一四三〇頁，南開大學出版社一九九二年版。

71 今春（一九九二年）訪問蘭州大學，牛龍菲先生以其《有關「音樂神童」和「兒童早期音樂教育」的初步理論探索》一文之手稿見示，其中曾論及音樂之教化作用，以爲「在兒童各階段的心理發育過程中，『文而化之』或者『樂而化之』的刺激信息，還將作用於兒童的生理教育（不僅作用於心理教育），並內化於兒童的生理結構之中」。私意以爲「吟誦」當亦屬於「文而化之」與「樂而化之」的範圍之內。

72 X. J. Kennedy, *An Introduction to Poetry* (Harper Collins Publishers, 1990, 7th ed.), p. 141.

73 劉勰《文心雕龍・聲律》第五四二至五四三頁，臺北明倫書局一九七〇年版。

74 《宣和畫譜》卷一九，第二四三頁，上海人民美術出版社一九六二年版。

75 姜夔《清波引・序》，見《姜白石詞編年箋校》第一一頁，上海古籍出版社一九八一年版。

76 王力《漢語詩律學》第三八〇至四一七頁，上海教育出版社一九六三年版。

附錄　曾國藩家書二則

諭紀澤　七月二十一日[1]

讀書之法與做人之道。

字諭紀澤兒：

余此次出門，略載日記，即將日記封每次家信中。聞林文忠家書，即係如此辦法。爾在省，僅至丁、左兩家，餘不輕出，足慰遠懷。

讀書之法，看、讀、寫、作，四者每日不可缺一。看者，如爾去年看《史記》《漢書》韓文《近思錄》，今年看《周易折中》之類是也。讀者，如《四書》《詩》《書》《易經》《左傳》諸經、《昭明文選》、李杜韓蘇之詩、韓歐曾王之文，非高聲朗誦則不能得其雄偉之概，非密詠恬吟則不能探其深遠之韻。譬之富家居積，看書則在外貿易，獲利三倍者也，讀書則在家慎守，不輕花費者也；譬之兵家戰爭，看書則攻城略地，開拓土宇者也，讀書則深溝堅壘，得地能守者也。看書如子夏之「日知所亡」相近，讀書與「無忘所能」相近，二者不可偏廢。至於寫字，真行篆隸，爾頗好之，切不可間斷一日。既要求好，又要求快。余生平因作字遲鈍，吃虧不少。爾須力求敏捷，每日能作楷書一萬則幾矣。至於作諸文，亦宜在二三十歲立定規模；過三十後，則長進極難。作四書文，作試帖詩，作律賦，作古今體詩，作古文，作駢體文，數者不可不一一講求，一一試為之。少年不可怕醜，須有狂者進取之趣，過時不試為之，則後此彌不肯為矣。

至於作人之道，聖賢千言萬語，大抵不外敬恕二字。「仲弓問仁」一章，言敬恕最為親切。自此以外，如立則見參於前也，在輿則見其倚於衡也；君子無眾寡，無小大，無敢慢，斯為泰而不驕；正其衣冠，儼然人望而畏，斯為威而不猛。是皆言敬之最好下手者。孔言欲立立人，欲達達人；孟言行有不得，反求諸己。以仁存心，以禮存心，有終身之憂，無一朝之患。是皆言恕之最好下手者。爾心境明白，於恕字或易著功，敬字則宜勉強行之。此立德之基，不可不謹。

科場在即，亦宜保養身體。余在外平安，不多及。

滌生手諭　舟次樵舍下去江西省城八十里

再，此次日記，已封入澄侯叔函中寄至家矣。余自十二至湖口，十九夜五更開船晉江西省，二十一申刻即至章門。餘不多及。又示。

諭紀澤 八月二十日[2]

教學詩學字之方法。勉其雪己之三恥。

字諭紀澤兒：

十九日曾六來營，接爾初七日第五號家信並詩一首，具悉。次日入闈，考具皆齊矣。此時計已出闈還家。

余於初八日至河口。本擬由鉛山入閩，進搗崇安，已拜疏矣。光澤之賊竄擾江西，連陷瀘溪、金溪、安仁三縣，即在安仁屯踞。十四日派張凱章往剿。十五日余亦回駐弋陽。待安仁破滅後，余乃由瀘溪雲際關入閩也。

爾七古詩，氣清而詞亦穩，余閱之忻慰。凡作詩，最宜講究聲調。余所選鈔五古九家、七古六家，聲調皆極鏗鏘，耐人百讀不厭。余所未鈔者，如左太沖、江文通、陳子昂、柳子厚之五古，鮑明遠、高達夫、王摩詰、陸放翁之七古，聲調亦清越異常。爾欲作五古七古，須熟讀五古七古各數十篇。先之以高聲朗誦，以昌其氣；繼之以密詠恬吟，以玩其味。二者並進，使古人之聲調，拂拂然若與我之喉舌相習，則下筆為詩時，必有句調湊赴腕下。詩成自讀之，亦自覺琅琅可誦，引出一種興會來。古人云「新詩改罷自長吟」，又云「煅詩未就且長吟」，可見古人慘淡經營之時，亦純在聲調上下工夫。蓋有字句之詩，人籟也；無字句之詩，天籟也。解此者，能使天籟人籟湊泊而成，則於詩之道思過半矣。

爾好寫字，是一好氣習。近日墨色不甚光潤，較去年春夏已稍退矣。以後作字，須講究墨色。古來書家，無不善使墨者，能令一種神光活色浮於紙上，固由臨池之勤、染翰之多所致，亦緣於墨之新舊濃淡，用墨之輕重疾徐，皆有精意運乎其間，故能使光氣常新也。

余生平有三恥：學問各途，皆略涉其涯涘，獨天文算學，毫無所知，雖恆星五緯亦不識認，一恥也；每作一事，治一業，輒有始無終，二恥也；少時作字，不能臨摹一家之體，遂致屢變而無所成，遲鈍而不適於用，近歲在軍，因作字太鈍，廢閣殊多，三恥也。爾若為克家之子，當思雪此三恥。推步算學，縱難通曉，恆星五緯，觀認尚易。家中言天文之書，有《十七史》中各天文志，及《五禮通考》中所輯觀象授時一種。每夜認明恆星二三座，不過數月，可畢識矣。凡作一事，無論大小難易，皆宜有始有終。作字時，先求圓勻，次求敏捷。若一日能作楷書一萬，少或七八千，愈多愈熟，則手腕毫不費力。將來以之為學，則手鈔群書，以之從政，則案無留牘。

無窮受用，皆自寫字之匀而且捷生出。三者皆足彌吾之缺憾矣。

今年初次下場，或中或不中，無甚關係，榜後即當看《詩經》注疏。以後窮經讀史，二者迭進。國朝大儒，如顧、閻、江、戴、段、王數先生之書，亦不可不熟讀而深思之。光陰難得，一刻千金。以後寫安稟來營，不妨將胸中所見，簡編所得，馳騁議論，俾余得以考察爾之進步，不宜太寥寥。此諭。　書於弋陽軍中

◎注解

1　湖湘文庫《曾國藩全集》第二十冊第三六一至三六三頁，岳麓書社二〇一一年版。

2　湖湘文庫《曾國藩全集》第二十冊第三七二至三七三頁，岳麓書社二〇一一年版。

詩經

詩經・周南・關雎

關◎關◎雎鳩，在河之洲。窈窕淑女，君子好逑◎。
參差荇菜，左右流◎之。窈窕淑女，寤◎寐◎求之。
求之不得，寤寐思服。悠哉悠哉，輾轉反側。
參差荇菜，左右采之。窈窕淑女，琴瑟友之。
參差荇菜，左右芼◎之。窈窕淑女，鐘鼓樂之。

◎關關：鳥鳴聲。
◎逑（ㄑㄧㄡˊ）：配偶。
◎流：順著水流採摘。
◎寤寐：寤，醒來；寐，入睡。
◎芼（ㄇㄠˋ）：採摘。

（誦）

（吟）

詩經・周南・桃夭

桃之夭夭，灼灼其華。之子于歸，宜其室家。
桃之夭夭，有蕡其實。之子于歸，宜其家室。
桃之夭夭，其葉蓁蓁。之子于歸，宜其家人。

吟

誦

◎夭夭：花朵繁盛美麗的樣子。
◎灼灼：桃花盛開，色彩鮮豔的樣子。
◎于歸：出嫁。
◎蕡：果實碩大貌。
◎蓁蓁：茂盛的樣子。

詩經・王風・黍離

彼黍離離，彼稷之苗。行邁靡靡，中心搖搖。
知我者，謂我心憂。不知我者，謂我何求。
悠悠蒼天，此何人哉！
彼黍離離，彼稷之穗。行邁靡靡，中心如醉。
知我者，謂我心憂。不知我者，謂我何求。
悠悠蒼天，此何人哉！
彼黍離離，彼稷之實。行邁靡靡，中心如噎。
知我者，謂我心憂。不知我者，謂我何求。
悠悠蒼天，此何人哉！

（吟）

（誦）

◎黍：小米。
◎稷：高粱。
◎行邁：行走不止；遠行。
◎靡靡：這裡形容腳步遲緩的樣子。

詩經・王風・君子于役

君子于役，不知其期，曷至哉？
雞棲于塒◎，日之夕矣，羊牛下來。
君子于役，如之何勿思？
君子于役，不日不月，曷其有佸◎？
雞棲于桀◎，日之夕矣，羊牛下括◎。
君子于役，苟無飢渴？

吟　誦

◎塒：在牆上挖洞做成的雞窩。
◎佸：會合，相會。
◎桀：供雞棲息的木樁。
◎括：聚集到一起。

詩經・王風・兔爰

有兔爰爰，雉離于羅。我生之初，尚無為。
我生之後，逢此百罹。尚寐無吪！
有兔爰爰，雉離于罦。我生之初，尚無造。
我生之後，逢此百憂。尚寐無覺！
有兔爰爰，雉離于罿。我生之初，尚無庸。
我生之後，逢此百凶。尚寐無聰！

吟　誦

◎爰爰：舒緩的樣子。
◎離：同「罹」，遭受。
◎羅：捕鳥獸的網，同下文「罦」、「罿」。
◎吪ㄜˊ：動。

詩經・鄭風・有女同車

有女同車，顏如舜華。將翱將翔，佩玉瓊琚。
彼美孟姜◎，洵◎美且都。
有女同行，顏如舜英。將翱將翔，佩玉將將。
彼美孟姜，德音◎不忘。

吟

誦

◎孟姜：孟指兄弟姊妹中排行最大的，姜為春秋時齊國的國姓，故稱齊君的長女為孟姜。也泛指美貌的女子。

◎洵：確實。

◎德音：美好的品德。

詩經・魏風・伐檀

坎坎伐檀兮，寘之河之干兮。河水清且漣猗。
不稼不穡，胡取禾三百廛兮？
不狩不獵，胡瞻爾庭有縣貆兮？
彼君子兮，不素餐兮！
坎坎伐輻兮，置之河之側兮。河水清且直猗。
不稼不穡，胡取禾三百億兮？
不狩不獵，胡瞻爾庭有縣特兮？
彼君子兮，不素食兮！
坎坎伐輪兮，置之河之漘兮。河水清且淪猗。
不稼不穡，胡取禾三百囷兮？
不狩不獵，胡瞻爾庭有縣鶉兮？
彼君子兮，不素飧兮！

吟

誦

◎坎坎：狀聲詞，伐木聲。
◎寘：同「置」。
◎稼：種植。
◎穡：收穫。
◎漘：水邊。

詩經・魏風・碩鼠【節選】

碩鼠碩鼠，無食我黍！三歲貫女，莫我肯顧。
逝將去女，適彼樂土。樂土樂土，爰得我所。

◎逝：通「誓」，表決心。
◎去：離開。
◎爰：於是，在此。
◎所：處所。

（吟）

（誦）

詩經・小雅・無羊

誰謂爾無羊？三百維群。誰謂爾無牛？九十其犉◎。

爾羊來思，其角濈濈◎。爾牛來思，其耳濕濕。

或降于阿，或飲于池，或寢或訛。

爾牧來思，何蓑何笠，或負其餱◎。

三十維物，爾牲則具。

爾牧來思，以薪以蒸◎，以雌以雄。

爾羊來思，矜矜兢兢，不騫不崩。

麾之以肱，畢來既升。

牧人乃夢，眾維魚矣，旐維旟矣。大人占之：

眾維魚矣，實維豐年；旐維旟矣，室家溱溱。

吟

誦

◎犉：大牛，牛生七尺曰「犉」。

◎濈濈：聚集的樣子。

◎餱：乾糧。

◎蒸：細小的木柴。

詩經・小雅・隰桑

隰桑有阿，其葉有難。既見君子，其樂如何！
隰桑有阿，其葉有沃。既見君子，云何不樂！
隰桑有阿，其葉有幽。既見君子，德音孔膠。
心乎愛矣，遐不謂矣？中心藏之，何日忘之？

◎隰：低溼的地方。
◎難：茂盛貌。
◎君子：這裡指愛慕的對象。

(誦) (吟)

楚辭

離騷【節選一】

〔戰國〕屈原

紛吾既有此內美兮，又重之以修◎能。
扈江離◎與辟芷兮，紉秋蘭以為佩。
汩余若將不及兮，恐年歲之不吾與。
朝搴阰之木蘭兮，夕攬洲之宿莽。
日月忽其不淹◎兮，春與秋其代序。
惟草木之零落兮，恐美人之遲暮。

吟

誦

◎修：美好。
◎江離：與下文的辟芷、秋蘭等均表示香草名。
◎淹：留。

離騷【節選二】

〔戰國〕屈原

朝飲木蘭之墜露兮，夕餐秋菊之落英。
苟余情其信姱以練要兮，長顑頷亦何傷？
擥木根以結茝兮，貫薜荔之落蕊。
矯菌桂以紉蕙兮，索胡繩之纚纚。
謇吾法夫前修兮，非世俗之所服。
雖不周於今之人兮，願依彭咸之遺則。

◎姱：美好。
◎顑頷：因飢餓而面黃肌瘦的樣子。
◎擥：採摘。

（吟）

（誦）

離騷【節選三】

〔戰國〕屈原

余以蘭為可恃兮，羌無實而容長。
委◎厥美以從俗兮，苟得列乎眾芳。
椒專佞以慢慆◎兮，樧又欲充夫佩幃。
既干◎進而務入兮，又何芳之能祗？
固時俗之流從兮，又孰能無變化？
覽椒蘭其若茲兮，又況揭車與江離。

（吟）

（誦）

◎委：丟棄，這裡指遭人拋棄。
◎慢慆（ㄊㄠ）：傲慢放肆。
◎干：求。

九歌・少司命【節選】

〔戰國〕屈原

入不言兮出不辭，乘回風兮載雲旗。
悲莫悲兮生別離，樂莫樂兮新相知。

【誦】

◎生別離：難以再見的離別。
◎相知：互相了解，知心。

九歌・東皇太一

〔戰國〕屈原

吉日兮辰良，穆將愉兮上皇。
撫長劍兮玉珥，璆鏘鳴兮琳琅。
瑤席兮玉瑱，盍將把兮瓊芳。
蕙肴蒸兮蘭藉，奠桂酒兮椒漿。
揚枹兮拊鼓，疏緩節兮安歌，陳竽瑟兮浩倡。
靈偃蹇兮姣服，芳菲菲兮滿堂。
五音紛兮繁會，君欣欣兮樂康。

吟

誦

◎蕙肴：以蕙草蒸肉。
◎枹ㄈㄨˊ：鼓槌。
◎拊ㄈㄨˇ：敲擊。
◎偃ㄧㄢˇ蹇ㄐㄧㄢˇ：舞姿優美的樣子。

九歌・湘夫人【節選】

〔戰國〕屈原

聞佳人兮召予，將騰駕兮偕逝。
築室兮水中，葺之兮荷蓋。
蓀壁兮紫壇，播芳椒兮成堂。
桂棟兮蘭橑，辛夷楣兮藥房。
罔薜荔兮為帷，擗蕙櫋兮既張。
白玉兮為鎮，疏石蘭兮為芳。
芷葺兮荷屋，繚之兮杜衡。
合百草兮實庭，建芳馨兮廡門。

（吟）　（誦）

◎偕逝：同往。
◎罔：同「網」，編結。
◎擗：掰開。
◎杜衡：香草名。

九歌·山鬼【節選】

〔戰國〕屈原

若有人兮山之阿，被薜荔兮帶女羅。
既含睇兮又宜笑，子慕予兮善窈窕。
乘赤豹兮從文狸，辛夷車兮結桂旗。
被石蘭兮帶杜衡，折芳馨兮遺所思。
余處幽篁兮終不見天，路險難兮獨後來。
表獨立兮山之上，雲容容兮而在下。

◎女羅：同「女蘿」。
◎含睇：微微斜視貌。
◎文：花紋。

吟

誦

國立故宮博物院／《宋夏珪溪山清遠卷》（局部）

天問【節選一】

〔戰國〕屈原

曰：遂古之初，誰傳道之？
上下未形，何由考之？
冥昭瞢暗，誰能極之？
馮翼惟象，何以識之？
明明暗暗，惟時何為？
陰陽三合，何本何化？
圜則九重，孰營度之？
惟茲何功，孰初作之？

吟

誦

◎馮翼：元氣充盈貌。
◎本：宇宙的本體。
◎化：宇宙的變化。

天問【節選二】

〔戰國〕屈原

天命反側，何罰何佑？
齊桓九會，卒然身殺。
彼王紂之躬，孰使亂惑？
何惡輔弼，讒諂是服？
比干何逆，而抑沉之？
雷開阿順，而賜封之？
何聖人之一德，卒其異方？
梅伯受醢，箕子詳狂。

吟

誦

◎反側：反覆無常。
◎雷開：紂時佞臣。
◎阿順：阿諛媚順。
◎醢：剁成肉醬。
◎箕子：紂時賢臣。
◎詳：通「佯」。佯狂即裝瘋。

漁父【節選】

〔戰國〕屈原

屈原曰：「舉世皆濁我獨清，眾人皆醉我獨醒，是以見放。」漁父曰：「聖人不凝滯於物，而能與世推移……何故深思高舉，自令放為？」屈原曰：「吾聞之：新沐者必彈冠，新浴者必振衣。安能以身之察察，受物之汶汶者乎？寧赴湘流，葬於江魚之腹中。安能以皓皓之白，而蒙世俗之塵埃乎？」漁父莞爾而笑……歌曰：「滄浪之水清兮，可以濯吾纓；滄浪之水濁兮，可以濯吾足。」遂去，不復與言。

吟　誦

◎高舉：在此譯為自命清高，含貶義。
◎察察：潔淨。
◎汶汶：玷辱。

樂府

佳人歌

〔漢〕李延年

北方有佳人，絕世而獨立。
一顧傾人城，再顧◎傾人國。
寧不知傾城◎與傾國？佳人難再得。

◎再顧：再次回視。
◎傾城：形容女子極其美麗，下文「傾國」同。

誦

江南

漢樂府

江南可採蓮，蓮葉何田田。
魚戲蓮葉間。魚戲蓮葉東，
魚戲蓮葉西，魚戲蓮葉南，
魚戲蓮葉北。

◎採蓮：採摘蓮子。
◎田田：荷葉茂密的樣子。
◎戲：嬉戲。

（誦）（吟）

上邪

漢樂府

上邪！我欲與君相知，長命無絕衰。
山無陵，江水為竭，冬雷震震，夏雨雪，天地
合，乃敢與君絕！

吟

誦

◎上邪：天啊，有指天為誓的意思。
◎長命：長使、永教之意。
◎江水：長江。

十五從軍征

漢樂府

十五從軍征，八十始得歸。
道逢鄉里人：「家中有阿誰？」
「遙看是君家，松柏冢累累。」
兔從狗竇入，雉從樑上飛。
中庭生旅穀，井上生旅葵。
春穀持作飯，採葵持作羹。
羹飯一時熟，不知飴阿誰。
出門東向看，淚落沾我衣。

吟

誦

◎累累：眾多的樣子。
◎旅穀：野生的穀子。
◎飴：同「貽」，送給。

敕勒歌

北朝樂府

敕勒川，陰山下。
天似穹廬，籠蓋四野。
天蒼蒼，野茫茫。
風吹草低見牛羊。

吟

誦

◎川：廣闊的原野。

◎穹廬：用氈布搭成的帳篷，即蒙古包。

◎見：同「現」，顯露的意思。

大都會藝術博物館／《宋／元佚名百牛圖卷》（局部）

木蘭詩【節選】

北朝樂府

唧唧復唧唧，木蘭當戶織。不聞機杼聲，唯聞女嘆息。

問女何所思，問女何所憶。女亦無所思，女亦無所憶。昨夜見軍帖，可汗大點兵，軍書十二卷，卷卷有爺名。阿爺無大兒，木蘭無長兄，願為市鞍馬，從此替爺征。

東市買駿馬，西市買鞍韉，南市買轡頭，北市買長鞭。朝辭爺娘去，暮宿黃河邊，不聞爺娘喚女聲，但聞黃河流水鳴濺濺。旦辭黃河去，

【吟】 【誦】

暮宿黑山頭，不聞爺娘喚女聲，但聞燕山胡騎◎聲啾啾。

◎唧唧：嘆息聲。
◎機杼聲：織布機發出的聲音。
◎憶：思念。
◎市：買。
◎胡騎：胡人的戰馬。胡，古代對西北部民族的稱呼。

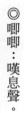

折楊柳枝詞【選三】

北朝樂府

門前一株棗，歲歲不知老。
阿婆不嫁女，那得孫兒抱！

敕敕何力力，女子臨窗織。
不聞機杼聲，只聞女嘆息。

問女何所思，問女何所憶。
阿婆許嫁女，今年無消息。

【吟】 【誦】

子夜吳歌・秋歌

〔唐〕李白

長安一片月，萬戶擣衣聲。
秋風吹不盡，總是玉關情。
何日平胡虜，良人罷遠征。

吟

誦

◎玉關：玉門關，在今甘肅省敦煌市西北。這裡指良人戍邊之地。
◎平胡虜：平定侵擾邊境的敵人。
◎良人：古時女子對丈夫的稱呼。

遊子吟

〔唐〕孟郊

慈母手中線，遊子身上衣。
臨行密密縫，意恐遲遲歸。
誰言寸草心，報得三春暉。

吟

誦

◎遊子：離鄉在外的人。
◎寸草：小草。這裡指遊子。
◎三春：即春季。農曆將春天的三個月稱作孟春、仲春、季春，合稱三春。

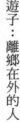

擬樂府

短歌行【節選】

〔三國〕曹操

對酒當歌，人生幾何◎！
譬如朝露，去日苦多。
慨當以慷，憂思難忘。
何以解憂？唯有杜康◎。
……
月明星稀，烏鵲南飛。
繞樹三匝，何枝可依。
山不厭高，海不厭深。
周公吐哺，天下歸心。

吟

誦

◎幾何：多少。

◎杜康：相傳是最早發明用糧食釀酒的人，這裡指酒。

行路難【其一】

〔唐〕李白

吟　誦

金樽清酒斗十千，玉盤珍羞直萬錢。
停杯投箸不能食，拔劍四顧心茫然。
欲渡黃河冰塞川，將登太行雪滿山。
閒來垂釣碧溪上，忽復乘舟夢日邊。
行路難，行路難，多歧路，今安在？
長風破浪會有時，直掛雲帆濟滄海。

◎金樽：對酒杯的美稱。樽，盛酒的器具。
◎羞：同「饈」，美味的食物。
◎會：終將。

長干行【其一】

〔唐〕李白

妾髮初覆額，折花門前劇。
郎騎竹馬來，繞床弄青梅。
同居長干里，兩小無嫌猜。
十四為君婦，羞顏未嘗開。
低頭向暗壁，千喚不一回。
十五始展眉，願同塵與灰。
常存抱柱信，豈上望夫台。
十六君遠行，瞿塘灩澦堆。
五月不可觸，猿聲天上哀。
門前遲行跡，一一生綠苔。

（吟）

苔深不能掃，落葉秋風早。
八月胡蝶黃，雙飛西園草。
感此傷妾心，坐愁紅顏老。
早晚下三巴，預將書報家。
相迎不道遠，直至長風沙。

◎劇：遊戲。
◎羞顏：羞澀的面容。
◎抱柱：意為堅守信約。

長干曲【其一】

〔唐〕崔顥

君家何處住，妾住在橫塘◎。
停舟暫借問，或恐◎是同鄉。

◎橫塘：古堤名。
◎或恐：可能，也許。

吟

隴西行【其二】

〔唐〕陳陶

誓掃匈奴不顧身，五千貂錦喪胡塵。
可憐無定河邊骨，猶是春閨夢裡人！

(吟)

◎無定河：黃河中游支流，在今陝西北部。
◎春閨：女子的閨房，這裡指閨中的女子。

歌行

燕歌行

〔三國〕曹丕

秋風蕭瑟天氣涼，草木搖落露為霜。
群燕辭歸雁南翔，念君客遊思斷腸。
慊慊思歸戀故鄉，何為淹留寄他方？
賤妾煢煢守空房，憂來思君不敢忘，
不覺淚下沾衣裳。援琴鳴弦發清商，
短歌微吟不能長。明月皎皎照我床，
星漢西流夜未央。牽牛織女遙相望，
爾獨何辜限河梁。

◎搖落：凋零。
◎慊慊：空虛。
◎煢煢：孤獨無依的樣子。
◎援琴：持琴，彈琴。
◎河梁：橋梁。

（吟）

國立故宮博物院／《清蔣溥畫御製塞山詠霧詩意卷》（局部）

將進酒

〔唐〕李白

君不見黃河之水天上來，奔流到海不復回。
君不見高堂明鏡悲白髮，朝如青絲暮成雪。
人生得意須盡歡，莫使金樽空對月。
天生我材必有用，千金散盡還復來。
烹羊宰牛且為樂，會須一飲三百杯。
岑夫子，丹丘生，將進酒，杯莫停。
與君歌一曲，請君為我傾耳聽。
鐘鼓饌玉不足貴，但願長醉不願醒。
古來聖賢皆寂寞，惟有飲者留其名。
陳王昔時宴平樂，斗酒十千恣歡謔。

吟

誦

主人何為言少錢，徑須沽取對君酌。
五花馬，千金裘，呼兒將◎出換美酒，
與爾同銷萬古愁。

◎將進酒：「將」讀「ㄐㄧㄤ」。
◎會須：應當。
◎饌玉：美好的飲食。饌，吃喝。玉，像玉一樣美好。
◎不願：一作「不愛」、「不用」。
◎寂寞：指被世人冷落。
◎宴：舉行宴會。
◎將：拿。

長恨歌【節選】

〔唐〕白居易

漢皇重色思傾國，御宇多年求不得。
楊家有女初長成，養在深閨人未識。
天生麗質難自棄，一朝選在君王側。
回眸一笑百媚生，六宮粉黛無顏色。
春寒賜浴華清池，溫泉水滑洗凝脂。
侍兒扶起嬌無力，始是新承恩澤時。
雲鬢花顏金步搖，芙蓉帳暖度春宵。
春宵苦短日高起，從此君王不早朝。
承歡侍宴無閒暇，春從春遊夜專夜。
後宮佳麗三千人，三千寵愛在一身。

吟

金屋妝成嬌侍夜，玉樓宴罷醉和春。
姊妹弟兄皆列土，可憐光彩生門戶。
遂令天下父母心，不重生男重生女。
驪宮高處入青雲，仙樂風飄處處聞。
緩歌慢舞凝絲竹，盡日君王看不足。
漁陽鼙鼓動地來，驚破霓裳羽衣曲。
……
回頭下望人寰處，不見長安見塵霧。
唯將舊物表深情，鈿合金釵寄將去。
釵留一股合一扇，釵擘黃金合分鈿。
但教心似金鈿堅，天上人間會相見。
臨別殷勤重寄詞，詞中有誓兩心知。
七月七日長生殿，夜半無人私語時。
在天願作比翼鳥，在地願為連理枝。
天長地久有時盡，此恨綿綿無絕期。

◎御宇：指統治天下。
◎侍兒：指宮女。
◎可憐：可愛，可羨。

五言古詩

東城高且長

古詩十九首

東城高且長，逶迤自相屬◎。
回風動地起，秋草萋已綠。
四時更變化，歲暮一何速！
晨風懷苦心，蟋蟀傷局促。
蕩滌放情志，何為自結束◎！
燕趙多佳人，美者顏如玉。
被服羅裳衣，當戶理清曲。
音響一何悲！弦急知柱促。
馳情整巾帶，沉吟聊躑躅。
思為雙飛燕，銜泥巢君屋。

（誦）　（吟）

◎相屬：連續不斷。
◎自結束：指自我約束。結束指拘束。

行行重行行

古詩十九首

行行重行行，與君生別離。
相去萬餘里，各在天一涯。
道路阻且長，會面安可知。
胡馬依北風，越鳥巢南枝。
相去日已遠，衣帶日已緩。
浮雲蔽白日，遊子不顧返。
思君令人老，歲月忽已晚。
棄捐勿復道，努力加餐飯。

◎相去：距離。
◎巢南枝：意為思念故土。
◎棄捐：拋棄。

(誦) (吟)

客從遠方來

古詩十九首

客從遠方來，遺我一端◎綺。
相去萬餘里，故人心尚爾。
文采雙鴛鴦，裁為合歡被。
著以長相思，緣◎以結不解。
以膠投漆中，誰能別離此？

◎一端：半匹。
◎緣：鑲邊，飾邊。

吟

誦

明月何皎皎

古詩十九首

明月何皎皎，照我羅床幃。
憂愁不能寐，攬衣起徘徊。
客行雖云樂，不如早旋歸。
出戶獨彷徨，愁思當告誰。
引領還入房，淚下沾裳衣。

(吟)

(誦)

◎羅床幃：指用羅製成的床帳。
◎攬衣：披衣。
◎旋歸：回家。旋，還。

去者日以疏

古詩十九首

去者日以疏，來者日以親。
出郭門直視，但見丘與墳。
古墓犁為田，松柏摧為薪◎。
白楊多悲風，蕭蕭愁殺人。
思還故里閭◎，欲歸道無因。

吟

誦

◎薪：柴火。
◎里閭：里巷，鄉里。

冉冉孤生竹

古詩十九首

冉冉孤生竹，結根泰山阿◎。
與君為新婚，菟絲附女蘿。
菟絲生有時，夫婦會有宜。
千里遠結婚，悠悠隔山陂◎。
思君令人老，軒車來何遲。
傷彼蕙蘭花，含英揚光輝。
過時而不採，將隨秋草萎。
君亮執高節，賤妾亦何為。

◎泰山：指高山或大山。
◎阿：山坳。
◎山陂：指山和水。

誦　吟

涉江采芙蓉

古詩十九首

涉江采芙蓉，蘭澤多芳草。
采之欲遺誰，所思在遠道。
還顧望舊鄉，長路漫浩浩。
同心而離居，憂傷以終老。

（吟）

（誦）

◎蘭澤：長有蘭草的沼澤地。
◎還顧：回頭看。
◎舊鄉：故鄉。
◎漫浩浩：形容無邊無際。

生年不滿百

古詩十九首

生年不滿百，常懷千歲憂◎。
晝短苦夜長，何不秉燭遊。
為樂當及時，何能待來茲。
愚者愛惜費◎，但為後世嗤◎。
仙人王子喬，難可與等期◎。

◎千歲憂：指憂慮很深。
◎費：指錢財。
◎嗤：譏笑。
◎期：等待。

吟　誦

迢迢牽牛星

古詩十九首

迢迢牽牛星，皎皎河漢女。
纖纖擢素手，札札弄機杼。
終日不成章，泣涕零如雨。
河漢清且淺，相去復幾許？
盈盈一水間，脈脈不得語。

（吟）

（誦）

◎迢迢：路途遙遠。
◎擢：伸出。
◎不成章：這裡指織女因思念而無心織布。

庭中有奇樹

古詩十九首

庭中有奇樹，綠葉發華滋◎。
攀條折其榮◎，將以遺所思。
馨香盈懷袖，路遠莫致之。
此物何足貴，但感別經時。

◎發華滋：花開繁盛。華，同「花」。
◎榮：指花。

(吟) (誦)

西北有高樓

古詩十九首

西北有高樓，上與浮雲齊。
交疏結綺窗，阿閣三重階。
上有弦歌聲，音響一何悲。
誰能為此曲，無乃杞梁妻。
清商隨風發，中曲正徘徊。
一彈再三嘆，慷慨有餘哀。
不惜歌者苦，但傷知音稀。
願為雙鴻鵠，奮翅起高飛。

（吟）

◎阿閣：指四面有曲檐的樓閣。
◎清商：樂曲名，聲情哀怨。
◎雙鴻鵠：這裡指情意相投的人。

國立故宮博物院／《明仇英仙山樓閣圖軸》（局部）

歸園田居【其一】

〔東晉〕陶淵明

少無適俗韻，性本愛丘山。
誤落塵網中，一去三十年。
羈鳥戀舊林，池魚思故淵。
開荒南野際，守拙歸園田。
方宅十餘畝，草屋八九間。
榆柳蔭後檐，桃李羅堂前。
曖曖遠人村，依依墟里煙。
狗吠深巷中，雞鳴桑樹顛。
戶庭無塵雜，虛室有餘閒。
久在樊籠裡，復得返自然。

◎羈鳥：籠中鳥。
◎守拙：指不隨波逐流，堅守本性。
◎曖曖：昏暗，模糊。
◎墟里：村落。
◎樊籠：指官場生活。

（誦）

（吟）

歸園田居【其二】

〔東晉〕陶淵明

野外罕人事，窮巷寡輪鞅。
白日掩荊扉，虛室絕塵想。
時復墟曲中，披草共來往。
相見無雜言，但道桑麻長。
桑麻日已長，我土日已廣。
常恐霜霰至，零落同草莽。

吟

誦

◎人事：指和俗人結交往來的事。
◎輪鞅：車馬。
◎荊扉：柴門。
◎塵想：塵世的雜念。
◎墟曲：村落。

歸園田居【其三】

〔東晉〕陶淵明

種豆南山下，草盛豆苗稀。
晨興◎理荒穢◎，帶月荷◎鋤歸。
道狹草木長，夕露沾我衣。
衣沾不足◎惜，但使願無違◎。

◎興：動身。
◎荒穢：指雜草。
◎荷：扛著。
◎足：值得。
◎違：違背。

（誦）

（吟）

歸園田居【其四】

〔東晉〕陶淵明

久去山澤遊，浪莽林野娛。
試攜子姪輩，披榛◎步荒墟。
徘徊丘隴間，依依昔人居。
井灶有遺處，桑竹殘朽株。
借問採薪者，此人皆焉如？
薪者向我言，死沒無復餘。
一世◎◎異朝市，此語真不虛。
人生似幻化◎◎，終當歸空無。

（誦）

◎榛：叢生的草木。
◎一世：三十年為一世。
◎幻化：人生的變化無常。

擬古九首【其一】

〔東晉〕陶淵明

榮榮窗下蘭，密密堂前柳。
初與君別時，不謂行當久。
出門萬里客，中道逢嘉友。
未言心相醉，不在接杯酒。
蘭枯柳亦衰，遂令此言負。
多謝諸少年，相知不忠厚。
意氣傾人命，離隔復何有？

（誦）

◎榮榮：繁茂的樣子。
◎中道：中途。
◎多謝：多加告誡。
◎傾人命：斷送性命。

擬古九首【其三】

〔東晉〕陶淵明

仲春遘時雨，始雷發東隅。
眾蟄各潛駭，草木從橫舒。
翩翩新來燕，雙雙入我廬。
先巢故尚在，相將還舊居。
自從分別來，門庭日荒蕪；
我心固匪石，君情定何如？

誦

◎遘：逢，遇上。
◎眾蟄：各種冬眠的動物。
◎潛駭：在潛藏處被驚醒。
◎先巢：舊窩。

擬古九首【其四】

〔東晉〕陶淵明

迢迢百尺樓，分明望四荒。
暮作歸雲宅，朝為飛鳥堂。
山河滿目中，平原獨茫茫。
古時功名士，慷慨爭此場。
一旦百歲後，相與還北邙。
松柏為人伐，高墳互低昂。
頹基無遺主，遊魂在何方。
榮華誠足貴，亦復可憐傷。

誦

◎功名士：追逐功名利祿的人。
◎此場：指所望的山河、平原。
◎北邙：山名。

擬古九首【其六】

〔東晉〕陶淵明

蒼蒼谷中樹，冬夏常如茲。
年年見霜雪，誰謂不知時？
厭聞世上語，結友到臨淄。
稷下多談士，指彼決吾疑。
裝束既有日，已與家人辭。
行行停出門，還坐更自思。
不怨道里長，但畏人我欺。
萬一不合意，永為世笑嗤。
伊懷難具道，為君作此詩。

◎臨淄：地名，戰國時齊國國都，在今山東省。
◎稷下：古地名。
◎裝束：準備行裝。

擬古九首【其九】

〔東晉〕陶淵明

種桑長江邊，三年望當采。
枝條始欲茂，忽值◎山河改。
柯◎葉自摧折，根株浮滄海。
春蠶既無食，寒衣欲誰待。
本不植高原，今日復何悔。

誦

◎值：逢。
◎柯：枝幹。

飲酒【其一】

〔東晉〕陶淵明

衰榮無定在，彼此更共之。
邵生瓜田中，寧似東陵時！
寒暑有代謝，人道每如茲。
達人解其會，逝將不復疑。
忽與一觴酒，日夕歡相持。

◎無定在：沒有定數，變化不定。

◎邵生：邵平，秦時為東陵侯，秦亡後為平民，因家貧種瓜於長安城東。

◎達人：通達事理的人。

飲酒【其二】

〔東晉〕陶淵明

積善云有報，夷叔在西山。
善惡苟不應，何事空立言？
九十行帶索，飢寒況當年。
不賴固窮節，百世當誰傳。

誦

◎夷叔：伯夷、叔齊，商朝孤竹君的兩個兒子。
◎當年：指壯年。
◎固窮節：堅守窮困時的節操。

飲酒【其三】

〔東晉〕陶淵明

道喪向千載，人人惜其情。
有酒不肯飲，但顧世間名。
所以貴我身，豈不在一生。
一生復能幾，倏如流電驚。
鼎鼎百年內，持此欲何成！

誦

◎世間名：指世俗的虛名。
◎復能幾：又能有多久。
◎倏：迅速。

飲酒【其四】

〔東晉〕陶淵明

棲棲失群鳥，日暮猶獨飛。
徘徊無定止，夜夜聲轉悲。
厲響思清遠，去來何依依。
因值孤生松，斂翮遙來歸。
勁風無榮木，此蔭獨不衰。
託身已得所，千載不相違。

吟

誦

◎厲響：鳴叫聲激越。
◎值：遇見。
◎斂翮：收起翅膀。

飲酒【其五】

〔東晉〕陶淵明

結廬在人境，而無車馬喧。
問君何能爾，心遠地自偏。
採菊東籬下，悠然見南山。
山氣日夕佳，飛鳥相與還。
此中有真意，欲辯已忘言。

◎結廬：建造屋舍。
◎人境：喧囂的塵世。
◎爾：如此，這般。
◎日夕：傍晚。

吟

誦

飲酒【其七】

〔東晉〕陶淵明

秋菊有佳色，裛露掇其英。
泛此忘憂物，遠我遺世情。
一觴雖獨盡，杯盡壺自傾。
日入群動息，歸鳥趣林鳴。
嘯傲東軒下，聊復得此生。

誦

吟

◎裛：通「浥」，沾濕。
◎掇：採摘。
◎忘憂物：指酒。

雜詩【其一】

〔東晉〕陶淵明

人生無根蒂，飄如陌上塵。
分散逐風轉，此已非常身。
落地為兄弟，何必骨肉親！
得歡當作樂，斗酒聚比鄰。
盛年不重來，一日難再晨。
及時當勉勵，歲月不待人。

誦

◎陌：泛指路。
◎落地：剛生下來。
◎盛年：壯年。

雜詩【其二】

〔東晉〕陶淵明

白日淪西阿，素月出東嶺。
遙遙萬里輝，蕩蕩空中景。
風來入房戶，夜中枕席冷。
氣變悟時易，不眠知夕永。
欲言無予和，揮杯勸孤影。
日月擲人去，有志不獲騁。
念此懷悲淒，終曉不能靜。

誦

◎時易：時節變化。
◎夕永：夜長。
◎無予和：沒人和我答話。

移居【其一】

〔東晉〕陶淵明

昔欲居南村，非為卜其宅。
聞多素心人，樂與數晨夕。
懷此頗有年，今日從茲役。
敝廬何必廣，取足蔽床席。
鄰曲時時來，抗言談在昔。
奇文共欣賞，疑義相與析。

吟

誦

◎素心人：指心性純潔善良的人。
◎敝廬：破舊的房屋。

移居【其二】

〔東晉〕陶淵明

春秋多佳日，登高賦新詩。
過門更相呼，有酒斟酌之。
農務各自歸，閒暇輒◎相思。
相思則披衣，言笑無厭◎時。
此理將不勝，無為忽去茲。
衣食當須紀◎，力耕不吾欺。

誦　吟

◎輒：就。
◎厭：滿足。
◎紀：經營。

讀山海經【其一】

〔東晉〕陶淵明

孟夏草木長，繞屋樹扶疏。
眾鳥欣有託，吾亦愛吾廬。
既耕亦已種，時還讀我書。
窮巷隔深轍，頗回故人車。
歡言酌春酒，摘我園中蔬。
微雨從東來，好風與之俱。
泛覽周王傳，流觀山海圖。
俯仰終宇宙，不樂復何如！

◎孟夏：初夏。
◎泛覽：瀏覽。下文「流觀」同。

吟

誦

和郭主簿【其一】

〔東晉〕陶淵明

藹藹堂前林，中夏貯清陰。
凱風因時來，迴飆開我襟。
息交遊閒業，臥起弄書琴。
園蔬有餘滋，舊穀猶儲今。
營己良有極，過足非所欽。
舂秫作美酒，酒熟吾自斟。
弱子戲我側，學語未成音。
此事真復樂，聊用忘華簪。
遙遙望白雲，懷古一何深。

吟　誦

◎藹藹：茂盛的樣子。
◎迴飆：迴風。
◎閒業：不急之務，即彈琴、讀書之類。
◎華簪：華貴的髮簪，這裡指富貴。

詠貧士【其一】

〔東晉〕陶淵明

萬族各有託，孤雲獨無依。
曖曖空中滅，何時見餘輝。
朝霞開宿霧，眾鳥相與飛。
遲遲出林翮，未夕復來歸。
量力守故轍，豈不寒與飢？
知音苟不存，已矣何所悲。

◎萬族：萬類。
◎宿霧：夜霧。
◎故轍：舊道，指安貧之道。

春曉

〔唐〕孟浩然

春眠不覺曉◎，處處聞◎啼鳥。
夜來風雨聲，花落知多少。

（吟）

（誦）

◎曉：早晨天剛亮的時候。
◎聞：聽見。

白石灘

〔唐〕王維

清淺白石灘，綠蒲向堪把。
家住水東西，浣紗明月下。

◎白石灘：輞水邊一片白石形成的淺灘。是著名的輞川二十景之一。

◎蒲：一種植物。

（誦）

鹿柴◎

〔唐〕王維

空山不見人，但聞◎人語響。
返景◎入深林，復照青苔上。

◎鹿柴：地名。柴，通「寨」，指樹木圍成的柵欄。
◎聞：聽見。
◎返景：夕陽返照的光。景同「影」，讀作「ㄧㄥˇ」。

欒家瀨◎

〔唐〕王維

颯颯秋雨中，淺淺◎石溜瀉。
跳波自相濺，白鷺驚復下。

（吟）

（誦）

◎瀨：指從石沙灘急瀉的流水。
◎淺淺：同「濺濺」，水流急的樣子。

辛夷塢

〔唐〕王維

木末芙蓉花，山中發紅萼。
澗戶寂無人，紛紛開且落。

◎木末：樹梢。
◎芙蓉花：指辛夷。

誦

下終南山過斛斯山人宿置酒

〔唐〕李白

暮從碧山下，山月隨人歸。
卻顧所來徑，蒼蒼橫翠微。
相攜及田家，童稚開荊扉。
綠竹入幽徑，青蘿拂行衣。
歡言得所憩，美酒聊共揮◎。
長歌吟松風，曲盡河星稀。
我醉君復樂，陶然共忘機。

〔吟〕

〔誦〕

◎過：拜訪。
◎斛斯山人：複姓斛斯的一位隱士。
◎揮：舉杯。

月下獨酌◎

〔唐〕李白

花間一壺酒，獨酌無相親◎。
舉杯邀明月，對影成三人。
月既不解飲，影徒隨我身。
暫伴月將影，行樂須及春。
我歌月徘徊，我舞影零亂。
醒時同交歡，醉後各分散。
永結無情遊，相期邈◎雲漢。

吟

誦

◎酌：飲酒。
◎無相親：沒有親近的人。
◎邈：遙遠。

靜夜思

〔唐〕李白

床前明月光，疑◎是地上霜。
舉◎頭◎望明月，低頭思故鄉。

◎疑：好像。
◎舉頭：抬頭。

吟

誦

佳人

〔唐〕杜甫

絕代有佳人，幽居在空谷。
自云良家子，零落依草木。
關中昔喪亂，兄弟遭殺戮。
官高何足論，不得收骨肉。
世情惡衰歇，萬事隨轉燭。
夫婿輕薄兒，新人美如玉。
合昏尚知時，鴛鴦不獨宿。
但見新人笑，那聞舊人哭。
在山泉水清，出山泉水濁。
侍婢賣珠回，牽蘿補茅屋。

誦　吟

摘花不插髮，采柏動盈掬。
天寒翠袖薄，日暮倚修竹。◎

◎喪亂：死亡禍亂，這裡指安史之亂。
◎舊人：佳人自稱。
◎修：長，高。

羌村【其一】

〔唐〕杜甫

崢嶸赤雲西，日腳下平地。
柴門鳥雀噪，歸客千里至。
妻孥怪我在，驚定還拭淚。
世亂遭飄蕩，生還偶然遂！
鄰人滿牆頭，感嘆亦歔欷。
夜闌更秉燭，相對如夢寐。

（吟）　（誦）

◎歸客：旅居在外回家的人。
◎妻孥：妻子和兒女。
◎飄蕩：飄泊無定。
◎歔欷：悲泣，嘆息。

羌村【其二】

〔唐〕杜甫

晚歲迫偷生，還家少歡趣。
嬌兒不離膝，畏我復卻去。
憶昔好追涼，故繞池邊樹。
蕭蕭北風勁，撫事煎百慮。
賴知禾黍收，已覺糟床注。
如今足斟酌，且用慰遲暮。

（吟）（誦）

◎追涼：乘涼。
◎撫事：追思往事；感念時事。
◎糟床：榨酒的器具。

羌村【其三】

〔唐〕杜甫

群雞正亂叫，客至雞鬥爭。
驅雞上樹木，始聞叩柴荊◎。
父老◎四五人，問我久遠行。
手中各有攜，傾榼濁復清。
苦辭酒味薄，黍地無人耕。
兵革◎既未息，兒童盡東征。
請為父老歌，艱難愧深情。
歌罷仰天嘆，四座淚縱橫。

(誦)

(吟)

◎柴荊：指用荊條做的簡陋門戶。
◎父老：對老年人的尊稱。
◎兵革：指戰爭。

國立故宮博物院／《明陸治雙雞圖軸》（局部）

石壕吏

〔唐〕杜甫

暮投石壕村，有吏夜捉人。
老翁逾牆走，老婦出門看。
吏呼一何怒！婦啼一何苦！
聽婦前致詞，三男鄴城戍。
一男附書至，二男新戰死。
存者且偷生，死者長已矣！
室中更無人，惟有乳下孫。
孫有母未去，出入無完裙。
老嫗力雖衰，請從吏夜歸。
急應河陽役，猶得備晨炊。

（吟）　（誦）

夜久語聲絕，如聞泣幽咽。
天明登前途，獨與老翁別。

◎附書：寄信。
◎乳下：指正在吃奶，形容幼小。
◎前途：指將行經的前方路途。

贈衛八處士

〔唐〕杜甫

人生不相見，動如參與商。
今夕復何夕，共此燈燭光。
少壯能幾時？鬢髮各已蒼！
訪舊半為鬼，驚呼熱中腸。
焉知二十載，重上君子堂。
昔別君未婚，兒女忽成行。
怡然敬父執，問我來何方。
問答乃未已，驅兒羅酒漿。
夜雨翦春韭，新炊間黃粱。
主稱會面難，一舉累十觴。

吟　誦

十觴亦不醉，感子故意長◎。
明日隔山嶽，世事兩茫茫。

◎訪舊：探望老朋友。
◎父執：父親的朋友。
◎故意：舊友的情意。

獨覺

〔唐〕柳宗元

覺來窗牖空，寥落雨聲曉。
良遊怨遲暮，末事驚紛擾。
為問經世心，古人難盡了。

◎窗牖：窗戶。
◎末事：瑣碎小事。
◎經世：治理國家大事。

吟

誦

江雪

〔唐〕柳宗元

千山鳥飛絕，萬徑人蹤滅。
孤舟蓑笠翁，獨釣寒江雪。

◎絕：沒有。
◎徑：小路。
◎蓑笠：蓑衣和斗笠。

（誦）

（吟）

溪居

〔唐〕柳宗元

久為簪組累，幸此南夷謫。
閒依農圃鄰，偶似山林客。
曉耕翻露草，夜榜響溪石。
來往不逢人，長歌楚天碧。

吟

誦

◎簪組：古代官吏的冠飾。

◎夜榜響溪石：榜，划船。此句意為天黑船歸，船觸碰溪石而發出聲音。

尋隱者不遇

〔唐〕賈島

松下問童子，言師採藥去。
只在此山中，雲深不知處。

（吟）

◎隱者：古代指有才學但不願做官、隱居在山野的人。
◎雲深：山間雲霧繚繞。

無題

〔唐〕李商隱

八歲偷照鏡，長眉◎已能畫。
十歲去踏青，芙蓉作裙衩。
十二學彈箏，銀甲◎不曾卸。
十四藏六親，懸知猶未嫁。
十五泣春風，背面秋千下。

(吟)

(誦)

◎長眉：纖長的眉毛。

◎銀甲：銀製的假指甲，套於指上，用以彈箏或琵琶等弦樂器。

道傍竹

〔宋〕楊萬里

竹竿穿竹籬◎，卻與籬為柱。
大小且相依，榮枯◎何足顧。

（吟）

◎竹籬：用竹編的籬笆。
◎榮枯：草木茂盛與枯萎。

七言古詩

四愁詩【其一】

〔漢〕張衡

我所思兮在太山，欲往從之梁父艱。
側身東望涕沾翰。美人贈我金錯刀，
何以報之英瓊瑤。路遠莫致倚逍遙，
何為懷憂心煩勞。

（誦）

◎梁父：泰山下的小山名。
◎翰：衣襟。
◎逍遙：這裡指徘徊。

把酒問月

〔唐〕李白

青天有月來幾時？我今停杯一問之。
人攀明月不可得，月行卻與人相隨。
皎如飛鏡臨丹闕，綠煙滅盡清輝發。
但見宵從海上來，寧知曉向雲間沒。
白兔搗藥秋復春，嫦娥孤棲與誰鄰？
今人不見古時月，今月曾經照古人。
古人今人若流水，共看明月皆如此。
唯願當歌對酒時，月光長照金樽裡。

◎飛鏡：指明月。
◎孤棲：獨居。

吟　誦

金陵酒肆留別

〔唐〕李白

風吹柳花滿店香，吳姬壓酒喚客嘗。
金陵子弟來相送，欲行不行各盡觴。
請君試問東流水，別意與之誰短長？

（吟）

（誦）

◎吳姬：吳地的美女。
◎壓酒：米酒釀製將熟時，壓榨取酒。
◎盡觴：飲盡杯中之酒。

南陵別兒童入京

〔唐〕李白

白酒新熟山中歸，黃雞啄黍秋正肥。
呼童烹雞酌白酒，兒女嬉笑牽人衣。
高歌取醉欲自慰，起舞落日爭光輝。
遊說萬乘苦不早，著鞭跨馬涉遠道。
會稽愚婦輕買臣，余亦辭家西入秦。
仰天大笑出門去，我輩豈是蓬蒿人。

(吟)

(誦)

◎會稽愚婦輕買臣：這一句引用朱買臣的典故，「會稽愚婦」指朱買臣的妻子。詩人在詩中將目光短淺、輕視自己的世俗小人比作「會稽愚婦」，而自比朱買臣。

◎蓬蒿：指荒野偏僻之處。

宣州謝朓樓餞別校書叔雲

〔唐〕李白

棄我去者，昨日之日不可留；
亂我心者，今日之日多煩憂。
長風萬里送秋雁，對此可以酣高樓。
蓬萊文章建安骨，中間小謝又清發。
俱懷逸興壯思飛，欲上青天攬明月。
抽刀斷水水更流，舉杯銷愁愁更愁。
人生在世不稱意，明朝散髮弄扁舟。

（吟）

（誦）

◎謝朓樓：南齊著名詩人謝朓任宣城太守時所建，又稱北樓、謝公樓。
◎蓬萊文章：指漢代文章。

哀江頭

〔唐〕杜甫

少陵野老吞聲哭，春日潛行曲江曲。
江頭宮殿鎖千門，細柳新蒲為誰綠？
憶昔霓旌下南苑，苑中萬物生顏色。
昭陽殿裡第一人，同輦隨君侍君側。
輦前才人帶弓箭，白馬嚼齧黃金勒。
翻身向天仰射雲，一笑正墜雙飛翼。
明眸皓齒今何在？血污遊魂歸不得。
清渭東流劍閣深，去住彼此無消息！
人生有情淚沾臆，江水江花豈終極？
黃昏胡騎塵滿城，欲往城南望城北。

◎少陵：在長安城東南，杜甫曾在這一帶住過，故自稱「少陵野老」。
◎千門：指宮殿多。
◎明眸皓齒：指楊貴妃。

（誦）

樂遊園歌

〔唐〕杜甫

樂遊古園崒森爽◎，煙綿碧草萋萋長。
公子華筵勢最高，秦川對酒平如掌。
長生木瓢示真率，更調鞍馬狂歡賞。
青春波浪芙蓉園，白日雷霆夾城仗。
閶闔晴開昳蕩蕩，曲江翠幕排銀榜◎。
拂水低迴舞袖翻，緣雲清切歌聲上。
卻憶年年人醉時，只今未醉已先悲。
數莖白髮那拋得，百罰深杯亦不辭。
聖朝亦知賤士醜，一物自荷皇天慈。
此身飲罷無歸處，獨立蒼茫自詠詩。

◎森爽：森疏而爽豁。
◎銀榜：宮殿或廟宇門端所懸的輝煌華麗的匾額。

國立故宮博物院／《明仇英西園雅集圖軸》（局部）

醉時歌

〔唐〕杜甫

諸公袞袞登台省，廣文先生官獨冷。
甲第紛紛厭粱肉，廣文先生飯不足。
先生有道出羲皇，先生有才過屈宋。
德尊一代常坎坷，名垂萬古知何用。
杜陵野客人更嗤，被褐短窄鬢如絲。
日糴太倉五升米，時赴鄭老同襟期。
得錢即相覓，沽酒不復疑。
忘形到爾汝，痛飲真吾師。
清夜沉沉動春酌，燈前細雨檐花落。
但覺高歌有鬼神，焉知餓死填溝壑。

（誦）

相如逸才親滌器，子云識字終投閣。
先生早賦歸去來，石田茅屋荒蒼苔。
儒術於我何有哉，孔丘盜跖俱塵埃。
不須聞此意慘愴，生前相遇且銜杯。

◎廣文先生：指鄭虔，詩人的好友。
◎甲第：指豪門貴族。
◎盜跖：相傳是古時民眾起義的領袖。

燕台四首・春

〔唐〕李商隱

（誦）

風光冉冉東西陌，幾日嬌魂尋不得。
蜜房羽客類芳心，冶葉倡條遍相識。
暖藹輝遲桃樹西，高鬟立共桃鬟齊。
雄龍雌鳳杳何許？絮亂絲繁天亦迷。
醉起微陽若初曙，映簾夢斷聞殘語。
愁將鐵網罥珊瑚，海闊天翻迷處所。
衣帶無情有寬窄，春煙自碧秋霜白。
研丹擘石天不知，願得天牢鎖冤魄。
夾羅委篋單綃起，香肌冷襯琤琤珮。
今日東風自不勝，化作幽光入西海。

◎蜜房：蜂巢。
◎冶葉倡條：形容楊柳枝葉婀娜多姿。亦借指妓女。
◎高鬟：高起的環形髮髻。亦指梳高鬟的女人。
◎罥（ㄐㄩㄢˋ）：纏繞。

燕台四首・夏

〔唐〕李商隱

前閣雨簾愁不捲，後堂芳樹陰陰見。
石城景物類黃泉，夜半行郎空柘彈。
綾扇喚風閶闔天，輕幃翠幕波洄旋。
蜀魂寂寞有伴未？幾夜瘴花開木棉。
桂宮流影光難取，嫣薰蘭破輕輕語。
直教銀漢墮懷中，未遣星妃鎮來去。
濁水清波何異源，濟河水清黃河渾。
安得薄霧起緗裙，手接雲軿呼太君？

◎蜀魂：指杜鵑鳥。
◎星妃：指織女。
◎雲軿：仙人所乘的雲車。

燕台四首・秋

〔唐〕李商隱

月浪衡天天宇濕，涼蟾落盡疏星入。
雲屏不動掩孤嚬，西樓一夜風箏急。
欲織相思花寄遠，終日相思卻相怨。
但聞北斗聲迴環，不見長河水清淺。
金魚鎖斷紅桂春，古時塵滿鴛鴦茵。
堪悲小苑作長道，玉樹未憐亡國人。
瑤琴愔愔藏楚弄，越羅冷薄金泥重。
簾鉤鸚鵡夜驚霜，喚起南雲繞雲夢。
雙璫丁丁聯尺素，內記湘川相識處。
歌唇一世銜雨看，可惜馨香手中故。

(誦)

◎月浪：月光。
◎涼蟾：指秋月。
◎紅桂：莽草的別稱。
◎楚弄：楚調。

燕台四首・冬

〔唐〕李商隱

天東日出天西下，雌鳳孤飛女龍寡。
青溪白石不相望，堂中遠甚蒼梧野。
凍壁霜華交隱起，芳根中斷香心死。
浪乘畫舸憶蟾蜍，月娥未必嬋娟子。
楚管蠻弦愁一概，空城罷舞腰支在。
當時歡向掌中銷，桃葉桃根雙姊妹。
破鬟委墮凌朝寒，白玉燕釵黃金蟬。
風車雨馬不持去，蠟燭啼紅怨天曙。

◎香心：指花苞。
◎楚管蠻弦：泛指南方的管弦樂器。
◎黃金蟬：蟬形狀的金首飾。

誦

五言律詩

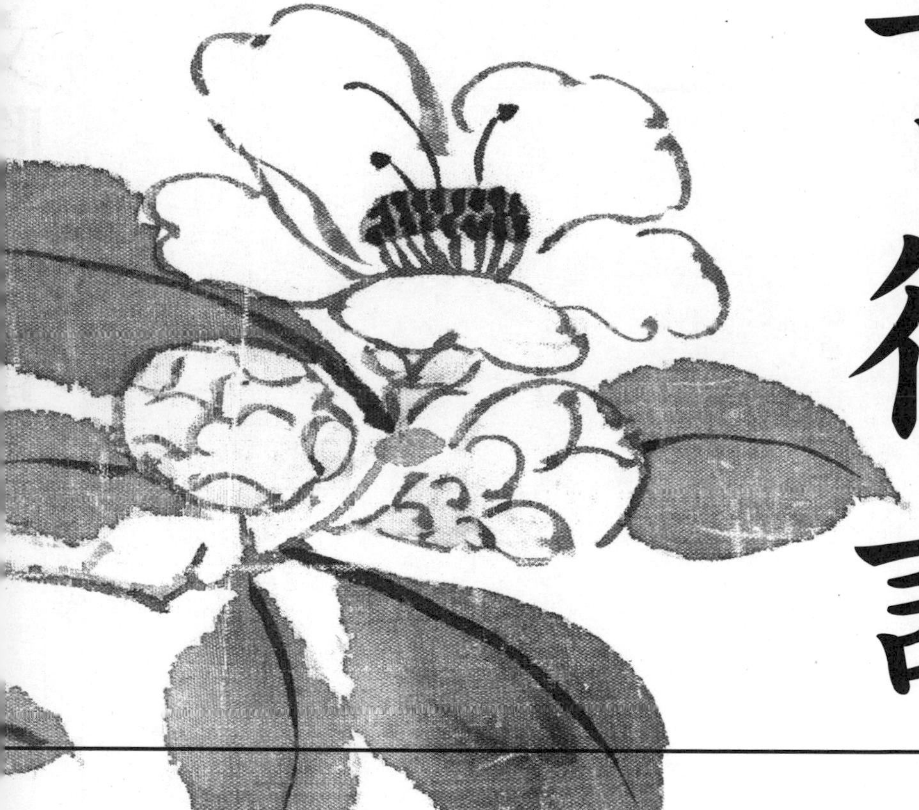

過◎香積寺

〔唐〕王維

不知香積寺，數里入雲峰。
古木無人徑，深山何處鐘。
泉聲咽危石◎，日色冷青松。
薄暮◎空潭曲◎，安禪制毒龍。

吟

◎過：拜訪。
◎薄暮：傍晚。
◎曲：水邊。

廣陵◎贈別

〔唐〕李白

玉瓶沽◎美酒，數里送君還。
繫馬垂楊下，銜杯大道間。
天邊看淥水◎，海上見青山。
興罷各分袂◎，何須醉別顏。

吟　誦

◎廣陵：揚州。
◎沽：買。
◎淥水：清澈的水。
◎分袂：指分別。

夜泊牛渚懷古

〔唐〕李白

牛渚西江夜，青天無片雲。
登舟望秋月，空憶謝將軍。
余亦能高詠，斯人不可聞。
明朝掛帆去，楓葉落紛紛。

吟

誦

◎牛渚：山名，在今安徽省當塗縣西北。

◎謝將軍：指東晉謝尚。

◎掛帆：揚帆。

春望

〔唐〕杜甫

國破山河在，城春草木深。
感時花濺淚，恨別鳥驚心。
烽火連三月，家書抵萬金。
白頭搔更短，渾欲不勝簪。

吟

誦

◎城：指長安城，此時已被叛軍佔領。
◎烽火：古時邊防報警的煙火。這裡借指戰事。
◎渾：簡直。
◎勝：能夠承受、禁得起。

春夜喜雨

〔唐〕杜甫

好雨知時節，當春乃發生。
隨風潛入夜，潤物細無聲。
野徑雲俱黑，江船火獨明。
曉看紅濕處，花重錦官城。

吟

誦

◎發生：使植物萌發、生長。
◎潛：偷偷地。
◎紅濕處：被雨水打濕的花叢。
◎錦官城：指成都。成都曾經住過掌管織錦的官員，故名「錦官城」。

登岳陽樓

〔唐〕杜甫

昔聞洞庭水，今上岳陽樓。
吳楚東南坼，乾坤日夜浮。
親朋無一字，老病有孤舟。
戎馬關山北，憑軒涕泗流。

（誦）

（吟）

◎坼：裂開。
◎無一字：音訊全無。字，指書信。
◎戎馬：指戰爭。

喜達行在所三首【其一】

〔唐〕杜甫

西憶岐陽信，無人遂却回。
眼穿當落日，心死著寒灰。
霧樹行相引，連山望忽開。
所親驚老瘦，辛苦賊中來。

吟

誦

◎行在所：指朝廷臨時政府所在地。
◎岐陽：指唐肅宗行在所在地鳳翔。

秋曉行南谷經荒村

〔唐〕柳宗元

杪秋霜露重，晨起行幽谷。
黃葉覆溪橋，荒村唯古木。
寒花疏寂歷，幽泉微斷續。
機心久已忘，何事驚麋鹿？

（吟）

（誦）

◎杪秋：晚秋。
◎寒花：指秋花。
◎幽泉：從深山流出的泉水。

夏初雨後尋愚溪

〔唐〕柳宗元

悠悠雨初霽◎，獨繞清溪曲。
引杖試荒泉，解帶圍新竹。
沉吟亦何事，寂寞固所欲。
幸此息營營◎，嘯歌靜炎燠◎。

吟

誦

◎霽：指雨後轉晴。
◎營營：謀求。
◎炎燠：指天氣炎熱。

種柳戲題

〔唐〕柳宗元

柳州柳刺史，種柳柳江邊。
談笑為故事，推移成昔年。
垂陰當覆地，聳幹會參天。
好作思人樹，慚無惠化傳。

誦　吟

◎柳江：西江支流，流經今廣西壯族自治區柳州市。
◎故事：過去的事情。
◎聳幹：高聳的枝幹。

離思

〔唐〕李商隱

氣盡前溪舞，心酸子夜歌。
峽雲尋不得，溝水欲如何。
朔雁傳書絕，湘篁染淚多。
無由見顏色，還自託微波。

誦

◎前溪舞：六朝時吳地舞曲。
◎子夜歌：晉樂曲名。
◎顏色：容貌。

涼思

〔唐〕李商隱

客去波平檻◎，蟬休◎露滿枝。
永懷當此節，倚立自移時。
北斗兼春遠，南陵寓使◎遲。
天涯占夢數，疑誤有新知◎。

◎檻：欄杆。
◎蟬休：蟬停止鳴叫，指深夜。
◎寓使：傳信的使者。
◎新知：剛結交的知己。

誦

落花

〔唐〕李商隱

高閣客竟去，小園花亂飛。
參差連曲陌，迢遞送斜暉。
腸斷未忍掃，眼穿仍欲歸。
芳心向春盡，所得是沾衣。

◎參差：錯落不齊。
◎曲陌：曲折的小路。
◎迢遞：遙遠的樣子。

（吟）

（誦）

無題

〔唐〕李商隱

照梁初有情，出水舊知名。
裙衩芙蓉小，釵茸◎翡翠輕。
錦長書鄭重，眉細恨分明。
莫近彈棋◎局，中心最不平。

◎釵茸：簪頭鑲飾茸花的釵子。
◎彈棋：弈棋。

（誦）

西溪

〔唐〕李商隱

悵望西溪水，潺湲奈爾何。
不驚春物少，只覺夕陽多。
色染妖韶◎柳，光含窈窕蘿。
人間從到海，天上莫為河。
鳳女◎彈瑤瑟，龍孫撼玉珂。
京華他夜夢，好好寄雲波。

◎妖韶：妖嬈美好。
◎鳳女：對女子的美稱。

（吟）（誦）

七言律詩

登高

〔唐〕杜甫

風急天高猿嘯哀，渚清沙白鳥飛回。
無邊落木蕭蕭下，不盡長江滾滾來。
萬里悲秋常作客，百年多病獨登台。
艱難苦恨繁霜鬢，潦倒新停濁酒杯。

◎渚：水中的小塊陸地。
◎萬里：指遠離家鄉。
◎百年：指一生。
◎苦恨：極其遺憾。
◎新停：剛剛停止。

誦

吟

曲江二首【其一】

〔唐〕杜甫

一片花飛減卻春，風飄萬點正愁人。
且看欲盡花經眼，莫厭傷多酒入脣。
江上小堂巢翡翠，苑邊高冢臥麒麟。
細推物理須行樂，何用浮榮絆此身。

◎萬點：指落花之多。
◎推：推究。
◎物理：事物的道理。

（誦）

曲江二首【其二】

〔唐〕杜甫

朝回日日典春衣，每向江頭盡醉歸。
酒債尋常行處有，人生七十古來稀。
穿花蛺蝶深深見，點水蜻蜓款款飛。
傳語風光共流轉，暫時相賞莫相違。

◎朝回：上朝回來。
◎行處：到處。
◎款款：形容緩慢的樣子。

誦

聞官軍收河南河北

〔唐〕杜甫

劍外忽傳收薊北，初聞涕淚滿衣裳。
卻看妻子愁何在，漫卷詩書喜欲狂。
白日放歌須縱酒，青春作伴好還鄉。
即從巴峽穿巫峽，便下襄陽向洛陽。

◎官軍：指唐代的軍隊。

◎劍外：指四川劍閣以南地區，當時作者正在此地。

◎薊北：泛指唐代薊州北部地區，在今河北省東北部一帶，是當時安史叛軍的根據地。

（吟）

（誦）

秋興八首【其一】

〔唐〕杜甫

玉露凋傷楓樹林，巫山巫峽氣蕭森。
江間波浪兼天涌，塞上風雲接地陰。
叢菊兩開他日淚，孤舟一繫故園心。
寒衣處處催刀尺，白帝城高急暮砧。

吟

誦

◎秋興：藉秋天的景色感物抒懷。
◎玉露：白露。
◎塞上：指夔州的山。
◎他日：往日。
◎急暮砧：黃昏時急促的搗衣聲。

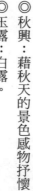

秋興八首【其二】

〔唐〕杜甫

夔府孤城落日斜，每依北斗望京華◎。
聽猿實下三聲淚，奉使虛隨八月槎。
畫省◎香爐違伏枕，山樓◎粉堞隱悲笳。
請看石上藤蘿月，已映洲前蘆荻花。

（誦）

◎京華：指長安。
◎畫省：指尚書省。
◎山樓：白帝城樓。

秋興八首【其三】

〔唐〕杜甫

千家山郭靜朝暉，日日江樓坐翠微◎。
信宿漁人還泛泛，清秋燕子故飛飛。
匡衡抗疏◎功名薄，劉向傳經心事違。
同學少年多不賤，五陵衣馬自輕肥◎。

（誦）

◎翠微：青山。
◎抗疏：指臣子對於君命或廷議有所抵制，上疏極諫。
◎輕肥：即輕裘肥馬。

秋興八首【其四】

〔唐〕杜甫

聞道長安似弈棋，百年世事不勝悲。
王侯第宅皆新主，文武衣冠異昔時。
直北關山金鼓振，征西車馬羽書馳。
魚龍寂寞秋江冷，故國平居有所思。

◎羽書：即羽檄，插著羽毛的軍用緊急公文。
◎故國：指長安。

秋興八首【其五】

〔唐〕杜甫

蓬萊宮闕對南山，承露金莖霄漢間。
西望瑤池降王母，東來紫氣滿函關。
雲移雉尾開宮扇，日繞龍鱗識聖顏。
一臥滄江驚歲晚，幾回青瑣點朝班。

（誦）

◎蓬萊宮闕：指大明宮。
◎青瑣：宮門名。

秋興八首【其六】

〔唐〕杜甫

瞿唐峽口曲江頭，萬里風煙接素秋。◎
花萼夾城通御氣，芙蓉小苑入邊愁。◎
珠簾繡柱圍黃鵠，錦纜牙檣起白鷗。
回首可憐歌舞地，秦中自古帝王州。◎

誦

◎素秋：指秋天。
◎入邊愁：傳來邊地戰亂的消息。
◎秦中：指長安。

秋興八首【其七】

〔唐〕杜甫

昆明池水漢時功，武帝旌旗在眼中。
織女機絲虛夜月，石鯨鱗甲動秋風。
波漂菰米沉雲黑，露冷蓮房墜粉紅。
關塞極天唯鳥道，江湖滿地一漁翁。

吟

誦

◎昆明池：遺址在今陝西省西安市西南斗門鎮一帶，漢武帝所建。
◎石鯨：指昆明池中的石刻鯨魚。

秋興八首【其八】

〔唐〕杜甫

昆吾御宿自逶迤，紫閣峰陰入渼陂。
香稻啄餘鸚鵡粒，碧梧棲老鳳凰枝。
佳人拾翠春相問，仙侶同舟晚更移。
彩筆昔曾干氣象，白頭今望苦低垂。

誦

◎昆吾：漢武帝上林苑地名，在今陝西省藍田縣西。

◎紫閣峰：終南山峰名，在今陝西省戶縣東南。

別舍弟宗一◎

〔唐〕柳宗元

零落殘魂倍黯然，雙垂別淚越江邊。
一身去國◎六千里，萬死◎投荒◎十二年。
桂嶺瘴來雲似墨，洞庭春盡水如天。
欲知此後相思夢，長在荊門郢樹煙。

（吟）

（誦）

◎宗一：柳宗元從弟。
◎去國：離開國都長安。
◎萬死：指歷經無數次艱難險阻。
◎投荒：貶逐到偏僻邊遠的地區。

登柳州城樓寄漳汀封連四州刺史

〔唐〕柳宗元

城上高樓接大荒，海天愁思正茫茫。
驚風亂颭芙蓉水，密雨斜侵薜荔牆。
嶺樹重遮千里目，江流曲似九迴腸。
共來百越文身地，猶自音書滯一鄉。

（吟）（誦）

◎驚風：疾風。
◎亂颭：吹動。
◎音書：音信。

柳州城西北隅種柑樹

〔唐〕柳宗元

手種黃柑二百株，春來新葉遍城隅。
方同楚客憐皇樹，不學荊州利木奴。
幾歲開花聞噴雪，何人摘實見垂珠。
若教坐待成林日，滋味還堪養老夫。

◎城隅：城角。
◎楚客：指屈原。
◎皇樹：橘樹。

吟

誦

安定城樓

〔唐〕李商隱

迢遞高城百尺樓，綠楊枝外盡汀洲。
賈生年少虛垂涕，王粲春來更遠遊。
永憶江湖歸白髮，欲回天地入扁舟。
不知腐鼠成滋味，猜意鵷雛竟未休。

誦

◎汀洲：汀指水邊之地，洲是水中之洲渚。
◎賈生：指西漢人賈誼。
◎王粲：東漢末年人，建安七子之一。

碧城三首【其一】

〔唐〕李商隱

碧城十二曲闌干，犀辟塵埃玉辟寒。
閬苑有書多附鶴◎，女床無樹不棲鸞。
星沉海底當窗見，雨過河源隔座看。
若是曉珠◎明又定，一生長對水晶盤。

◎附鶴：道教傳仙道以鶴傳書，稱鶴信。
◎曉珠：晨露。

碧城三首【其二】

〔唐〕李商隱

對影聞聲已可憐，玉池荷葉正田田。
不逢蕭史休回首，莫見洪崖又拍肩。
紫鳳放嬌銜楚佩，赤鱗狂舞撥湘弦。
鄂君悵望舟中夜，繡被焚香獨自眠。

◎紫鳳：傳說中之神鳥。

碧城三首【其三】

〔唐〕李商隱

七夕來時先有期，洞房簾箔至今垂。
玉輪顧兔初生魄，鐵網珊瑚未有枝。
檢與神方教駐景，收將鳳紙寫相思。
武皇內傳分明在，莫道人間總不知。

◎洞房：指女子居處。
◎武皇內傳：指《漢武內傳》。

春雨

〔唐〕李商隱

悵臥新春白袷衣，白門寥落意多違。
紅樓隔雨相望冷，珠箔飄燈獨自歸。
遠路應悲春晼晚，殘宵猶得夢依稀。
玉璫緘札何由達？萬里雲羅一雁飛。

(吟)

◎白門：金陵的別稱，今江蘇省南京市。

◎紅樓：華美的樓房，多指女子的住處。

◎緘札：指書信。

錦瑟

〔唐〕李商隱

錦瑟無端五十弦，一弦一柱思華年。
莊生曉夢迷蝴蝶，望帝春心託杜鵑。
滄海月明珠有淚，藍田日暖玉生煙。
此情可待成追憶，只是當時已惘然。

吟

誦

◎無端：沒有來由地，無緣無故地。
◎華年：青春年華。
◎春心：傷春之心，指對失去了的美好事物的懷念。
◎藍田：山名，在今陝西省西安市藍田縣東南，是有名的玉石產地。

國立故宮博物院／《明朱先草蟲軸》（局部）

九日

〔唐〕李商隱

曾共山翁把酒時，霜天白菊繞階墀。
十年泉下無消息，九日樽前有所思。
不學漢臣栽苜蓿，空教楚客詠江蘺。
郎君官貴施行馬，東閣無由得再窺。

◎階墀：台階。
◎苜蓿：植物名。

誦

流鶯

〔唐〕李商隱

流鶯漂蕩復參差，渡陌臨流不自持。
巧囀豈能無本意？良辰未必有佳期。
風朝露夜陰晴裡，萬戶千門開閉時。
曾苦傷春不忍聽，鳳城何處有花枝？

吟

誦

◎流鶯：飄蕩無依的黃鶯，暗喻作者的羈泊不遇。
◎參差：這裡指鳥兒張翅高飛。
◎鳳城：秦國的都城咸陽，古稱丹鳳城。此處指唐都城長安。

曲江

〔唐〕李商隱

望斷平時翠輦過，空聞子夜鬼悲歌。
金輿不返傾城色，玉殿猶分下苑波。
死憶華亭聞唳鶴，老憂王室泣銅駝。
天荒地變心雖折，若比傷春意未多。

((誦))

◎悲歌：悲壯地歌唱。
◎金輿：帝王乘坐的車轎。
◎玉殿：宮殿的美稱。
◎天荒地變：指國家淪亡。

無題二首【其一】

〔唐〕李商隱

鳳尾香羅薄幾重？碧文圓頂夜深縫。
扇裁月魄羞難掩，車走雷聲語未通。
曾是寂寥金燼暗，斷無消息石榴紅。
斑騅只繫垂楊岸，何處西南任好風？

（誦）

◎香羅：綾羅的美稱。
◎斑騅：指駿馬。

無題二首【其二】

〔唐〕李商隱

重幃深下莫愁堂，臥後清宵細細長。
神女◎生涯原是夢，小姑居處本無郎。
風波不信菱枝弱，月露誰教桂葉香。
直道相思了◎無益，未妨惆悵是清狂。

◎神女：指宋玉《神女賦》中的巫山神女。
◎了：完全。

無題四首【其二】

〔唐〕李商隱

「誦」

來是空言去絕蹤，月斜樓上五更鐘。
夢為遠別啼難喚，書被催成墨未濃。
蠟照半籠金翡翠，麝薰微度繡芙蓉。
劉郎已恨蓬山遠，更隔蓬山一萬重。

◎金翡翠：以金線繡成翡翠鳥圖樣的帷帳或羅罩。

◎繡芙蓉：指繡芙蓉花的被褥。

◎蓬山：蓬萊山，指仙境。

無題四首【其二】

〔唐〕李商隱

颯颯東風細雨來，芙蓉塘外有輕雷。
金蟾齧鎖燒香入，玉虎牽絲汲井回。
賈氏窺簾韓掾少，宓妃留枕魏王才。
春心莫共花爭發，一寸相思一寸灰！

◎金蟾：這裡指蟾形的香爐。
◎鎖：這裡指香爐的鼻紐，可以開啟放入香料。
◎玉虎：用玉石裝飾的虎狀轆轤。
◎絲：井索。

無題

〔唐〕李商隱

萬里風波一葉舟，憶歸初罷更夷猶。
碧江地沒元相引，黃鶴沙邊亦少留。
益德冤魂終報主，阿童高義鎮橫秋。
人生豈得長無謂，懷古思鄉共白頭。

◎益德：指張飛，字益德。
◎阿童：指西晉王濬，小名阿童。

誦

無題

〔唐〕李商隱

相見時難別亦難，東風無力百花殘。
春蠶到死絲方盡，蠟炬成灰淚始乾。
曉鏡但愁雲鬢改，夜吟應覺月光寒。
蓬山此去無多路，青鳥殷勤為探看。

◎淚：蠟燭燃燒留下的燭淚。
◎雲鬢改：指青春年華逝去。雲鬢，指年輕女子的秀髮。
◎蓬山：神話中海上的仙山，這裡借指所思念的女子的住處。

無題

〔唐〕李商隱

昨夜星辰昨夜風，畫樓西畔桂堂東。
身無彩鳳雙飛翼，心有靈犀一點通。
隔座送鉤春酒暖，分曹射覆蠟燈紅。
嗟余聽鼓應官去，走馬蘭台類轉蓬。

◎送鉤、射覆：指酒宴上的遊戲。
◎分曹：分組。

吟

誦

重過聖女祠

〔唐〕李商隱

白石岩扉碧蘚滋，上清淪謫得歸遲。
一春夢雨常飄瓦，盡日靈風不滿旗。
萼綠華來無定所，杜蘭香去未移時。
玉郎會此通仙籍，憶向天階問紫芝。

（誦）

◎碧蘚：青苔。
◎萼綠華、杜蘭香：均指傳說中的仙女。

五言絕句

登鸛雀樓

〔唐〕王之渙

白日依山盡，黃河入海流。
欲窮千里目，更上一層樓。

◎鸛雀樓：古代樓名，舊址在山西省永濟市境內。
◎白日：太陽。
◎依：依傍。
◎盡：消失。

宿建德江

〔唐〕孟浩然

移舟泊煙渚，日暮客愁新。
野曠天低樹，江清月近人。

（吟）

（誦）

◎煙渚：指江中霧氣籠罩的小沙洲。

◎天低樹：天幕低垂，好像和樹木相連。

◎月近人：倒映在水中的月亮好像向人靠近。

鳥鳴澗◎

〔唐〕王維

人閒◎桂花落，夜靜春山空。
月出◎驚山鳥，時鳴春澗中。

誦

◎鳥鳴澗：鳥兒在山澗中鳴叫。
◎人閒：指沒有雜事干擾。
◎月出：月亮升起。

山中送別

〔唐〕王維

山中相送罷，日暮掩柴扉。
春草明年綠，王孫歸不歸？

吟　誦

◎掩：關閉。
◎王孫：貴族的子孫，這裡指送別的友人。

獨坐敬亭山◎

〔唐〕李白

眾鳥高飛盡，孤雲獨去閑。
相看兩不厭◎，只有敬亭山。

（吟）

（誦）

◎敬亭山：在今安徽省宣城市。

◎看：依據近體詩格律，這裡應讀平聲「ㄎㄢ」。

◎兩不厭：這裡指詩人和敬亭山相互注視，彼此都看不夠。

夜下征虜亭

〔唐〕李白

誦

船下廣陵去，月明征虜亭。
山花如繡頰，江火似流螢。

◎征虜亭：在今江蘇省南京市，為東晉征虜將軍謝石所建。

◎江火：江上的漁火。

夜宿山寺

〔唐〕李白

危樓高百尺，手可摘星辰。
不敢高聲語，恐驚天上人。

吟

誦

◎宿：住，過夜。
◎危樓：高樓，這裡指山頂的寺廟。
◎百尺：虛數，不是實數，這裡形容樓很高。

逢雪宿◎芙蓉山主人

〔唐〕劉長卿

日暮蒼山遠，天寒白屋貧。
柴門聞犬吠，風雪夜歸人。

「誦」

◎宿：這裡指投宿、借宿。
◎蒼山遠：青山在暮色中顯得很遠。

送靈澈上人

〔唐〕劉長卿

蒼蒼竹林寺，杳杳鐘聲晚。
荷笠帶斜陽，青山獨歸遠。

◎靈澈上人：唐代著名高僧。上人是對僧人的敬稱。
◎杳杳：深遠的樣子。
◎荷笠：荷葉製成的斗笠。

（誦）

絕句

〔唐〕杜甫

遲◎日◎江山麗，春風花草香。
泥◎融◎飛燕子，沙暖睡鴛鴦。

（誦）

（吟）

◎遲日：春日。

◎泥融：指天氣變暖，冰凍的泥土融化變軟。

華子崗◎◎◎

〔唐〕裴迪

日落松風起，還家草露晞◎。
雲光侵履跡◎◎，山翠拂人衣。

誦

◎華子崗：王維隱居地輞川別墅中的風景點。裴迪是王維的好友，二人多有交流。
◎晞：曬乾。
◎履跡：人的足跡。

登樂遊原

〔唐〕李商隱

向晚意不適，驅車登古原。
夕陽無限好，只是近黃昏。

◎向晚：傍晚。
◎不適：不悅。
◎古原：指樂遊原。

吟

春怨

〔唐〕金昌緒

打起黃鶯兒，莫教枝上啼。
啼時驚妾夢，不得到遼西◎。

（吟）

◎遼西：古郡名，在今遼寧省遼河以西的地方。

江行無題【其九十八】

〔唐〕錢珝

萬木已清霜，江邊村事忙。
故溪黃稻熟，一夜夢中香。

◎錢珝：唐代詩人，《江行無題》這一組詩作於詩人被貶途中。
◎清霜：白霜。

吟

夏日絕句

〔宋〕李清照

生當作人傑，死亦為鬼雄。
至今思項羽，不肯過江東。

◎人傑：人中豪傑。
◎鬼雄：鬼中英雄。
◎項羽：秦末起義軍領袖，自稱西楚霸王。

二月十一日夜夢作東都早春絕句

〔宋〕楊萬里

道是春來早，如何未見春。
小桃三四點，偏報有情人。

（吟）

◎如何：怎麼。
◎小桃：初春即開花的一種桃樹。

七言絕句

詠柳

〔唐〕賀知章

碧玉妝成一樹高，萬條垂下綠絲絛。
不知細葉誰裁出，二月春風似剪刀。

吟

誦

◎碧玉：碧綠的玉石。這裡用來比喻嫩綠的柳葉。
◎妝：裝飾，打扮。
◎絛：用絲線編成的帶子。

國立故宮博物院／《元朱叔重春塘柳色軸》（局部）

回鄉偶書

〔唐〕賀知章

少小離家老大回，鄉音無改鬢毛衰。
兒童相見不相識，笑問客從何處來。

誦

◎偶書：偶然創作的詩歌。
◎少小：年少的時候。
◎老大：年紀大的時候。
◎回：今念「ㄏㄨㄟˊ」，這裡諧韻讀作「ㄏㄨㄞˊ」。依據「平水韻」，「回」、「來」同屬上平聲「十灰」韻。

山中留客

〔唐〕張旭

山光物態弄春暉，莫為輕陰便擬歸。
縱使晴明無雨色，入雲深處亦沾衣。

◎春暉：春光。
◎輕陰：微陰的灰色。
◎雲：指霧氣。

誦

桃花溪

〔唐〕張旭

隱隱飛橋隔野煙，石磯西畔問漁船。
桃花盡日隨流水，洞在清溪何處邊。

誦

◎桃花溪：水名，在今湖南省桃源縣桃源山下。
◎石磯：水邊突出的岩石。
◎盡日：整日。

涼州◎詞【其一】

〔唐〕王之渙

黃河遠上白雲間，一片孤城萬仞山。
羌笛◎何須怨楊柳◎，春風不度玉門關。

吟　誦

◎涼州：地名，在今甘肅省武威市涼州區。
◎羌笛：古時羌族的一種樂器。
◎楊柳：這裡指《折楊柳》，古代曲名。

出塞

〔唐〕王昌齡

秦時明月漢時關，萬里長征人未還。
但使龍城飛將在，不教胡馬度陰山。

吟

誦

◎但使：只要。
◎龍城：即盧龍城，在今河北盧龍縣，是漢代抗擊匈奴的重鎮。
◎飛將：指漢代名將李廣。
◎不教：不讓。教，使、命，依據近體詩格律，這裡應讀平聲「ㄐㄧㄠ」。
◎胡馬：指代匈奴的軍隊。

從軍行【其四】

〔唐〕王昌齡

青海長雲暗雪山，孤城遙望玉門關。
黃沙百戰穿金甲，不破樓蘭終不還。

（吟）

（誦）

◎青海：指青海湖，唐代大將哥舒翰築城於此。

◎樓蘭：漢代西域國名。

從軍行【其五】

〔唐〕王昌齡

大漠風塵日色昏，紅旗半捲出轅門。
前軍夜戰洮河北，已報生擒吐谷渾。

◎前軍：指唐軍的先鋒部隊。
◎洮河：河名。
◎吐谷渾：中國古代少數民族名稱。

(誦)

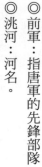

芙蓉樓送辛漸

〔唐〕王昌齡

寒雨連江夜入吳，平明送客楚山孤。
洛陽親友如相問，一片冰心在玉壺。

（吟）

◎芙蓉樓：原名西北樓，在今江蘇省鎮江市西北方向。

◎辛漸：詩人的朋友。

◎吳：周朝諸侯國名，在今江蘇省南部、浙江省北部一帶。

◎楚：周朝諸侯國名，其東南邊境曾與吳國交界，古稱「吳頭楚尾」。

采蓮曲【其二】

〔唐〕王昌齡

荷葉羅裙一色裁，芙蓉向臉兩邊開。
亂入池中看不見，聞歌始覺有人來。

◎采蓮曲：以此為題的詩，內容多描繪江南女子採蓮的情景。
◎羅裙：絲織品做的裙子。
◎亂入：混入，混進。

九月九日憶山東兄弟

〔唐〕王維

獨在異鄉為異客，每逢佳節倍思親。
遙知兄弟登高處，遍插茱萸少一人。

誦

◎九月九日：即重陽節。九是最大的陽數，所以稱九月九日為「重陽」。

◎山東：古代稱函谷關與華山以東為「山東」，這裡指王維的故鄉蒲縣（今山西省永濟市）。

◎登高：古代重陽節有登高望遠的習俗。

送元二使安西

〔唐〕王維

渭城朝雨浥輕塵，客舍青青柳色新。
勸君更盡一杯酒，西出陽關無故人。

誦

◎元二：詩人的友人元常，因在兄弟中排行第二，故稱「元二」。
◎渭城：即秦代古都咸陽，因位於渭水北岸，故得此名。
◎浥：濕潤。
◎陽關：在今甘肅省敦煌市西南，是古代通往西域的要塞。

春夜洛城聞笛

〔唐〕李白

誰家玉笛暗飛聲，散入春風滿洛城。
此夜曲中聞折柳，何人不起故園情。

◎折柳：這裡指《折楊柳》。內容多敘離別之情。
◎故園：故鄉。

【誦】

黃鶴樓送孟浩然之廣陵

〔唐〕李白

故人西辭黃鶴樓，煙花三月下揚州。
孤帆遠影碧空盡，唯見長江天際流。

〔誦〕

◎黃鶴樓：故址在今湖北武漢市武昌蛇山的黃鵠磯。
◎之：往，到。
◎故人：老朋友，這裡指孟浩然。

望廬山瀑布

〔唐〕李白

日照香爐生紫煙，遙看瀑布掛前川。
飛流直下三千尺，疑是銀河落九天。

◎香爐：即廬山香爐峰。因形狀像香爐，且峰頂水氣如煙霧繚繞而得名。

◎遙看：從遠處看。看，依據近體詩格律，這裡應讀平聲「ㄎㄢ」。

◎川：河流，這裡形容瀑布。

◎三千尺：形容山高。這裡是誇張的說法，非實指。

（誦）

聞王昌齡左遷龍標遙有此寄

〔唐〕李白

楊花落盡子規啼，聞道龍標過五溪。
我寄愁心與明月，隨風直到夜郎西。

吟

誦

◎左遷：貶謫，降職。
◎龍標：詩題中指古地名，在今湖南省洪陽市；詩中指王昌齡，古代常以官職或任職之地的州縣名來稱呼一個人。
◎隨風：一作「隨君」。

早發白帝城◎

〔唐〕李白

朝辭◎白帝彩雲間，千里江◎陵◎一日還。
兩岸猿聲啼不住，輕舟已過萬◎重◎山◎。

(吟)

(誦)

◎白帝城：古城名，在今重慶市奉節東白帝山上。

◎辭：告別。

◎江陵：今湖北省荊州市。

◎萬重山：層層疊疊的山。形容山多，連綿不絕。

贈汪倫◎◎

〔唐〕李白

李白乘舟將欲行，忽聞岸上踏歌聲◎◎。
桃花潭◎◎◎水深千尺◎◎，不及汪倫送我情。

吟 誦

◎汪倫：李白的朋友。
◎踏歌：唐代民間流行的一種手拉手、兩足踏地為節拍的歌舞形式，可以邊走邊唱。
◎桃花潭：在今安徽省涇縣西南。
◎千尺：詩人用水深千尺比喻汪倫與他的友情，運用了誇飾的手法。

江畔獨步尋花【其六】

〔唐〕杜甫

黃四娘家花滿蹊，千朵萬朵壓枝低。
留連戲蝶時時舞，自在嬌鶯恰恰啼。

誦

◎黃四娘：杜甫居住在成都草堂時的鄰居。
◎蹊：小路。
◎留連：留戀不捨。

絕句漫興九首【其七】

〔唐〕杜甫

糝徑楊花鋪白氈，點溪荷葉疊青錢。
筍根雉子無人見，沙上鳧雛傍母眠。

◎楊花：柳絮。
◎鳧雛：小野鴨。

(誦)

絕句四首【其三】

〔唐〕杜甫

兩個黃鸝鳴翠柳，一行白鷺上青天。
窗含西嶺千秋雪，門泊東吳萬里船。

◎西嶺：指岷山，在今四川省成都市西北。
◎千秋雪：指岷山山頂積年不化的冰雪。千秋形容時間久遠。
◎泊：停泊。
◎東吳：三國時期吳國的領地，在今江蘇、浙江一帶。

〔誦〕

早梅

〔唐〕張謂

一樹寒梅白玉條，迥◎臨村路傍溪橋。
不知近水花先發◎，疑是經冬雪未銷。

◎迥：遠。
◎發：開放。

（誦）

山房春事二首【其二】

〔唐〕岑參

梁園日暮亂飛鴉，極目蕭條三兩家。
庭樹不知人去盡，春來還發舊時花。

◎梁園：在今河南省商丘市，西漢梁孝王劉武所建。

誦

月夜

〔唐〕劉方平

更深月色半人家，北斗闌干南斗斜。
今夜偏知春氣暖，蟲聲新透綠窗紗。

◎更深：夜深。
◎北斗：指北斗星。

誦

楓橋夜泊

〔唐〕張繼

月落烏啼霜滿天，江楓漁火對愁眠。
姑蘇城外寒山寺，夜半鐘聲到客船。

（吟）

◎楓橋：橋名，在今江蘇省蘇州閶門外，寒山寺附近。
◎江楓：江邊的楓樹。江，指吳淞江。
◎姑蘇城：指蘇州城。
◎寒山寺：在今江蘇省蘇州市西楓橋鎮。

移◎家◎別湖上亭

〔唐〕戎昱

好是春風湖上亭，柳條藤◎蔓◎繫離情。
黃鶯久住渾相識，欲別頻啼四五聲。

◎移家：搬家。
◎頻啼：連續鳴叫。

（誦）

嫦娥

〔唐〕李商隱

雲母屏風燭影深，長河漸落曉星沉。
嫦娥應悔偷靈藥，碧海青天夜夜心。

（吟）　（誦）

◎嫦娥：神話中由人間飛到月亮上去的仙女。
◎雲母屏風：鑲嵌著雲母的屏風。
◎長河：指銀河。

丹丘

〔唐〕李商隱

青女丁寧結夜霜，羲和辛苦送朝陽。
丹丘萬里無消息，幾對梧桐憶鳳凰。

（誦）

◎青女：傳說中掌管霜雪的女神。
◎羲和：古代神話傳說中的人物，為太陽之母及駕馭日車的女神。

東下三句苦於風土馬上戲作

〔唐〕李商隱

路繞函關東復東，身騎征馬逐驚蓬。
天池遼闊誰相待，日日虛乘九萬風。

誦

◎征馬：遠行的馬。
◎驚蓬：疾飛的斷蓬。指行蹤飄泊不定。

端◎居◎

〔唐〕李商隱

誦

遠書歸夢兩悠悠，只有空床敵素◎秋。
階下青苔與紅樹，雨中寥落月中愁。

◎端居：閒居。
◎素秋：指秋天。

賦得雞

〔唐〕李商隱

稻粱猶足活諸雛，妒敵專場好自娛。
可要五更驚曉夢，不辭風雪為陽烏。

◎賦得：借古人詩句或成語命題作詩。詩題前一般都冠以「賦得」二字。

◎雞：指鬥雞，借指唐代藩鎮割據勢力相爭。

誦

海上

〔唐〕李商隱

石橋東望海連天，徐福空來不得仙。
直遣麻姑與搔背，可能留命待桑田。

◎徐福：即徐市，據傳秦始皇曾派他前往海外求仙。
◎麻姑：神話中的仙女。
◎留命：延年，長壽。

寄遠

〔唐〕李商隱

姮娥擣藥無時已，玉女投壺未肯休。
何日桑田俱變了，不教伊水向東流。

◎姮娥：即嫦娥。
◎伊水：河流名，伊河。

(誦)

柳

〔唐〕李商隱

曾逐東風拂舞筵，樂遊春苑斷腸天。
如何肯到清秋日，已帶斜陽又帶蟬。

◎東風：春風。
◎樂遊：指樂遊原。

（誦）

暮秋獨遊曲江

〔唐〕李商隱

荷葉生時春恨生，荷葉枯時秋恨成。
深知身在情長在，悵望江頭江水聲。

吟　誦

◎曲江：指曲江池，在今陝西省西安市東南。
◎春恨：春愁，春怨。
◎深知：十分了解。

青陵台

〔唐〕李商隱

青陵台畔日光斜，萬古貞魂倚暮霞。
莫訝韓憑為蛺蝶，等閒飛上別枝花。

誦

◎韓憑：戰國時期宋國商丘人。
◎蛺蝶：蝴蝶。

任弘農尉獻州刺史乞假還京

〔唐〕李商隱

誦

黃昏封印點刑徒，愧負荊山入座隅。
卻羨卞和雙刖足，一生無復沒階趨。

◎封印：封存官印。封印與清點囚徒是府縣掌管治安的官員每天散衙前的例行公事。

◎刑徒：囚徒。

◎刖（ㄩㄝˋ）足：斷足，是古代的一種酷刑。

送臻師【其二】

〔唐〕李商隱

苦海迷途去未因，東方過此幾微塵。
何當百億蓮花上，一一蓮花見佛身。

誦

◎去未因：過去未來之因。
◎百億：極言數目之多。
◎蓮花：荷花。

瑤池

〔唐〕李商隱

瑤池阿母綺窗開，黃竹歌聲動地哀。
八駿日行三萬里，穆王何事不重來。

◎瑤池阿母：指西王母。
◎綺窗：雕飾精美的窗戶。

誦

夜雨寄北

〔唐〕李商隱

君問歸期未有期，巴山夜雨漲秋池。
何當共剪西窗燭，卻話巴山夜雨時。

吟

誦

◎巴山：泛指川東一帶的山。川東一帶古屬巴國。
◎何當：何時。
◎卻話：回頭說。

謁山◎

〔唐〕李商隱

從來繫日乏長繩，水去雲回恨不勝。
欲就麻姑買滄海，一杯春露冷如冰。

◎謁：拜謁。

月

〔唐〕李商隱

過水穿樓觸處明，藏人帶樹遠含清。
初生欲缺虛惆悵，未必圓時即有情。

◎觸處：到處。
◎惆悵：因失意而傷感。

吟

誦

大都會藝術博物館／明唐寅葦渚醉漁圖軸》

昨夜

〔唐〕李商隱

不辭鶗鴂妒年芳，但惜流塵暗燭房。
昨夜西池涼露滿，桂花吹斷月中香。

◎鶗鴂：杜鵑鳥。
◎燭房：蠟燭火焰中心的地方。

吟

誦

雨晴

〔唐〕王駕

雨前初見花間蕊，雨後全無葉底花。
蜂蝶紛紛過牆去，卻疑春色在鄰家。

◎紛紛：多而雜亂貌。
◎疑：懷疑。

淮上與友人別

〔唐〕鄭谷

揚子江頭楊柳春，楊花愁殺渡江人。
數聲風笛離亭晚，君向瀟湘我向秦。

（吟）

◎淮上：揚州。

◎揚子江：長江在江蘇省鎮江、揚州一帶的干流，古稱揚子江。

◎離亭：驛亭。亭是古代路旁供人休息的地方。

◎秦：指當時的都城長安。

◎臺城◎

〔唐〕韋莊

江雨霏霏江草齊，六朝如夢鳥空啼。
無情最是臺城柳，依舊煙籠十里堤。

吟

◎臺城：舊址在今江蘇省南京市雞鳴山南。

◎霏霏：雨雪盛貌。

畫眉鳥

〔宋〕歐陽修

百囀千聲隨意移，山花紅紫樹高低。
始知鎖向金籠聽，不及林間自在啼。

◎囀：鳥婉轉地鳴叫。
◎樹高低：樹林中的高處和低處。
◎不及：比不上。

(吟)

北山◎

〔宋〕王安石

北山輸綠漲橫陂◎，直塹◎回塘灩灩時。
細數落花因坐久，緩尋芳草得歸遲。

吟

◎北山：指今江蘇省南京市東郊的鍾山。
◎陂：池塘。
◎塹：溝渠。

泊船瓜洲

〔宋〕王安石

京口瓜洲一水間，鍾山只隔數重山。
春風又綠江南岸，明月何時照我還。

（吟）

◎泊船：停船。
◎瓜洲：地名，在長江北岸，今江蘇省揚州市南郊。
◎京口：古城名，故址在今天的江蘇省鎮江市，位於長江南岸。
◎鍾山：即紫金山，在今江蘇省南京市東北方向。

封舒國公三首【其二】

〔宋〕王安石

桐鄉◎山遠復川長，紫翠連城碧滿隍◎。
今日桐鄉誰愛我，當時我自愛桐鄉。

（吟）

◎桐鄉：古地名。在今安徽省桐城市北。
◎隍：沒有水的護城壕。

南蕩

〔宋〕王安石

南蕩東陂水漸多，陌頭車馬斷經過。
鍾山未放朝雲散，奈此黃梅細雨何。

吟

◎陌頭：路上；路旁。
◎黃梅：指梅雨季節。

書◎湖陰先生壁

〔宋〕王安石

茅檐長掃淨無苔，花木成畦手自栽。
一水護田將綠繞，兩山排闥送青來。

◎書：書寫。

◎茅檐：茅屋的屋檐。這裡指有茅屋的庭院。

◎畦：田園中分成的小區。

◎排闥：推門。排，這裡作「推」；闥，小門。

惠崇春江晚景【其一】

〔宋〕蘇軾

竹外桃花三兩枝，春江水暖鴨先知。
蔞蒿滿地蘆芽短，正是河豚欲上時。

吟

◎惠崇：北宋僧人，能詩善畫，《春江晚景》是他的畫作之一。
◎蔞蒿：植物名，多生長在水邊。
◎河豚：一種魚，肉味鮮美，卵巢和肝臟有劇毒。

題西林壁

〔宋〕蘇軾

（吟）

橫看成嶺側成峰，遠近高低各不同。
不識廬山真面目，只緣身在此山中。

◎題：書寫。
◎西林：指江西廬山上的西林寺。
◎緣：因為，由於。

望海樓晚景【其二】

〔宋〕蘇軾

橫風吹雨入樓斜，壯觀應須好句誇。
雨過湖平江海碧，電光時掣紫金蛇。

◎好句：佳句。
◎碧：碧澄。

飲湖上初晴後雨

〔宋〕蘇軾

水光瀲灩晴方好，山色空濛雨亦奇。
欲把西湖比西子，淡妝濃抹總相宜。

（吟）（誦）

◎飲湖上：在西湖上飲酒。
◎瀲灩：水波蕩漾的樣子。
◎空濛：煙雨濛濛的樣子。
◎西子：指西施，中國古代四大美女之一。

秋思三首【其二】

〔宋〕陸游

烏桕微丹菊漸開，天高風送雁聲哀。
詩情也似并刀快，剪得秋光入卷來。

（吟）

◎烏桕：一種落葉樹。

◎并刀：亦稱「并州刀」，即并州剪。

示兒

〔宋〕陸游

死去元知萬事空，但悲不見九州同。
王師北定中原日，家祭無忘告乃翁。

(吟)

◎示兒：給兒子們看。
◎元知：原本知道。元，通「原」。
◎王師：這裡指南宋軍隊。
◎中原：指被金國佔領的北方土地。

四時田園雜興【夏日其七】

〔宋〕范成大

晝出耘田夜績麻，村莊兒女各當家。
童孫未解供耕織，也傍桑陰學種瓜。

（吟）

◎雜興：指有感而發，沒有固定題材的詩作；興，興致，興趣。
◎耘田：泛指耕地、除草等農耕之事。
◎傍：靠近，挨著。
◎桑陰：桑樹下陰涼的地方。

春暖郡圃散策三首【其三】

〔宋〕楊萬里

【吟】

春禽處處講新聲，細草欣欣賀嫩晴。
曲折遍穿花底路，莫令一步作虛行。

◎春禽：春鳥。
◎欣欣：草木茂盛的樣子。
◎嫩晴：初晴。

二月一日曉渡太和江【其一】

〔宋〕楊萬里

綠楊接葉杏交花，嫩水新生尚露沙。
過了春江偶回首，隔江一片好人家。

◎嫩水：春水。
◎回首：回頭看。

入常山界二首【其二】

〔宋〕楊萬里

昨日愁霖今喜晴，好山夾路玉亭亭。
一峰忽被雲偷去，留得崢嶸半截青。

【吟】

◎愁霖：久雨。
◎夾路：分列在道路兩旁。

萬安道中書事【其二】

〔宋〕楊萬里

攜家滿路踏春華，兒女欣欣不憶家。
騎吏也忘行役苦，一人人插一枝花。

【吟】

◎欣欣：歡喜的樣子。
◎騎吏：出行時隨侍左右的騎馬的吏員。

閒居初夏午睡起【其一】

〔宋〕楊萬里

梅子留酸軟齒牙，芭蕉分綠與窗紗。
日長睡起無情思，閒看兒童捉柳花。

吟

◎無情思：沒有情緒，指不知做什麼好。

◎柳花：指柳絮。

小雨

〔宋〕楊萬里

雨來細細復疏疏，縱不能多不肯無。
似妒詩人山入眼，千峰故隔一簾珠。

（吟）

◎疏疏：稀疏的樣子。
◎入眼：看見。

舟過安仁◎【其三】

〔宋〕楊萬里

一葉漁船兩小童，收篙◎停棹◎坐船中。
怪生◎無雨都張傘，不是遮頭是使風。

◎安仁：縣名。
◎篙：撐船用的竹竿。
◎棹：船槳。
◎怪生：怪不得。

（吟）

春日

〔宋〕朱熹

吟

勝日尋芳泗水濱，無邊光景一時新。
等閒識得東風面，萬紫千紅總是春。

◎勝日：晴日，美好的日子。
◎泗水：河名，在今山東省境內，流經孔子的家鄉曲阜。孔子曾經在泗水邊講學。
◎等閒：輕易，隨意。

觀書有感【其一】

〔宋〕朱熹

半畝方塘一鑑◎開，天光◎雲◎影共徘徊。
問渠那得清如許，為◎有源頭活水來。

◎鑑：鏡子。
◎天光：天空的光景。
◎為：因為。

(吟)

讀義山詩

葉嘉瑩

信有姮娥偏耐冷，休從宋玉覓微辭。
千年滄海遺珠淚，未許人箋錦瑟詩。

誦

國立故宮博物院／《明唐寅畫嫦娥奔月軸》（局部）

海棠四首【其一】

葉嘉瑩

春風又到海棠時，西府名花別樣姿。
記得東坡詩句好，朱唇翠袖總相思。

（誦）

海棠四首【其二】

葉嘉瑩

青衿往事憶從前，黌舍曾誇府第連。
當日花開戰塵滿，今來真喜太平年。

【吟1】

海棠四首【其三】

葉嘉瑩

花前小立意如何，回首春風感慨多。
師友已傷零落盡，我來今亦鬢全皤。

誦

海棠四首【其四】

葉嘉瑩

一世飄零感不禁，重來花底自沉吟。
縱教精力逐年減，未減歸來老驥心。

（吟）

夢中得句【其一】

葉嘉瑩

換朱成碧餘芳盡，變海為田夙願休。

總把春山掃眉黛，雨中寥落月中愁。

誦

夢中得句【其二】

葉嘉瑩

波遠難通望海潮，硃紅空護守宮嬌。
伶倫吹裂孤生竹，埋骨成灰恨未銷。

絕句二首【其二】

葉嘉瑩

誦

一任流年似水東，蓮華凋處孕蓮蓬。
天池若有人相待，何懼扶搖九萬風。

詞

南歌子

〔唐〕溫庭筠

手裡金鸚鵡，胸前繡鳳凰。偷眼暗形相。不如從嫁與，作鴛鴦。

◎南歌子：唐教坊曲名，後用作詞牌名。

◎金鸚鵡：金色鸚鵡，此指女子繡件上的花樣。

◎偷眼：偷看。

◎形相：觀察。

南歌子

〔唐〕溫庭筠

倭墮低梳髻，連娟細掃眉。終日兩相思。為君憔悴盡，百花時。

◎倭墮：即倭墮髻，本是漢代洛陽一帶婦女的時髦髮式。

◎連娟：微曲的樣子，形容女子眉毛彎曲細長，秀麗俊俏。

誦

鵲◎踏◎枝◎

〔南唐〕馮延巳

【誦】

花外寒雞天欲曙。香印成灰，起坐渾無緒。檐際高桐凝宿◎霧◎，捲簾雙鵲驚飛去。　屏上羅◎衣◎閒繡縷，一晌關情，憶遍江南路。夜夜夢魂休謾語，已知前事無尋處。

◎鵲踏枝：即《蝶戀花》，原唐教坊曲名，商調曲。
◎宿霧：夜霧。
◎羅衣：柔軟絲織品做成的衣服。

鵲踏枝

〔南唐〕馮延巳

梅落繁枝千萬片，猶自多情，學雪隨風轉。昨夜笙歌容易散，酒醒添得愁無限。
樓上春寒山四面，過盡征鴻，暮景煙深淺。一晌憑欄人不見，鮫綃掩淚思量遍。

◎笙歌：吹笙唱歌。
◎鮫綃：指精美的手帕。

（吟）

（誦）

鵲踏枝

〔南唐〕馮延巳

秋入蠻蕉風半裂，狼藉池塘，雨打疏荷折。繞砌蛩聲芳草歇，愁腸學盡丁香結。回首西南看晚月，孤雁來時，塞管聲嗚咽。歷歷前歡無處說，關山何日休離別。

◎蠻蕉：芭蕉。

◎塞管：塞外胡樂器。

（誦）

鵲踏枝

〔南唐〕馮延巳

誰道閒情拋擲久？每到春來，惆悵還依舊。日日花前常病酒◎，不辭鏡裡朱顏瘦。　河畔青蕪堤上柳，為問新愁，何事年年有？獨立小橋風滿袖，平林◎新月人歸後。

◎病酒：飲酒過度引起身體不適。
◎平林：平原上的樹林。

【吟】

【誦】

浪淘沙

〔南唐〕李煜

簾外雨潺潺。春意闌珊。羅衾不耐五更寒。夢裡不知身是客，一晌貪歡。
獨自莫憑欄。無限江山。別時容易見時難。流水落花春去也，天上人間。

◎潺潺：形容雨聲。
◎不耐：受不了。
◎憑欄：依靠欄杆。
◎江山：指南唐河山。

誦

浪淘沙

〔南唐〕李煜

往事只堪哀。對景難排。秋風庭院蘚侵階。一任珠簾閒不捲，終日誰來。

金鎖已沉埋。壯氣蒿萊。晚涼天淨月華開。想得玉樓瑤殿影，空照秦淮。

誦

◎蘚侵階：台階上生蘚，表明少有人來。

◎一任：任憑。

◎秦淮：指秦淮河，流經江蘇省南京市。據說是秦始皇為疏通淮水而開鑿的，故名秦淮。

相見歡

〔南唐〕李煜

（誦）

林花謝了春紅。太匆匆。無奈朝來寒雨晚來風。

胭脂淚。相留醉。幾時重。自是人生長恨，水長東。

◎相見歡：原為唐教坊曲名，後用為詞牌名。又名《烏夜啼》。

◎謝：凋謝。

◎幾時重：何時再次相見。

相見歡

〔南唐〕李煜

無言獨上西樓。月如鉤。寂寞梧桐深院，鎖清秋。

剪不斷。理還亂。是離愁。別是一般滋味，在心頭。

◎離愁：指去國之愁。

◎別是一般：另有一種意味。

（誦）

破陣子

〔南唐〕李煜

四十年來家國，三千里地山河。鳳閣龍樓連霄漢，玉樹瓊枝作煙蘿。幾曾識干戈。

一旦歸為臣虜，沈腰潘鬢消磨。最是倉皇辭廟日，教坊猶奏別離歌。垂淚對宮娥。

◎破陣子：詞牌名。
◎識干戈：經歷戰爭。
◎沈腰潘鬢：沈指沈約，後用沈腰指代人日漸消瘦；潘指潘岳，後以潘鬢指代中年白髮。
◎辭：離開。

（誦）

清平樂

〔南唐〕李煜

別來春半。觸目柔腸斷。砌下落梅如雪亂。拂了一身還滿。雁來音信無憑。路遙歸夢難成。離恨恰如春草，更行更遠還生。

◎砌下：台階下。

◎歸夢難成：指有家難回。

望江南◎

〔南唐〕李煜

閒◎夢遠，南國◎正芳春。船上管弦江面淥，滿城飛絮輥◎輕塵。忙殺看花人。

◎望江南：又名《望江梅》、《憶江南》。

◎閒：指囚禁中百無聊賴的生活和心境。

◎南國：指南唐國土。

◎輥：滾動，轉動。

（誦）

漁父◎【其一】

〔南唐〕李煜

浪花有意千重雪，桃李無言一隊春。一壺酒，一竿身。世上如儂◎有幾人。

◎漁父：詞調名，又名《漁歌子》。
◎儂：我，江南口語。

(((誦)))

漁父【其二】

〔南唐〕李煜

一棹春風一葉舟。一綸繭縷一輕鉤。花滿渚，酒盈甌。萬頃波中得自由。

◎一棹：一槳。
◎甌：杯子。

虞美人

〔南唐〕李煜

春花秋月何時了。往事知多少。小樓昨夜又東風。故國不堪回首月明中。
雕欄玉砌應猶在。只是朱顏改。問君能有幾多愁。恰似一江春水向東流。

◎了：了結。
◎朱顏改：容顏衰老。

（誦）

雪梅香

〔宋〕柳永

景蕭索，危樓獨立面晴空。動悲秋情緒，當時宋玉應同。漁市孤煙裊寒碧，水村殘葉舞愁紅。楚天闊、浪浸斜陽，千里溶溶。　臨風。想佳麗，別後愁顏，鎮斂眉峰。可惜當年，頓乖雨跡雲蹤。雅態妍姿正歡洽，落花流水忽西東。無憀恨、相思意，盡分付征鴻。

(誦)

◎鎮斂眉峰：常雙眉緊鎖。

◎分付征鴻：指用書信相互問候。

玉樓春

〔宋〕歐陽修

尊前擬把歸期說，欲語春容先慘咽。人生自是有情癡，此恨不關風與月。　離歌且莫翻新闋，一曲能教腸寸結。直須看盡洛城花，始共春風容易別。

◎春容：青春的容貌。
◎慘咽：悲傷得說不出話來。

（吟1）

定風波

〔宋〕蘇軾

三月七日，沙湖道中遇雨。雨具先去，同行皆狼狽，余獨不覺。已而遂晴，故作此詞。

莫聽穿林打葉聲。何妨吟嘯且徐行。竹杖芒鞋輕勝馬。誰怕。一蓑煙雨任平生。料峭春風吹酒醒。微冷。山頭斜照卻相迎。回首向來蕭瑟處。歸去。也無風雨也無晴。

（誦）

◎定風波：詞牌名。
◎吟嘯：放聲吟詠。
◎芒鞋：草鞋。
◎料峭：風力寒冷。
◎蕭瑟：指風雨吹打樹木的聲音。

浣溪沙

〔宋〕蘇軾

簌簌衣巾落棗花。村南村北響繰車。牛衣古柳賣黃瓜。

酒困路長惟欲睡，日高人渴漫思茶。敲門試問野人家。

◎繰車：抽繭出絲的工具。

◎漫：隨意。

◎野人家：指農家。

吟

誦

江城子・乙卯正月二十日夜記夢

〔宋〕蘇軾

十年生死兩茫茫。不思量。自難忘。千里孤墳，無處話淒涼。縱使相逢應不識，塵滿面，鬢如霜。　夜來幽夢忽還鄉。小軒窗。正梳妝。相顧無言，惟有淚千行。料得年年腸斷處，明月夜，短松岡。

◎思量：思念。
◎孤墳：指其妻王弗之墓。
◎顧：看。

臨江仙

〔宋〕蘇軾

夜飲東坡醒復醉，歸來彷彿三更。家童鼻息已雷鳴。敲門都不應，倚杖聽江聲。長恨此身非我有，何時忘卻營營。夜闌風靜縠紋平。小舟從此逝，江海寄餘生。

◎東坡：在今湖北省黃岡市東。

◎縠紋：指水波細紋。

吟

誦

南歌子・再用前韻

〔宋〕蘇軾

帶酒沖山雨，和衣睡晚晴。不知鐘鼓報天明。夢裡栩然蝴蝶、一身輕。　老去才都盡，歸來計未成。求田問舍笑豪英。自愛湖邊沙路、免泥行。

（吟）（誦）

◎晚晴：傍晚晴朗的天色。
◎求田問舍：專心經營家產而無遠大志向。

南鄉子・自述

〔宋〕蘇軾

涼簟碧紗廚。一枕清風晝睡餘。睡聽晚衙無一事，徐徐。讀盡床頭幾卷書。搔首賦歸歟。自覺功名懶更疏。若問使君才與術，何如。占得人間一味愚。

誦

◎紗廚：紗帳，用木架撐起輕紗做成的帳子，夏季用以避蚊。

◎晚衙：舊時官署長官一日早晚兩次坐衙，受屬吏參拜治事。傍晚申時坐衙稱晚衙。

水調歌頭

〔宋〕蘇軾

丙辰中秋，歡飲達旦，大醉，作此篇，兼懷子由。

誦

明月幾時有，把酒◎問青天。不知天上宮闕，今夕是何年。我欲乘風歸去，又恐瓊樓玉宇，高處不勝◎寒。起舞弄清影，何似在人間。

轉朱閣，低綺戶，照無眠。不應有恨，何事長向別時圓。人有悲歡離合，月有陰晴圓缺，此事古難全。但願人長久，千里共嬋娟。

◎酒：手執酒杯。
◎不勝：經受不住。

西江月・中秋寄子由

〔宋〕蘇軾

（誦）

世事一場大夢，人生幾度新涼。夜來風葉已鳴廊。看取眉頭鬢上。
酒賤常愁客少，月明多被雲妨。中秋誰與共孤光。把盞淒然北望。

◎孤光：指月亮。
◎盞：酒杯。

蘭陵王・柳

〔宋〕周邦彥

柳陰直。煙◎裡絲絲弄碧。隋堤上、曾見幾番，拂水飄綿送行色。登臨望故國◎。誰識。京華倦客。長亭路，年去歲來，應折柔條過千尺。

閒尋舊蹤跡。又酒趁哀弦，燈照離席。梨花榆火催寒食。愁一箭風快，半篙波暖，回頭迢遞便數驛。望人在天北。

悽惻。恨堆積。漸別浦縈迴，津堠◎岑寂。斜陽冉冉春無極。念月榭攜手，露橋聞笛。沉思前事，似夢裡，淚暗滴。

◎煙：薄霧。

◎故國：故鄉，亦指舊遊之地。

◎津堠：碼頭上供瞭望歇宿的處所。

（誦）

鳳凰台上憶吹簫

〔宋〕李清照

香冷金猊◎，被翻紅浪，起來慵自梳頭。任寶奩◎塵滿，日上簾鉤。生怕離懷別苦，多少事、欲說還休。新來瘦，非干病酒，不是悲秋。

休休。這回去也，千萬遍陽關，也則難留。念武陵◎人遠，煙鎖秦樓。惟有樓前流水，應念我、終日凝眸◎。凝眸處，從今又添，一段新愁。

◎金猊：塗金的獅形香爐。
◎寶奩：貴重的鏡匣。
◎武陵：地名。
◎凝眸：注視。

（誦）

孤雁兒

〔宋〕李清照

藤床紙帳朝眠起。說不盡、無佳思。沉香煙斷玉爐寒，伴我情懷如水。笛聲三弄，梅心驚破，多少春情意。

小風疏雨蕭蕭地。又催下、千行淚。吹簫人去玉樓空，腸斷與誰同倚？一枝折得，人間天上，沒個人堪寄。

◎三弄：指「梅花三弄」。

◎腸斷：指悲傷到極點。

臨江仙

〔宋〕李清照

庭院深深深幾許，雲窗霧閣常扃。柳梢梅萼漸分明。春歸秣陵樹，人老建康城。

感月吟風多少事，如今老去無成。誰憐憔悴更凋零。試燈無意思，踏雪沒心情。

◎扃：門環、門閂等。這裡指門窗關閉。
◎秣陵：地名，今江蘇省南京市。
◎建康：地名，今江蘇省南京市。

誦

南歌子

〔宋〕李清照

天上星河轉，人間簾幕垂。涼生枕簟淚痕滋。起解羅衣、聊問、夜何其。

翠貼蓮蓬小，金銷藕葉稀。舊時天氣舊時衣。只有情懷、不似、舊家時。

◎枕簟：枕頭和竹席。
◎情懷：心情。
◎舊家：從前。

（誦）（吟）

聲聲慢◎

〔宋〕李清照

（誦）

尋尋覓覓，冷冷清清，淒淒慘慘戚戚。乍暖還寒時候，最難將息。三杯兩盞淡酒，怎敵他、晚來風急。雁過也，正傷心，卻是舊時相識。

滿地黃花堆積。憔悴損，如今有誰堪摘。守著窗兒，獨自怎生得黑。梧桐更兼細雨，到黃昏、點點滴滴。這次第，怎一個愁字了得。

◎聲聲慢：詞牌名。這首詞是李清照南渡後晚年的作品。

◎戚戚：悲愁、哀傷的樣子。
◎將息：調養，保養。
◎怎生：怎麼，怎樣。
◎次第：光景，狀況。

添字采桑子

〔宋〕李清照

窗前誰種芭蕉樹。陰滿中庭。陰滿中庭。葉葉心心，舒捲有餘情。傷心枕上三更雨，點滴霖霪。點滴霖霪。愁損離人，不慣起來聽。

◎霖霪：久雨。
◎愁損：愁殺。

（誦）

武陵春・春晚

〔宋〕李清照

風住塵香花已盡，日晚倦梳頭。物是人非事事休。欲語淚先流。
聞說雙溪春尚好，也擬泛輕舟。只恐雙溪舴艋舟。載不動、許多愁。

（誦）

◎武陵春：詞牌名，又作《武林春》、《花想容》，雙調小令。
◎舴艋舟：小舟。

一剪梅

〔宋〕李清照

紅藕香殘玉簟秋，輕解羅裳，獨上蘭舟。雲中誰寄錦書來，雁字回時，月滿西樓。花自飄零水自流。一種相思，兩處閒愁。此情無計可消除，才下眉頭，卻上心頭。

（誦）

◎紅藕：紅色的荷花。
◎玉簟：精美的竹席。
◎錦書：書信。

醉花陰・重陽

〔宋〕李清照

薄霧濃雲愁永晝。瑞腦銷金獸。佳節又重陽，玉枕紗廚，半夜涼初透。

東籬把酒黃昏後。有暗香盈袖。莫道不銷魂，簾捲西風，人比黃花瘦。

◎醉花陰：詞牌名。這首詞是李清照早年的作品。

◎永晝：漫長的白天。

◎瑞腦：一種香料，又稱龍腦。

◎金獸：獸形的銅香爐。

醜奴兒・書博山道中壁

〔宋〕辛棄疾

誦

少年不識愁滋味，愛上層樓。愛上層樓。為賦新詞強說愁。而今識盡愁滋味，欲說還休。欲說還休。卻道天涼好個秋。

◎醜奴兒：詞牌名，又稱「采桑子」。
◎博山：在今江西省廣豐市西南。
◎層樓：高樓。
◎強：極力，竭力。

國立故宮博物院／《明人畫望海樓圖軸》（局部）

破陣子・為陳同甫賦壯詞以寄之

〔宋〕辛棄疾

誦

醉裡挑燈看劍，夢回吹角連營。八百里分麾下炙，五十弦翻塞外聲。沙場秋點兵。馬作的盧飛快，弓如霹靂弦驚。了卻君王天下事，贏得生前身後名。可憐白髮生。

◎八百里分麾下炙：意思是將酒食分給部下食用。八百里，指牛，這裡泛指酒食。

◎翻：演奏。

◎霹靂：響雷，震雷。這裡指射箭時弓弦的響聲。

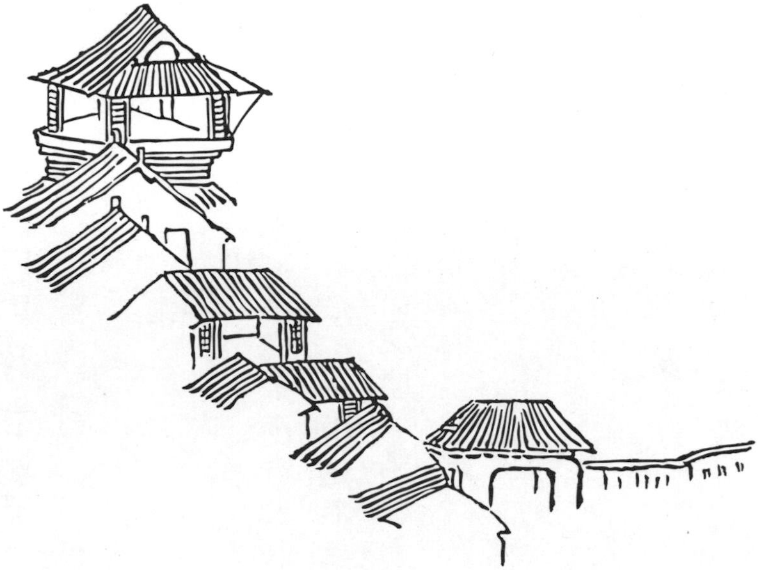

◎了卻：了結，完成。
◎天下事：指收復北方失地的國家大事。

菩薩蠻・書江西造口壁

〔宋〕辛棄疾

鬱孤台下清江水。中間多少行人淚。西北望長安。可憐無數山。　青山遮不住。畢竟東流去。江晚正愁余。山深聞鷓鴣。

◎鬱孤台：古台名，在今江西省贛州市，又稱望闕台。

◎清江：贛江與袁江合流處舊稱清江。

（誦）

青玉案・元夕

〔宋〕辛棄疾

東風夜放花千樹。更吹落、星如雨。寶馬雕車香滿路。鳳簫聲動，玉壺光轉，一夜魚龍舞。

蛾兒雪柳黃金縷。笑語盈盈暗香去。眾裡尋他千百度。驀然回首，那人卻在，燈火闌珊處。

誦

◎元夕：元宵節夜晚。
◎寶馬雕車：豪華的馬車。
◎千百度：千百遍。

清平樂・村居

〔宋〕辛棄疾

（誦）

茅檐低小，溪上青青草。醉裡吳音相媚好。白髮誰家翁媼。

大兒鋤豆溪東。中兒正織雞籠。最喜小兒亡賴，溪頭臥剝蓮蓬。

◎吳音：吳地的方言。

◎翁媼：老翁、老婦。

◎鋤豆：除掉豆田裡的雜草。

生查子・獨遊雨岩

〔宋〕辛棄疾

（誦）

溪邊照影行，天在清溪底。天上有行雲，人在行雲裡。高歌誰和余？空谷清音起。非鬼亦非仙，一曲桃花水。

◎行雲：雲彩流動。
◎和：跟著唱。

水龍吟・登建康賞心亭

〔宋〕辛棄疾

（吟）

楚天千里清秋，水隨天去秋無際。遙岑◎遠目，獻愁供恨，玉簪螺髻。落日樓頭，斷鴻聲裡，江南遊子。把吴鉤看了，欄杆拍遍，無人會，登臨意。

休說鱸魚堪膾，盡西風、季鷹◎歸未。求田問舍，怕應羞見，劉郎◎才氣。可惜流年，憂愁風雨，樹猶如此。倩何人喚取，紅巾翠袖，搵英雄淚！

◎遙岑：遠山。
◎季鷹：西晉文學家張翰，字季鷹。
◎劉郎：指劉備。

◎◎◎西江月・遣興◎◎

〔宋〕辛棄疾

醉裡且貪歡笑，要愁那得工夫。近來始覺古人書。信著全無是處。

昨夜松邊醉倒，問松我醉何如。只疑松動要來扶。以手推松曰去。

誦

◎西江月：原唐教坊曲名，後用作詞牌名。
◎遣興：遣發意興，抒寫意興。

西江月・夜行黃沙◎道中

〔宋〕辛棄疾

明月別枝驚鵲，清風半夜鳴蟬。稻花香裡說豐年。聽取蛙聲一片。

七八個星天外，兩三點雨山前。舊時茆◎店社◎林邊。路轉溪橋忽見。

◎黃沙：黃沙嶺，在今江西省上饒市的西面。

◎茆店：茅草蓋的鄉村旅店。

◎社林：土地廟旁邊的樹林。

誦

玉樓春·戲賦雲山

〔宋〕辛棄疾

何人半夜推山去。四面浮雲猜是汝。常時相對兩三峰，走遍溪頭無覓處。西風瞥起雲橫度。忽見東南天一柱。老僧拍手笑相誇，且喜青山依舊住。

◎常時：平時。
◎瞥起：驟起。

（誦）

暗香

〔宋〕姜夔

舊時月色。算幾番照我，梅邊吹笛。喚起玉人，不管清寒與攀摘。何遜而今漸老，都忘卻春風詞筆。但怪得、竹外疏花，香冷入瑤席。江國。正寂寂。嘆寄與路遙，夜雪初積。翠尊易泣。紅萼無言耿相憶。長記曾攜手處，千樹壓、西湖寒碧。又片片、吹盡也，幾時見得。

◎翠尊：翠綠色酒杯，這裡指酒。
◎紅萼：指梅花。

（誦）

好事近・賦茉莉

〔宋〕姜夔

誦

涼夜摘花鈿，苒苒動搖雲綠。金絡一團香露，正紗廚人獨。朝來碧縷放長穿，釵頭掛層玉。記得如今時候，正荔枝初熟。

◎花鈿：用金翠珠寶製成的花形首飾。

◎苒苒：柔弱的樣子。

鬲山溪・詠柳

〔宋〕姜夔

青青官柳，飛過雙雙燕。樓上對春寒，捲珠簾、瞥然一見。如今春去，香絮亂因風，沾徑草，惹牆花◎，一一教誰管。　陽關去也，方表人腸斷。幾度拂行軒◎，念衣冠、尊前易散。翠眉織錦，紅葉浪題詩，煙渡口，水亭邊，長是心先亂。

（讀）

◎牆花：種植在牆邊或攀緣在牆上的花卉。

◎行軒：古時身分尊貴者所乘的車。

國立故宮博物院／《清惲壽平燕喜魚樂軸》（局部）

念奴嬌

〔宋〕姜夔

予客武陵，湖北憲治在焉。古城野水，喬木參天。予與二三友日盪舟其間，薄荷花而飲，意象幽閒，不類人境。秋水且涸，荷葉出地尋丈，因列坐其下，上不見日，清風徐來，綠雲自動。間於疏處窺見遊人畫船，亦一樂也。朅來吳興，數得相羊荷花中。又夜泛西湖，光景奇絕。故以此句寫之。

鬧紅一舸，記來時、嘗與鴛鴦為侶。三十六陂人未到，水佩風裳無數。翠葉吹涼，玉容消酒，更灑菰蒲雨。嫣然搖動，冷香飛上詩句。日暮青蓋亭亭，情人不見，爭忍凌波去。只恐舞衣寒易落，愁入西風南浦。高柳垂陰，老魚吹浪，留我花間住。田田多少，幾回沙際歸路。

◎三十六陂：地名，在今江蘇省揚州市。詩文中常用來指湖泊多。
◎菰蒲：水草。
◎青蓋：指荷葉。
◎凌波：行於水波之上。常指乘船。
◎南浦：南面的水邊。常用來指送別之地。

念奴嬌・謝人惠竹榻

〔宋〕姜夔

楚山修竹，自娟娟、不受人間袢暑。我醉欲眠伊伴我，一枕涼生如許。象齒為材，花藤作面，終是無真趣。梅風吹溽，此君直恁清苦。
須信下榻殷勤，翛然成夢，夢與秋相遇。翠袖佳人來共看，漠漠風煙千畝。蕉葉窗紗，荷花池館，別有留人處。此時歸去，為君聽盡秋雨。

◎袢暑：炎暑。
◎翛然：無拘無束、超脫的樣子。

(誦)

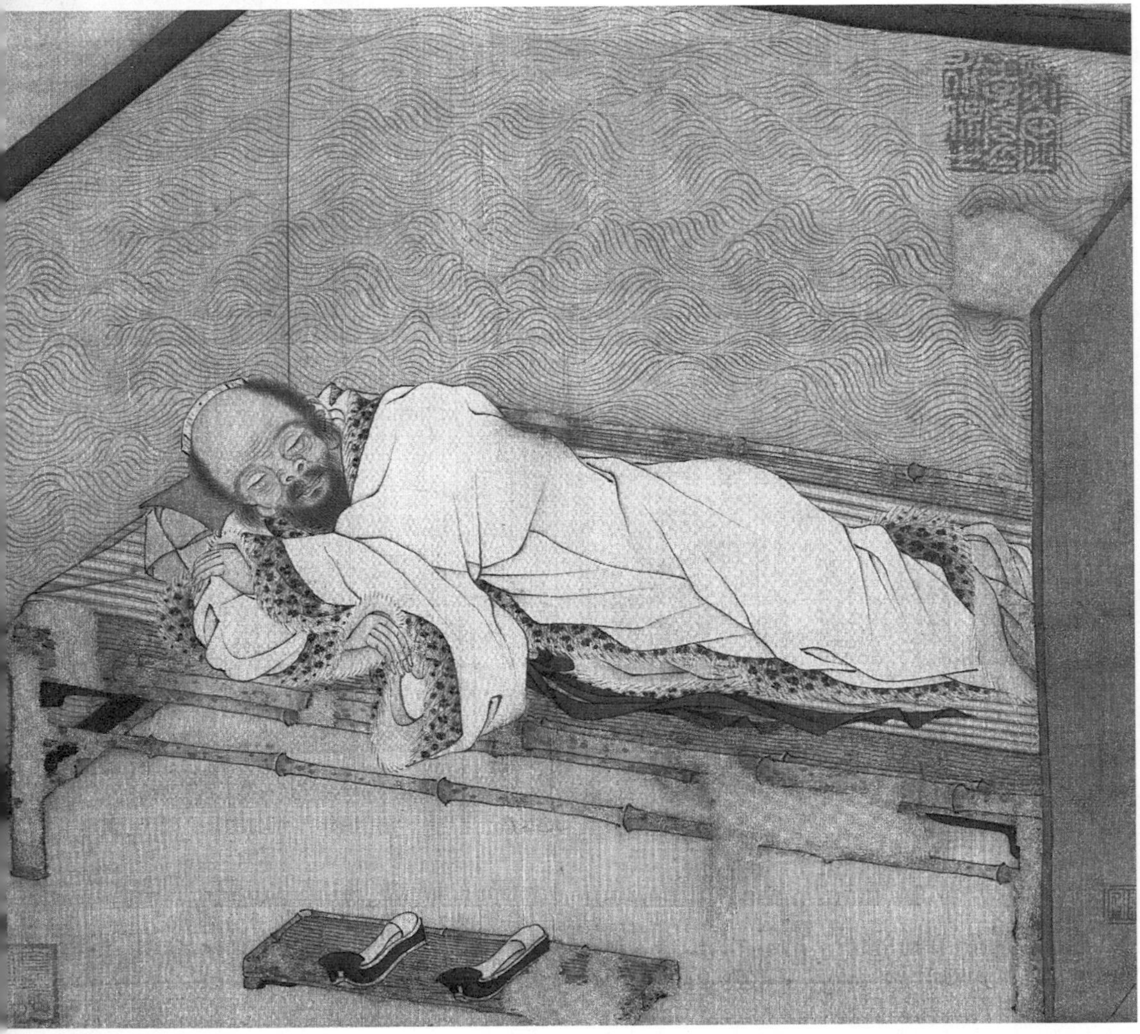

大都會藝術博物館／《元／明佚名竹榻小憩圖冊頁》

齊天樂・蟋蟀

〔宋〕姜夔

丙辰歲，與張功父會飲張達可之堂。聞屋壁間蟋蟀有聲，功父約予同賦，以授歌者。功父先成，辭甚美。予徘徊茉莉花間，仰見秋月，頓起幽思，尋亦得此。蟋蟀，中都呼為促織，善鬥。好事者或以三二十萬錢致一枚，鏤象齒為樓觀以貯之。

(誦)

◎◎庾郎先自吟愁賦。淒淒更聞私語。露濕銅鋪，苔侵石井，都是曾聽伊處。哀音似訴。正思婦無眠，起尋機杼。曲曲屏山，夜涼獨自甚情緒。西窗又吹暗雨。為誰頻斷續，相和砧杵。候館迎秋，離宮吊月，別有傷心無數。豳詩漫與。笑籬落呼燈，世間兒女。寫入琴絲，一聲聲更苦。

◎庾郎：指庾信。
◎屏山：屏風上畫有遠山。
◎候館：迎客的館舍。
◎漫與：率意而為之。

◎疏影◎

〔宋〕姜夔

（誦）

苔枝綴玉。有翠禽小小，枝上同宿。客里相逢，籬角黃昏，無言自倚修竹。昭君不慣胡沙遠，但暗憶、江南江北。想佩環、月夜歸來，化作此花幽獨。

猶記深宮舊事，那人正睡裡，飛近蛾綠。莫似春風，不管盈盈，早與安排金屋。還教一片隨波去，又卻怨、玉龍哀曲。等◎恁時◎、重覓幽香，已入小窗橫幅。

◎疏影：詞牌名，姜夔的自度曲。

◎恁時：那時候。

小重山令・賦潭州紅梅

〔宋〕姜夔

人繞湘皋月墜時。斜橫花樹小，浸愁漪。一春幽事有誰知。東風冷，香遠茜裙歸。
鷗去昔遊非。遙憐花可可，夢依依。九疑雲杳斷魂啼。相思血，都沁綠筠枝。

〔誦〕

◎潭州：今湖南省長沙市。
◎皋：水邊的高地。
◎茜裙：絳紅色的裙子。指女子。
◎九疑：山名，亦名蒼梧山。在湖南省寧遠縣南。
◎綠筠：翠綠的竹子；筠，竹子的青皮。

虞美人・賦牡丹

〔宋〕姜夔

西園曾為梅花醉，葉翦春雲細。玉笙涼夜隔簾吹。臥看花梢搖動一枝枝。娉娉裊裊教誰惜，空壓紗巾側。沉香亭北又青苔。唯有當時蝴蝶、自飛來。

誦

◎涼夜：秋夜。
◎娉娉裊裊：形容姿態輕柔美好。

木蘭花慢

葉嘉瑩

花前思乳字，更誰與，話生平。悵卅載天涯，夢中常憶，青蓋亭亭。飄零自懷羈恨，總芳根、不向異鄉生。卻喜歸來重見，嫣然舊識娉婷。

月明一片露華凝。珠淚暗中傾。算淨植無塵，化身有願，枉負深情。星星鬢絲欲老，向西風、愁聽佩環聲。獨倚池闌小立，幾多心影難憑。

誦

近陽各體詩文吟詞全集

曲

唐明皇秋夜梧桐雨第四折【節選】

〔元〕白樸

（誦）

【正宮・端正好】自從幸西川還京兆。甚的是月夜花朝。這半年來白髮添多少。怎打疊愁容貌。

【幺篇】瘦岩岩不避群臣笑。玉叉兒將畫軸高挑，荔枝花果香檀桌，目覷了傷懷抱。

【滾繡球】險些把我氣衝倒。身謾靠。把太真妃放聲高叫。叫不應雨淚嚎咷。這待詔。手段高。畫的來沒半星兒差錯。雖然是快染能描。畫不出沉香亭畔回鸞舞。花萼樓前上馬嬌。一段兒妖嬈。

【倘秀才】妃子呵，常記得千秋節華清宮宴樂。七夕會長生殿乞巧。誓願學連理枝比翼鳥，誰想你乘彩鳳返丹霄。命夭。

【呆骨朵】寡人有心待蓋一座楊妃廟。爭奈無權柄謝位辭朝。則俺這孤辰限難熬。更打著離恨天最高。在生時同衾枕，不能勾死後也同棺槨。誰承望馬嵬坡塵土中，可惜把一朵海棠花零落了。

【白鶴子】挪身離殿宇，信步下亭臯。見楊柳裊翠藍絲，芙蓉拆胭脂萼。

……

【雙鴛鴦】斜嚲翠鸞翹。渾一似出浴的舊風標。映著雲屏一半兒嬌。好夢將成還驚覺。半襟情淚濕鮫綃。

【蠻姑兒】懊惱。窨約。驚我來的又不是樓頭過雁，砌下寒蛩，檐前玉馬，架上金雞，是兀那窗兒外梧桐上雨瀟瀟。一聲聲灑殘葉，一點點滴寒梢。會把愁人定虐。

【滾繡球】這雨呵，又不是救旱苗。潤枯草。灑開花萼。誰望道秋雨如膏。向青翠條。碧玉梢。碎聲兒刮剌。增百十倍，歇和芭蕉。子管裡珠連玉散飄千顆，平白地瀽瓮番盆下一宵。惹的人心焦。

【叨叨令】一會價緊呵，似玉盤中萬顆珍珠落。一會價響呵，似玳筵前幾簇笙歌鬧。一會價清呵，似翠岩頭一派寒泉瀑。一會價猛呵，似繡旗下數面征鼙操。兀的不惱殺人也麼哥！兀的不惱殺人也麼哥！則被他諸般兒雨聲相聒噪。

【倘秀才】這雨一陣陣打梧桐葉凋。一點點滴人心碎了。枉著金井銀床緊圍繞。只好把潑枝葉做柴燒。鋸倒。

【滾繡球】長生殿那一宵。轉迴廊，說誓約。不合對梧桐並肩斜靠。盡言詞絮絮叨叨。沉香亭那一朝。按霓裳，舞六幺。紅牙箸擊成腔調。亂宮商鬧鬧炒炒。是兀那當時歡會栽排下，今日淒涼廝輳著，暗地量度。

【三煞】潤濛濛楊柳雨，淒淒院宇侵簾幕。細絲絲梅子雨，裝點江干滿樓閣。杏花雨紅濕闌干，梨花雨玉容寂寞。荷花雨翠蓋翩翩，豆花雨綠葉蕭條。都不似你驚魂破夢，助恨添愁，徹夜連宵。莫不是水仙弄嬌。蘸楊柳灑風飄。

【二煞】啉啉似噴泉瑞獸臨雙沼。刷刷似食葉春蠶散滿箔。亂灑瓊階，水傳宮漏，飛上雕檐，酒滴新槽。直下的更殘漏斷，枕冷衾寒，燭滅香消。可知道夏天不覺。把高鳳麥來漂。

【黃鐘煞】順西風低把紗窗哨。送寒氣頻將繡戶敲。莫不是天故將人愁悶攪。度鈴聲響棧道。似花奴羯鼓調。如伯牙水仙操。洗黃花，潤籬落。漬蒼苔，倒牆角。渲湖山，漱石竅。浸枯荷，溢池沼。沾殘蝶粉漸消。灑流螢焰不著。綠窗前促織叫。聲相近雁影高。催鄰砧處處搗。助新涼分外早。斟量來這一宵。雨和人緊廝熬。伴銅壺點點敲。雨更多淚不少。雨濕寒梢。淚染龍袍。不肯相饒。共隔著一樹梧桐直滴到曉。

撥不斷・歸隱

〔元〕馬致遠

菊花開。正歸來。伴虎溪僧鶴林友龍山客。似杜工部陶淵明李太白。有洞庭柑東陽酒西湖蟹。哎，楚三閭休怪。

誦

落梅風・煙寺晚鐘

〔元〕馬致遠

寒煙細，古寺清。近黃昏禮佛人靜。順西風晚鐘三四聲。怎生教老僧禪定？

(誦)

清江引・野興

〔元〕馬致遠

東籬本是風月主。晚節園林趣。一枕葫蘆架，

幾行垂楊樹。是搭兒快活閒住處。

(誦)

清江引・野興

〔元〕馬致遠

西村日長人事少。一個新蟬噪。恰待葵花開，
又早蜂兒鬧。
高枕上夢隨蝶去了。

誦

四塊玉・酒旋沽◎

〔元〕馬致遠

酒旋沽，魚新買。滿眼雲山畫圖開。清風明月還詩債。本是個懶散人，又無甚經濟才◎。歸去來。

（誦）

◎旋沽：剛買來。
◎經濟才：治國安民的才能。

四塊玉·馬嵬坡

〔元〕馬致遠

睡海棠，春將晚。恨不得明皇掌中看。霓裳便是中原患。不因這玉環。引起那祿山。怎知蜀道難。

◎睡海棠：比喻楊貴妃。

◎霓裳：指《霓裳羽衣曲》。

天淨沙・秋思

〔元〕馬致遠

（誦）

枯藤老樹昏鴉◎。小橋流水平沙。古道西風◎瘦馬。
夕陽西下。斷腸人在天涯。

◎昏鴉：黃昏時歸巢的烏鴉。
◎西風：秋風。

湘妃怨・和盧疏齋西湖

〔元〕馬致遠

〔誦〕

春風驕馬五陵兒。暖日西湖三月時。管弦觸水鶯花市。不知音不到此。宜歌宜酒宜詩。山過雨顰眉黛，柳拖煙堆鬢絲。可喜殺睡足的西施。

南呂金字經

〔元〕馬致遠

（誦）

夜來西風裡，九天◎雕鶚飛。困煞中原一布衣◎。悲。故人知未知？登樓意，恨無天上梯！

◎九天：九重天，指天的高遠。
◎布衣：指平民百姓。

古文

岳陽樓記

〔宋〕范仲淹

慶曆四年春，滕子京謫守巴陵郡。越明年，政通人和，百廢俱興。乃重修岳陽樓，增其舊制，刻唐賢、今人詩賦於其上，屬予作文以記之。

予觀夫巴陵勝狀，在洞庭一湖。銜遠山，吞長江，浩浩湯湯，橫無際涯；朝暉夕陰，氣象萬千。此則岳陽樓之大觀也，前人之述備矣。然則北通巫峽，南極瀟湘，遷客騷人，多會於此，覽物之情，得無異乎？

若夫霪雨霏霏，連月不開，陰風怒號，濁浪排空；日星隱曜，山嶽潛形；商旅不行，檣傾楫

（吟）

摧；薄暮冥冥，虎嘯猿啼。登斯樓也，則有去國懷鄉，憂讒畏譏，滿目蕭然，感極而悲者矣。

至若春和景明，波瀾不驚，上下天光，一碧萬頃；沙鷗翔集，錦鱗游泳；岸芷汀蘭，鬱鬱青青。而或長煙一空，皓月千里，浮光躍金，靜影沉璧，漁歌互答，此樂何極！登斯樓也，則有心曠神怡，寵辱偕忘，把酒臨風，其喜洋洋者矣。

嗟夫！予嘗求古仁人之心，或異二者之為。何哉？不以物喜，不以己悲。居廟堂之高，則憂其民；處江湖之遠，則憂其君。是進亦憂，退亦憂。然則何時而樂耶？其必曰：先天下之憂而憂，後天下之樂而樂歟。噫！微斯人，吾誰與歸？

◎越明年：到了第二年。

◎增其舊制：擴大它原有的規模；制，規模。

◎大觀：壯麗的景象。

◎遷客：被降職到外地的官員。遷，貶謫，降職。

秋聲賦

〔宋〕歐陽修

歐陽子方夜讀書，聞有聲自西南來者，悚然而聽之，曰：異哉！初淅瀝以蕭颯，忽奔騰而砰湃，如波濤夜驚，風雨驟至。其觸於物也，鏦鏦錚錚，金鐵皆鳴。又如赴敵之兵，銜枚疾走，不聞號令，但聞人馬之行聲。余謂童子：「此何聲也？汝出視之。」童子曰：「星月皎潔，明河在天，四無人聲，聲在樹間。」

余曰：「噫嘻悲哉！此秋聲也。胡為乎來哉？蓋夫秋之為狀也，其色慘淡，煙霏雲斂；其容清明，天高日晶；其氣慄冽，砭人肌骨；其意蕭條，山川寂寥。故其為聲也，淒淒切切，呼號憤發。豐草綠縟而爭茂，佳木

〔吟〕

蔥蘢而可悅，草拂之而色變，木遭之而葉脫。其所以摧敗零落者，乃一氣之餘烈。夫秋，刑官也，於時為陰；又兵象也，於行為金。是謂天地之義氣，常以肅殺而為心。天之於物，春生秋實。故其在樂也，商聲主西方之音，夷則為七月之律。商，傷也，物既老而悲傷；夷，戮也，物過盛而當殺。

「嗟夫！草木無情，有時飄零。人為動物，惟物之靈，百憂感其心，萬事勞其形，有動乎中，必搖其精。而況思其力之所不及，憂其智之所不能，宜其渥然丹者為槁木，黟然黑者為星星。奈何非金石之質，欲與草木而爭榮？念誰為之戕賊，亦何恨乎秋聲！」

童子莫對，垂頭而睡。但聞四壁蟲聲唧唧，如助余之嘆息。

◎銜枚：古代秘密行軍時，為了保持部隊肅靜，常令士兵口裡橫銜一根木棍，以免喧嘩。

◎又兵象也，於行為金：古來征戰，多在秋季。又，古人把五行分配於四季，秋天屬金。

前赤壁賦【節選】

〔宋〕蘇軾

壬戌之秋，七月既望，蘇子與客泛舟遊於赤壁之下。清風徐來，水波不興。舉酒屬客，誦明月之詩，歌窈窕之章。少焉，月出於東山之上，徘徊於斗牛之間。白露橫江，水光接天。縱一葦之所如，凌萬頃之茫然。浩浩乎如馮虛御風，而不知其所止；飄飄乎如遺世獨立，羽化而登仙。

◎斗牛之間：斗、牛，指天上的斗宿與牛宿。

◎一葦：比喻所乘小舟。

◎馮虛御風：馮，同「憑」，意謂船行如凌空駕風一樣。

國立故宮博物院／《金武元直赤壁圖卷》（局部）

〔一〕

葉嘉瑩先生論吟誦 1

我們談到中國的文學，特別是中國的詩歌，我想其實是要從我們的語言、文字本身的特色來談。

中國的語言文字跟其他各個國家民族的文字是不同的，其實一個最大的特色，就是我們是單音獨體。西方的、歐美的國家是拼音文字，就算日文的一個字也不是單音的。比如說花，他說「はな（hana）」，可是我們說「花」，就是一個字。那當然更不用說英文的「flower」，它這音節就更多了。所以要講我們中國詩歌的特色，先要從我們語言文字的特色談起。

我們這樣的單音獨體，就是一個字一個音節，而且單獨佔一個空間。單音獨體這樣的語言文字，我們要讓它有一個音韻，有一個節奏，所以就有最古老的一個詩的體式——而這不是我們人為定下來的規矩，說你作詩要怎麼樣作，這是我們語言文字的特色，就像我們人的身體官能，是因身體本身的特色形成的。所以我們最早的詩歌《詩經》是以四言為主的，就是說四個字一句。根據晉朝摯虞的《文章流別論》，他說：「雅音之韻，四言為正。」就是說中國古代的雅樂是以四個字一句為好的，以其可以「成聲為節」，因為四個字在一起，才有個節奏。一個字當然沒有節奏，兩個字也沒有節奏，三個字也很難有節奏。所以是「雅音之韻」，是「四言為正」，是以其可以「成聲為節」。在中國的詩歌裡面，這個音節，就是說節奏，也就是說你的詩句，你的頓挫，它有的時候是一個句，有的時候只是一個頓。這個頓挫，無論是在詩裡面、詞裡面甚至於曲裡面，都是很重要的。

除了這個語言文字的特色以外，中國的詩歌還有一個極大的特色。從《詩經》開始，《毛詩·大序》說「情動於中而形於言」，說是這個詩，是志之所之，所以我們最早的詩歌，從《詩經》開始，我們所注重的就是要情動於中，而後形於言。我們在《詩品》，就是鍾嶸的《詩品·序》裡面也說：「氣之動物，物之感人，故搖蕩性情，形諸舞詠。」人之作詩是因為有所感動。不管是外面的景色，外物的感動，還是外界的人情、感情，人世間的種種悲歡離合的感動。總而言之，不管是外在的物象，草木鳥獸的物象，或者是事象，悲歡離合的事象，我們中國的詩歌，是「情動於中」才「形於言」的。

詩是「志之所之」，那麼這就跟西方有另外一點不同。

剛才說因為我們語言本身跟其他各個國家民族的都不同，另外我們作詩的緣起，跟其他各個國家民族也不相同。其他的國家民族，像西方的詩歌，他們最早也叫作「poetry」，但是他們那個範疇跟我們不一樣。他們是把早期的那些史詩跟戲劇，都算作廣義的詩歌。而不管是史詩「epics」，還是戲劇，他們主要的、史詩所描述的、戲劇所表現的，都是一個社會中外在的事物，與我們所說的詩，從你內心發出來的感動不同，這是另外一個大的差別。所以語言，既然跟各個國家民族有所不同，詩的緣起也跟西方有絕大的差別。所以他們的文學理論是注重你寫作的技巧，你安排語言文字的能力，這點當然我們中國也是重視的，可是我們中國之所以沒有那樣邏輯非常細密的文學理論，是因為我們所重視的是內心真正情意的感發。各種表現的方式，只是傳達你的感發的一種方法而已，真正重要的是你的本質是什麼。而他們因為重視表現技巧這一方面，所以他們就在文學理論技巧方面非常重視。

所以西方講到形象與情意的關係，就是講外在的形象與你內心要表現的情意有什麼樣的關係時，他們就有了很多非常繁複的說法。而我們中國呢？對於外物與情意的關係，我們只用了「賦、比、興」三個簡單的方式。可是，西方，就有明喻、隱喻、轉喻、象徵、擬人、舉隅、寓託，最複雜的，就是艾略特（T. S. Eliot）說的「外應物象」——「objective correlative」。雖然我們中國，在文學批評上，表面上看起來沒有他們這樣細密的理論上的名稱，但這些個說法，這些個批評的術語，他們所說的各種情意之間的關係，我們其實是都有的。

比如他們說明喻，就是「simile」，明喻就是說這個像那個，比如李太白說「美人如花隔雲端」，說美人如花，把這個「如」字指出來，這是一種明白的比喻，我們雖然沒有分別什麼「明喻、隱喻、轉喻」，沒有他們這麼多理論上的分別，但是明喻我們是有的，「美人如花隔雲端」。

那麼什麼叫作隱喻呢？隱喻就是隱藏在裡面，不說這個像那個，那個如同這個，不要這些個「像、如同」，這些是隱藏在裡面的。英文有個另外的術語（term）叫「metaphor」，我們中國其實都沒有，我們都歸在賦、比、興裡面去了。隱喻像什麼樣子呢？比如說，杜牧之有一首詩，說是「娉娉嫋嫋十三餘，豆蔻梢頭二月初」，他說「娉娉嫋嫋十三餘」，是說一個十三歲左右的女孩子，娉娉嫋嫋，形容她姿態的美麗，像「豆蔻梢頭」。豆蔻是一種植物，據說那個花開起來，是粉紅色的，非常細碎，是很嬌美的。說像「豆蔻梢頭」，二月初期剛剛開放的花一樣的美麗。但是他沒有說娉娉嫋嫋十三餘的少女像豆蔻梢頭二月初的花朵，沒有這個「如」字，沒有這個「像」字。那麼他們就把這個叫作「隱喻」。

至於說轉喻，轉喻就是不用明白地這個比喻那個，是用一個物象，就是與它相關的物象轉到一個比喻上。那外國所說的這個轉喻叫「metonymy」，「metonymy」他們就指的比如說，「the crown」，就是皇冠，這個皇冠就代表一個王位，一個人要是追求，要拿走（take over）這個皇冠

(crown),就表示他要篡位,或者他要做王。那麼在這種情形下,中國其實也同樣有這種轉喻。像陳子昂有一首詩,說這個「黃屋非堯意」,黃色的屋子,說這不是帝堯的本意,就說帝堯不是為了做天子、做君主而追求這個地位的。那我們有這種現象,是用「黃屋」代表一個帝王,代表一個天子,可是我們沒有把這個明喻、隱喻、轉喻用不同的名字來說,我們都說是比喻,或者都說是象喻。

那麼象徵,是「symbol」。什麼叫作象徵?我們說美人如花,這並不是象徵,按照西方說,這只是一個明喻(simile)。什麼才是象徵呢?象徵是已經約定俗成的,大家都共同承認,這個形象就是代表什麼東西。比如十字架,代表耶穌的救贖;楓葉,代表加拿大這個國家。那麼像這樣的,大家所公認的,這樣才叫象徵。那像中國,比如說,松樹代表的堅貞之類的,竹子代表的正直之類的,是約定俗成的,就是大家共同承認的,這個形象有這樣的意思,這就是一個象徵(symbol)。

至於後面說到擬人,就是「personification」,把一個沒有生命的東西,比作一個有生命感情的人,這就是擬人(personification)。我們沒有分這麼多的名字,但是,我們有這種詩歌的寫法。我們說「蠟燭有心還惜別,替人垂淚到天明」,是把那沒有生命感情的蠟燭,看作有生命感情的人了,這個就叫作擬人。

還有就是舉隅。「舉隅」其實是我們的翻譯，他們本來叫「synecdoche」。「synecdoche」是英文，我們怎麼翻譯成舉隅了呢？孔子《論語》上，說學生，「舉一隅不以三隅反，則不復也」。如果我告訴你這張紙的這個角是九十度，你就應該自己推想，那些個角也是九十度；如果我告訴你這個角是九十度，你不能夠聯想到其他相似的東西，孔子說這樣的學生，我不教他。「舉一隅不以三隅反」的學生，我就不教了。就是舉一個角落，你就聯想到其他的，一部分就代表了全體了。那麼使用這個形象的方法，中國的詩歌裡面也有。比如像溫庭筠的一首詞，說「梳洗罷，獨倚望江樓。過盡千帆皆不是，斜暉脈脈水悠悠。腸斷白蘋洲」。「過盡千帆皆不是」，帆是船上的一部分，可是它代表的，是一個船的整體，所以那就是舉隅。

還有寓託。寓託的英文是「allegory」。什麼才叫作寓託？就是裡面一定有哲學的、道德的、宗教的等等的意味，而你用這個東西來代表，就叫作寓託。比如說屈原的美人香草，是代表君子的，這是所謂寓託。

那麼剛才我還說艾略特提出一個很新的名詞，叫作「外應物象（objective correlative）」。所謂「外應物象」就是要有一組、一系列、接連不斷的種種形象，而暗示了某一種情意。其實像李商隱的《燕台四首》，「風光冉冉東西陌，幾日嬌魂尋不得。蜜房羽客類芳心，冶葉倡條遍相識。」他完全都是用各種的形象，一組一組的，一系列一系列的，一排一排的這種形象，來表現他內心的某一種情意。這個就是外應物象。

所以西方的詩論，我們聽起來名字很繁複，有明喻、隱喻、轉喻、象徵、擬人、舉隅、寓託、外應物象，在文學批評的理論上，他們有八種不同的名字。可是剛才我已經舉了我們中國的詩歌做例證，我們中國是這八種東西都有，雖然沒有理論上的分別，但是原則上、原理上，我們都是有的。可是其實，有一個中國的東西，反而是外國從來也沒有的。因為我在國外生活過，所以我不管是歐美的，甚至於日本的，我都去問他們怎麼說，我們中國的這個字你們怎麼說，他們說沒有。他們外國的這些個不同的說法，我們中國都有，我們都可以舉出例證來，而且我們也可以用中文翻譯出來，有這八種不同的現象。我們都可以用我們的語言文字說明，也可以用我們的詩歌來舉例。可是我們的一個字，他們既沒有相應的翻譯，他們翻譯不出來，而且，他們也沒有相應的例證，那就是我們中國的「興」。

「興」這一個字，本來有不同的讀音，你可以念「ㄒㄧㄥ」，「興起」的時候就念「ㄒㄧㄥ」，就是說動詞的時候念「ㄒㄧㄥ」，名詞的時候就念「ㄒㄧㄥˋ」，所以我念「賦比興（ㄒㄧㄥˋ）」。因為「賦比興」的時候它是名詞，它是代表一種詩歌的寫作方式，它不是興起的意思，你說「興（ㄒㄧㄥ）於詩」，那個是動詞，它是「ㄒㄧㄥ」，但是「賦比興」，一定是「ㄒㄧㄥˋ」，它是一個名詞。中國的「興」的作用是非常微妙的。當然了，你說，這個《詩經》的「賦」、「比」、

「興」就是三種寫詩的方式，關係於詩人本身的內在情意與外在的物象或者事象的關係，我們沒有西方那麼複雜，我們只是簡單地歸納為「賦」、「比」、「興」這三種方式。

所謂「興」，我們說「見物起興」，你看到一個東西，我說中國的詩總說「興發感動」，這是跟外國的詩一個絕大的差別，是「情動於中而形於言」，所以中國所重視的，是你的情，你的心是怎麼樣動起來的，是什麼使你動的。你如果是因為外物使你動的，由物及心，由外物而感動你的內心，那麼這種寫作的方法，還不止是方法，是引起你的詩產生的那個情意的過程，那就是「興」，由物及心的就是「興」。

我們說「關關雎鳩，在河之洲。窈窕淑女，君子好逑」。因為你看見外在的雎鳩鳥的和樂美好，聽到牠們的「關關」的叫聲，所以你想，雎鳩鳥雌雄的鳥有這樣快樂的生活，我們人類豈不也應該有這樣美好的配偶嗎？所以，從「關關雎鳩，在河之洲」到「窈窕淑女，君子好逑」，是由外物引起了內心的感動的，這是由物及心，我們叫作「興」。

「興」這種現象在中國詩歌裡面的作用，有的是可以說明的，比如說「關關雎鳩，在河之洲」，那我們說，因為雎鳩鳥有配偶和樂美好，從而想到「君子」也應有好的配偶，這個是對稱的。但是有的不是這樣。《詩經》還有一首《山有樞》，「山有樞，隰有榆。子有衣裳，弗曳弗婁……宛其死矣，他人是愉。」說山上有樞木，山高的地方有樞木。隰，低濕的地方，有榆木。

山上有樞，隰地有榆，說你有衣服，你不肯穿，你捨不得穿，等到有一天你死去了，結果你的那麼多衣服就被別人享用了。那「山上有樞，地下有榆」與「你有美麗的衣服不穿」有什麼關係呢？這種關係，不是像「關關雎鳩」那樣可以明白說明的，所以有人就認為，我們上古的真正詩歌，所謂興，就是引起你的一個感發的開端，不必然一定要有理性上的、相應的、對稱的聯想。他們說像民間的很多民謠，也是如此的。說「小板凳，朝前挪，爹喝酒，娘陪著」，這「小板凳，朝前挪」與「爹喝酒，娘陪著」沒有必然的關係，即是說用一個聲音引發你的感動，所以，聲音是非常微妙又非常重要的，就是如何用聲音引起你的感發。

所以吟誦，也同樣是非常重要的。古人常常寫詩，都是伴隨著吟誦。我幾次也跟同學們說，你要作詩，不是把詩韻啊，字典啊，類書啊都擺在這裡才作一首詩。詩是你偶然，你內心之中有一種感動，所以吟詩是重要的。如果你會吟誦，你的詩句，就是你內心的感動，會伴隨著你所熟悉的那個吟誦的聲音跑出來。

我也曾經在我那篇講情意與吟誦關係的文章[2]裡面，舉了一個例證，其實也是西方的例證，就是說，我在國外看到，西方他們在教中學生，或者是大學一年級詩歌課程的時候，他們有一個通用的課本，就像我們大學國文有通用的課本，他們大學的詩歌也有通用的課本。這個通用的課本，它的作者的名字是肯奈迪（X.J. Kennedy），書的名字叫《詩歌概論》（*An Introduction to*

Poetry）。在這本書裡面他說「meaningful sound as well as musical sound」，有意義的聲音（meaningful sound），就是你作詩，那個聲音是帶著意義的聲音，同時是帶著音樂性的聲音（musical sound），所以你的意義是伴隨著那個聲音一起跑出來的。好的詩歌，不是勉強拼湊的詩歌，都是你內心的感情，有意義的聲音（meaningful sound），是跟那個音樂性的聲音（musical sound）同時出來的。所以我們中國的詩歌，對於吟誦一直是非常重視的。

講到我們吟誦的歷史，中國古代的教學，小孩子一入學，是先學吟誦的。現在大家常常說，昨天也有朋友來訪問，訪談時就問為什麼現在大家對詩都隔膜了，都不理解了。其實我們中國詩現在之所以不被年輕人所理解，與我們這個吟誦的傳統斷絕了，有非常密切的關係。特別是中國的詩歌，中國詩歌的生命一直是伴隨著吟誦，伴隨著這個聲音，這個意義的（meaningful）聲音跟那個音樂的（musical）聲音，一直是伴隨在一起的，所以你把這個吟誦的、音樂性的聲音（musical sound）丟掉了，你對於那個意義的聲音（meaningful sound）也不理解了，所以就失去了，還不只是說理解不理解。你所失去的，是真正呼喚起你內心情欲的感動，呼喚起你的感動的那種力量，是聲音把你的感動呼喚起來了，你沒有了聲音，你就缺少了那一份感動的生命了。

而中國舊日的傳統非常重視詩歌的吟誦，就是小孩子一入學，就先要學吟誦。現在不用說小孩子不學，念了博士也不學的，所以真正的詩歌的微妙的地方，大家就很難體會了。在中國《周禮》的《春官》裡面就有記載（《周禮》是記載周代的禮法官制的書，王國維先生讚美它，他寫了《殷周制度論》，從殷商到周，這是一次大的革命，王國維先生也生在滿清到民國的革命時代之中，他說好的革命，不是說不可以革命，馬上得天下容易，馬上治天下是不可能的。所以，一個新興的國家革命以後，如何制定一個法律、制定禮樂、制定一個制度，那才是重要的。而《周禮》，是周公所定的，教育、教學，是非常重要的）。所以他在《春官》裡面開始就提教育的問題，他說國家有大司樂的官。這個大司樂的官，他的職責就是「以樂語教國子」。就是把剛才我用英文說的那個意義的聲音（meaningful sound）跟那個音樂性的聲音（musical sound）結合起來，要把你的意義跟聲音結合起來教小孩子。他管它叫作「樂語」，帶著音樂性的語言。你要把帶有音樂性的語言教給國子，國子在周朝指的是那些卿士大夫的小孩子，要教給他們。教的時候怎麼教？他說教的時候你要注意的有幾點，是「興、道、諷、誦、言、語」。什麼是「興、道、諷、誦、言、語」呢？中國的經書雖然說古老不容易看懂，可是中國的經書都有注有疏，有很多詳細的注解。所以興，就是剛才我們說的，從外物感動你的內心就是「興」。

剛才我們說有「賦」、「比」、「興」。我還沒有講完呢，「興」是由物及心，由外物感動了你的內心，這個就是「興」。有的是有意義的可以解釋的，「關關雎鳩，在河之洲」，所以「窈窕淑女，君子好逑」。有的是不能解釋的，像「山有樞，隰有榆」你就不能解釋，它跟「子有衣服，弗曳弗婁」有什麼關係？不必然有關係，它是一個聲音引起的你的聯想。

那麼「比」是什麼呢？如果「興」是由外物到內心，「比」是由內心到外物。就是你內心先有了一種情意，然後你假借一個物象來表達。像大家所熟悉的「碩鼠碩鼠，無食我黍！三歲貫女，莫我肯顧。逝將去女，適彼樂土。樂土樂土，爰得我所」。它說的是大老鼠，可是它下面說的是我侍奉你三年，你完全都不顧念我。所以這首詩，其實是那些被剝削的人諷刺那些個剝削者。他是先有被剝削的感覺，然後把那個人比作大老鼠的。所以這是先有內心的情意，然後用外物來比的。

然後我們也說到「賦」，什麼叫作「賦」呢？「賦」是說你不假借外物的形象，你沒有關雎，也沒有碩鼠，你不用植物，也不用動物，你不需要，就是你有什麼情事，開頭你的詩就直接寫你的情事。像《詩經》裡面的《將仲子》，它說「將仲子兮，無逾我牆，無折我樹桑。豈敢愛之？畏我諸兄。仲可懷也，諸兄之言亦可畏也」，它說「將仲子兮，無逾我里，無折我樹杞。豈敢愛之？畏我父母。仲可懷也，父母之言亦可畏也」。它開頭沒有動物，沒有植物，沒有一個物象。它開頭就是「將仲子兮」，「將」就是一個發音，仲子就是對一個人的呼喚，是一個女子在戀愛之中，她對她所愛的那個男子的呼喚，這個男子可能是排行老二，所以管他叫作仲子。就是你不用外物的任何形象，不是由物及心，也不用由心及物，你直接就敘述了，這個就叫「賦」。

可是，這「賦」、「比」、「興」真正的作用是什麼？我們中國所說的「賦」、「比」、「興」，不是他們外在的加上去的那些個明喻、隱喻、轉喻，那種理性的分析。我們中國所說的「賦」、「比」、「興」，所重視的是什麼？是說你的詩歌的內心情意的感動，是從什麼引起來的？是說你怎麼樣感發的，是你的感發的力量從哪裡來的？不管是興還是比還是賦。所以中國詩重視的就是你內心這種感發的力量，所以教小孩子，這個「樂語」，就是帶著音樂的言語，也就是能夠吟誦或者歌唱的詩歌。其實他們那時候教學就用《詩經》了，就是「興」，先讓你直接懂得這個詩歌是帶著感發的力量的。然後就是「道（ㄉㄠˇ）」，就是道路的「道」，我們念它「ㄉㄠˇ」，就是引導。然後就指導小孩子，告訴他這種感發的作用是怎麼樣。然後，告訴你，說「諷（ㄈㄥˋ）」。什麼叫作「諷」呢？《周禮》的注疏上有注解，說背文曰諷，背文就是背下來。給你講解，知道了這個感動，你就要背下來，這就是諷。興、道、諷，然後，就是誦。什麼叫作誦呢？《周禮》注疏上說，以音、以聲節之曰誦，就是有聲音、有節拍，這個叫誦。諷，是只背，「關關雎鳩，在河之洲。窈窕淑女，君子好逑」，你就背。可是誦呢？就是有一個音節，那現在我們就把中國最古老的《詩經》的四個字一句的詩，這種體裁，我們就把它誦了，就是「以聲節之」。我們說這是一個美讀，就是有個聲音，有個節奏。那我們現在就把這個四言詩《關雎》讀一下。

我們先讀一遍，然後再所謂美讀吧，其實也說不上「吟」。

關關雎鳩，在河之洲。窈窕淑女，君子好逑。

我一定要提醒大家注意，大家常常說苗條淑女。這是現代人的生活給你的誤導。因為現在的模特兒都要瘦，就以為苗條就是美。其實不是。「窈窕」不是「苗條」，「窈窕」兩個字的字頭都是洞穴的「穴」字，是深藏的意思。所以「窈窕」，是說真正有內在的品德資質、美好的淑女，也不能說「君子好（ㄏㄠˋ）逑」，就是君子就愛好就追求。不是你們現在所理解的，說是苗條的瘦的女孩子，君子就愛好，君子就追求，不是這個意思。是窈窕的淑女，是真正有內在的美好的品質，這樣的女子，是君子的好配偶。所以不能念「好（ㄏㄠˋ）逑」，是「好（ㄏㄠˇ）逑」。「關關雎鳩，在河之洲。窈窕淑女，君子好（ㄏㄠˇ）逑」。

第二章，《詩經》分成幾句，就是一個段落，說「參差荇菜，左右流之。窈窕淑女，寤寐求之」。就如同在水邊，你看那個荇菜，那種水草，隨波這樣搖盪。我要把這個水草撈起來，就好像對一個那樣資質美好的女子，我怎麼樣才能夠追求到她。「寤寐求之」，就是不管我是醒的時候，還是睡的時候，我都在思念她。那麼下面就說「求之不得，寤寐思服。悠哉悠哉，輾轉反側」，說我雖然追求她，但是我沒有能夠真正地得到她。就是無論是我醒，還是我睡，我都對她有所思念。「悠哉悠哉」，我的這種思念，這樣地綿長，這樣地不斷絕，所以我睡覺的時候輾轉反側，是我思念的緣故。

再下面一節，「參差荇菜，左右采之。窈窕淑女，琴瑟友之」。剛才那個荇菜還在水裡面流動，我還沒把它撈起來，現在這「參差荇菜」，我「左右采之」，我把它抓住了，撈起來了。所以「窈窕淑女，琴瑟友之」，如果我真的求到了這個女孩子，那我就可以跟她彈琴鼓瑟，我們就可以過一種和樂美好的生活了。

「參差荇菜，左右芼之。窈窕淑女，鐘鼓樂之」。「樂」這個字，不念「ㄌㄜˋ」，也不念「ㄩㄝˋ」。念「ㄌㄜˋ」，是形容詞，是快樂。一個快樂的人，你是快樂的。念「ㄩㄝˋ」是名詞，這是一種音樂。現在是動詞，是我愛好她，我以她為樂（ㄌㄜˋ），所以不念「ㄌㄜˋ」，也不念「ㄩㄝˋ」，念「ㄧㄠˋ」。

好，我們現在既然讀過了，我就把它吟誦一下吧。

我們剛才說四個字一句，這是與我們中國語言文字的特色可以相配合的最簡短、而且能夠有音節的一種句法。因為一個字兩個字三個字，都很難讓它有什麼節奏。所以四個字是中國的語言最簡短的而能夠有節奏的一種形式，可是它是相當單調的。說「雅音之韻，四言為正」，因為它可以成聲為節，但是它成聲的那個節，是二、二，是非常短的。四個字、四個字總是二二、二二的節拍，所以吟誦當然也就是如此的。就是比較死板的。好，現在我們來吟誦一下。

關關雎鳩，在河之洲。窈窕淑女，君子好逑。
參差荇菜，左右流之。窈窕淑女，（我）寤寐求之。
求之不得，寤寐思服。悠哉悠哉，輾轉反側。
參差荇菜，（我）左右采之。窈窕淑女，琴瑟友之（啊）。
參差荇菜，（我）左右芼之。窈窕淑女，鐘鼓樂之。

這個節奏是比較單調的。我有的時候加一些虛字，這是因為有的時候口氣生硬，轉折比較生硬，所以比如我說「參差荇菜，（我）左右采之」，我加個「我」字。那這個，可以不用加，但是，我覺得兩個兩個字太死板了，而且加一個當下的表述，就可以使這種情景好像距離得更真切一點，更活潑一點。所以有的時候我在吟詩時加個「我」啊、「你」啊、「啊」啊，再加一個虛字，就是讓它更活潑一點，不要太死板。當然這是我們中國最古老的一種詩歌的體式。

那麼接下來，我們中國的詩，兩大源流，一個是《詩經》，一個就是「騷」。「詩騷」，所以《詩經》下面，就應該是《離騷》，就是楚辭。

楚辭是來自楚地的，而《詩經》是中原的。我們中國的這個地區這麼大，南方跟北方，我們說話的聲音、語言、風俗、習慣，都有不同。北方黃土高原的土地，就是比較現實的，可是南方，山川草木都很茂盛，都很濃密，所以就使得人有了更豐富的想像。而且，在周朝的時候，楚國的語言，跟中原的語言，說話的聲音、語音，也是不相同的，所以楚地就發展出一種新的詩歌體式，那就是《離騷》所代表的「騷體」。《離騷》呢，就是屈原的這篇《離騷》，是非常長的一篇，自我敘述的一篇長詩。這麼長的詩，而且句法也是相當長的，所以後來的詩人，寫詩的人，就沒有用這種《離騷》的體式來寫詩。而《離騷》的體式呢，後來被賦所繼承，所以有了「騷賦」，就是借鑑於離騷的體式。可是賦呢，賦可以鋪陳，可以敘述，可以發揚，可以寫得很長。而詩是一種感情、一種感動，寫得比較短。所以「騷」後來就演變為賦，而且「騷」的本身，我說的是《離騷》，屈原《離騷》本身也是一種自敘的、傳記的形式，所以是長篇的、帶有敘述性的，不像詩歌，只是短篇的抒情。

我們沒有時間來把《離騷》通篇地都讀了。所以我只能讀《離騷》裡面的第一段，我先把它讀一下，然後再吟誦，就是《離騷》的第一段。

帝高陽之苗裔兮，朕皇考曰伯庸。攝提貞於孟陬兮，惟庚寅吾以降。

這個「降（ㄏㄨㄥˊ）」字跟那「伯庸」的「庸」字押韻，「惟庚寅吾以降」。

皇覽揆余初度兮，肇錫余以嘉名。名余曰正則兮，字余曰靈均。

這個「錫」字相當於「賜」，所以也有人念「肇錫（ㄘˋ）余以嘉名。名余曰正則兮，字余曰靈均」。

本來《詩經》跟這個屈原的《離騷》，都是周朝的，雖然屈原到了春秋後的戰國時代，但都是距離我們很遙遠的，何況楚地的語言，跟中原的語言也不相同，那麼究竟我們應該怎麼樣讀它？古代的聲音，周朝時候的聲音，說話肯定跟我現在說話是不一樣的。所以中國有研究聲韻學的，有《屈宋古音義》，說屈原、宋玉他們的作品該怎麼樣讀，還有《毛詩古音考》，說毛詩的古音是怎麼樣讀。但已經距離那麼長久的時代，幾千年了，我們實在很難確定，他們當年真的怎麼樣說，怎麼樣讀，當時也沒有錄音。所以後人所寫的這些什麼「古音義」之類的，也是後人按照他們研究所得的一些個理論來推求的。那麼有些人，說我們要按照古音讀。那古音讀當然跟現在不一樣，可是他那個古音是不是就真的代表當時屈原的古音呢？這也很難確定，所以既然我是用普通話讀，我就盡量還是用普通話的聲音來讀，不過「惟庚寅吾以降」的這個「降（ㄏㄨㄥˊ）」字，這個「降（ㄐㄧㄤˋ）」字念「ㄏㄨㄥˊ」是比較普遍的，所以我剛才是這樣念的。我們現在重新開始一遍。我們還是先念一遍，然後再吟誦。

帝高陽之苗裔兮，朕皇考曰伯庸。
攝提貞於孟陬兮，惟庚寅吾以降。
皇覽揆余初度兮，肇錫余以嘉名。
名余曰正則兮，字余曰靈均。
紛吾既有此內美兮，又重之以修能。
扈江離與辟芷兮，紉秋蘭以為佩。
汩余若將不及兮，恐年歲之不吾與。
朝搴阰之木蘭兮，夕攬洲之宿莽。

這個「莽（ㄇㄤˇ）」字也有人把它念成「宿莽（ㄇㄨˇ）」，但是，我們就按照普通話的聲音來念了。

日月忽其不淹兮，春與秋其代序。
惟草木之零落兮，恐美人之遲暮。
不撫壯而棄穢兮，何不改乎此度。
乘騏驥以馳騁兮，來吾道夫先路。

其實《離騷》的一個基本體式，主要是用一個「兮」字的語尾助詞，而且在這語尾助詞的前面有六個字，後面有六個字，這是《離騷》的基本形式。一個長的句法，一共十三個字，中間有一個「兮」字的一個語詞，就是只有聲音沒有意義的語詞，前面六個字、後面六個字。我現在來把它吟誦一遍：

帝高陽之苗裔兮，朕皇考曰伯庸。
攝提貞於孟陬兮，惟庚寅吾以降。
皇覽揆余初度兮，肇錫余以嘉名。

名余曰正則兮，字余曰靈均。
紛吾既有此內美兮，又重之以修能。
扈江離與辟芷兮，紉秋蘭以為佩。
汩余若將不及兮，恐年歲之不吾與。
朝搴阰之木蘭兮，夕攬洲之宿莽。
日月忽其不淹兮，春與秋其代序。
惟草木之零落兮，恐美人之遲暮。
不撫壯而棄穢兮，何不改乎此度（呀）。
乘騏驥以馳騁兮，來吾道夫先路（啊）。

在楚地，屈原的《離騷》是最重要的一篇長詩，是中國古代個人的作品中最長的一首詩。而《離騷》對中國詩歌，對中國整個文學有很大的影響，因為這篇詩不管是內容還是音調，真的是非常美，給人很大的感動。這篇長詩裡面，有幾點特色。一個就是太史公司馬遷讚美屈原，說「其志潔，故其稱物芳」，因為他本身的心志是高潔的，所以他所稱述的都是美好的事物，所以美人香草，在中國是一個非常重要的傳統，而且高潔好修，就是他的崇高，他愛好的這種品質人格上的這種高潔，所以他說「製芰荷以為衣兮，集芙蓉以為裳」、「佩繽紛其繁飾兮，芳菲菲其彌章」。這種對於美好的芬芳的追求，不是說一個道德的教訓，說你應該追求一些個高潔的、美好的，而是用詩歌的美，它的語言的美、它的聲音的美，直接帶給你這樣的感動。所以屈原的《離騷》在這方面，對後世有很大的影響。

而除去高潔好修的品質以外，《離騷》還表現了一個特色，就是傷美人之遲暮、悲秋的感慨——「日月忽其不淹兮，春與秋其代序」、「惟草木之零落兮，恐美人之遲暮」，就是對一個人的警告，說你的生命其實是短暫的，你有什麼美好的才華，你有什麼美好的理想，你有什麼美好的追求，有什麼美好的志意，你應該把它完成，不要等到有一天，當日月忽其不淹，春與秋其代序，到了草木零落、美人遲暮的時候，那你的追求都落空了。所以這種美人遲暮的警惕，是屈原的《離騷》裡面所表現的使人感動的另一方面。

屈原的《離騷》還有一方面使人感動，就是他在這篇長詩裡，對於美的反覆申述，不管是美人也好，賢人君子也好，還是高潔美好的品德也好，都是一種無休止的、不停的追求。他說「吾令羲和弭節兮，望崦嵫而勿迫」、「路漫漫其修遠兮，吾將上下而求索」。「吾令羲和弭節兮」，他說我要叫羲和的太陽，讓你那車子走得慢一點。「望崦嵫而勿迫」，「崦嵫」是太陽下山的地方，你不要那麼快就跑下山去。「路漫漫其修遠兮」，我要追尋的路，還是這樣的遙遠和漫長。

「吾將上下而求索」，我對於我所追求的，是不辭辛苦的，無論是上下，無論是多麼遙遠。「升天入地求之遍」，這是《長恨歌》說的。總而言之，這是種對於美好之追尋的不停止的精神。

屈原的《離騷》還有一點特色使後人感動，就是為了我所追求的，我殉身無悔。我寧願為它犧牲，也不會後悔。屈原說的「亦余心之所善兮，雖九死其猶未悔」，只要我內心以為是好的，我就心甘情願為它奉獻一生，無論受到多麼大的困難還是困苦，「九死」我也不後悔的。

這都是屈原《離騷》裡面所表現的精神，也是當你真的能夠吟誦這一首長詩把它熟背的時候，它的語言的美好，它的聲音的美好，自然就會把它這種美好的品格、美好的願望，直接地傳給你，使你受到感動。

就在前兩天，有人問我，說詩歌，讀詩，有什麼意思，有什麼意義。我說，西方的接受美學家說了，讀詩可以提高你的品格，這是必然如此的，尤其是中國的詩歌。不是知識，不是說我講解你知道了，你要真的背誦，要美讀、吟唱，要它透過聲音，把那生命給你，跟你的生命結合為一。這是中國詩歌，所以要吟誦。

那麼最早的中國詩歌，當然是《詩經》跟楚辭。楚辭裡面最重要的一篇詩，那就是《離騷》。但是，楚辭裡面所收錄的，不只是《離騷》這一首長詩。楚辭裡面收錄的作品還很多。像這一本《楚辭讀本》，是我臺灣的一個學生寫的，他寄給我的。這本書裡面一共收了十七種作品，而且每一種裡面包含了很多篇。

第一種當然就是《離騷》，第二種是《九歌》，《九歌》應該本是楚地祭祀鬼神的、就是祭祀時唱的一種歌詞。有人說，《九歌》也是屈原作的；有人說《九歌》就是祭祀鬼神的歌；或者折中，就是說，那是祭祀鬼神的歌，可是經過了屈原的重新整理和寫定，就是這第二種《九歌》。《九歌》，按說九是個數目，可是你看一看《九歌》，包括有：《東皇太一》《雲中君》《湘君》《湘夫人》《大司命》《少司命》《東君》《河伯》《山鬼》《國殤》《禮魂》，共十一篇。十一篇為什麼叫《九歌》？這各人有各種不同的說法。有人說九，就是中國的習慣舉成數啊。像屈原我們剛才背的，說「亦余心之所善兮，雖九死其猶未悔」，你能夠死九次嗎？不可能的。所以我們說九死一生，你九死了嗎？沒有嘛。說九泉之下，什麼是九泉，地下有幾層。所以說這個九，是一個抽象的數目，所以它不一定是九篇。它是十一篇，但是是一組，總其名，就管它叫《九歌》了。這是一種說法，說十一篇為什麼叫《九歌》，九就是一個成數。所以清朝有一個學者叫汪中，他寫了一篇文章就叫《釋三九》，他就解釋「三」這個數目，跟「九」這個數目，在中國的文學裡面是個虛數。

可是也有人說了，說不是這樣的意思。另外還有幾種不同的說法，說這裡面的《湘君》《湘夫人》，可以合成一組，《大司命》《少司命》也是可以合成一組的，那麼十一篇有兩兩都合成一組了，當然就是「九歌」。還有人說，說第一篇《東皇太一》是一個禮神的開始，最後一篇的《禮魂》是一個祭祀的結尾，所以開頭跟結尾的不算，那就是九篇。不管怎麼樣，名字叫《九歌》，是有十一篇。

這個《九歌》，我為什麼也要談它一談呢？因為《離騷》不但篇幅長，句法也長，所以它影響到後代的，不是那短篇的詩歌，而是長篇的騷賦。真正地影響了詩歌，在中國的詩歌的體式演進發展上，佔重要地位的其實是《九歌》。《九歌》有各種不同的體式，基本的《九歌》，就是對後世影響最多的一種體式。那麼楚歌，常常有一個「兮」字的語尾，《離騷》是「兮」字前面六個字、後面六個字，《九歌》影響後世的詩歌比較多的是前面三個字、後面三個字。「入不言兮出不辭，乘回風兮載雲旗，悲莫悲兮生別離，樂莫樂兮新相知」，「兮」字前面三個字，「兮」字後面三個字。但是這不是絕對的，這個《九歌》，是祭祀的歌，本來就應該是當地的一種民間歌謠，所以它不像《離騷》比較整齊，《九歌》不是那麼整齊。所以《九歌》的句法，就有很多種不同的句法。像《湘君》這一篇，它只是一篇祭祀的歌，但是它裡面的這些句法的變化，就有很多種。我簡單地說一說它的變化就是了。

《湘君》的「君不行兮夷猶」，「兮」字前面是三個字，但是「兮」字後面只有兩個字。我說，它影響後代最多的是前面三個字、後面三個字，「入不言兮出不辭，乘回風兮載雲旗，悲莫悲兮生別離，樂莫樂兮新相知」，這種體式就是七個字一句，中間有個兮字，前面三個字、後面三個字，對後世詩歌的體式影響是比較大的。但是剛才我說楚歌有很多種體式，像《湘君》的「君不行兮夷猶」前面三個、後面兩個，不只是如此而已。比如它說「駕飛龍兮北征，邅吾道兮洞庭」，「駕飛龍兮北征」前面三個字、後面兩個字，「邅吾道兮洞庭」前面三個字、後面兩個字，這都是三個字、兩個字的。可是它後面還有「心不同兮媒勞，恩不甚兮輕絕，石瀨兮淺淺，飛龍兮翩翩，交不忠兮怨長，期不信兮告余以不閒」。「期不信」前面三個字，「期不信兮告余以不閒」，後面幾個字？五個字了。所以它有時候前面三個字、後面兩個字，有時候前面三個字、後面五個字，變化比較多了。

可是我前面說，它影響後世比較多的，是中間一個兮字，前面三個字、後面三個字。在楚漢之爭的時候，楚歌這個體式是比較流行的。像項羽的《垓下歌》，「時不利兮騅不逝」、「力拔山兮氣蓋世」，都是中間一個兮字，前面三個字、後面三個字。當然這後面也有變化，「騅不逝兮可奈何！虞兮虞兮奈若何」。「虞兮虞兮」，它是前面用了兩個兮字，「奈若何」，不過加起來呢，還是七個字。我們說楚漢之間是楚歌的形式比較流行。那不但是項羽的《垓下歌》是楚歌的體式，漢高祖的《大風歌》也是。「大風起兮雲飛揚，威加海內兮歸故鄉，安得猛士兮守四方」。「大風起兮雲飛揚」，它也是前面三個字、後面三個字，中間一個兮字。不過它後面也有變化，「安得猛士兮」，它「兮」字前面四個字，不過基本上它還是楚歌的形式。

而楚歌的這種形式呢，它本來是有「兮」字的，後來在中國詩的發展之中，就是說像七言就是七個字一句的詩，在七言詩的形成中消失了。剛才我們說了楚歌「兮」字有前面三個字、後面三個字，基本上就是七個字一句了，不過它的七個字一句中間有個「兮」字的語詞，後來就變成七個字一句了，那就是曹丕的《燕歌行》。

我們剛才看這個楚歌。「入不言兮出不辭」，「辭」字是押韻的，「乘回風兮載雲旗」，「旗」字是押韻的，「悲莫悲兮生別離」，「離」字是押韻的，「樂莫樂兮新相知」，「知」字是押韻的。我們現在讀起來，好像不押韻，但是，這個「旗」跟這個「知」，古人是押韻的。那麼我現在所要說明的就是，曹丕的《燕歌行》就是七個字一句，每一句都押韻，這是楚歌的形式。可是它的變化就在，楚歌裡面原來第四個字是「兮」字，它把「兮」字免去，而變成一個實字，不是一個虛字了。

我們先把曹丕的《燕歌行》念一遍。

「秋風蕭瑟天氣涼」，你說「秋風蕭兮天氣涼，草木落兮露為霜」，這就是楚歌的體式，中間有個「兮」字。但它現在沒有「兮」字，它變成都是實在的字了。

秋風蕭瑟天氣涼，草木搖落露為霜。群燕辭歸雁南翔，念君客遊思斷腸。
慊慊思歸戀故鄉，何為淹留寄他方？賤妾煢煢守空房，憂來思君不敢忘，

這個「忘」字押平聲，念「ㄨㄤˊ」。

不覺淚下沾衣裳。援琴鳴弦發清商，短歌微吟不能長。明月皎皎照我床，
星漢西流夜未央。牽牛織女遙相望，爾獨何辜限河梁。

所以這就是最早的七言詩，每一句都押韻，我以為，它就是把楚歌中間的「兮」這個虛字拿走了，變成實在的字了。我們也把它吟誦一遍。

因為它每一句都押韻，所以它的音節比較迫促。

秋風蕭瑟天氣涼，草木搖落露為霜。
群燕辭歸雁南翔，念君客遊思斷腸。
慊慊思歸戀故鄉，何為淹留寄他方？

賤妾煢煢守空房，憂來思君不敢忘，
不覺淚下沾衣裳。援琴鳴弦發清商，
短歌微吟不能長。明月皎皎照我床，
星漢西流夜未央。牽牛織女遙相望，
爾獨何辜限河梁。

那這些是我們中國早期的，《詩經》的體式，《離騷》的體式，《九歌》的體式。但我們最好不說它《九歌》的體式，我們應該說它是「楚歌」的體式。那麼楚歌的體式，後來就變成了最原始的七言詩。在這樣變化以後，中國詩歌的體式，還有什麼變化呢？那後面的體式，就是非常重要的一個變化，那就是影響我們中國詩歌最久遠的五言詩。

◆◆◆

我們昨天講了《詩經》、楚辭裡面的《離騷》跟《九歌》的幾種體式。我說，中國的詩歌最早能夠成聲為節的是《詩經》的四言體，不過《詩經》這本書裡，也不是全部都是四個字一句的。

像你們所熟悉的《伐檀》這一首詩，「坎坎伐檀兮，寘之河之干兮」，在「兮」字下面，「寘之河之干」是五個字，後面還說「不狩不獵，胡瞻爾庭有懸貆兮」，那「胡瞻爾庭有懸貆」甚至於有七個字之多。所以我所講的體式，只是就一般習慣、普遍性的來說。

我們最早形成的這個詩歌的體式是四言體，而四言體裡面有些個句子字數不一，有的時候是三個字的句子，當然四個字的句子最多，五個字、六個字、七個字的都有。正因為這個格律的規矩，不是外面聲韻格律規定的，那是語言自然形成的，不是一個死板的格律，而是自然形成的語言，以四個字為一句，二、二的音節最普遍，這是自然的形式。

至於我們後來講到的《離騷》，《離騷》因為「兮」字前面六個字、後面六個字，句法比較長，而且《離騷》的全篇，是一個長篇的詩歌，是屈原的自敘，所以呢，這種體式就有點近於賦。「賦」就是鋪陳的意思，是長篇的寫作，所以後來這種體式，就被賦所沿襲了。而詩裡面，反而很少像《離騷》這樣體式的詩歌。至於被賦體所沿襲的，像王粲的《登樓賦》之類的，是最好的例證，他說「登茲樓以四望兮，聊暇日以銷憂」，就是「兮」字前面六個字、後面六個字。

至於這個《九歌》的體式，我們上次也曾經提到過，像《湘君》什麼的，它有的時候不一定都是「兮」字前面三個字、後面三個字。只是，我也是舉其普遍、多數的，被後代所沿用的是前面三個字、後面三個字，「入不言兮出不辭，乘回風兮載雲旗」。而且呢，我也曾經講過，後來曹丕的《燕歌行》，是七個字一句，把「兮」字取消了，就是全篇七言的一首完整七言詩了。如果問七個字一句，沒有「兮」字，很整齊的七言詩是哪首，那麼曹丕的《燕歌行》可以做代表。

楚漢之際的時候，本來就是楚歌體的流行期。項羽的《垓下歌》，劉邦的《大風歌》，甚至於在《漢書》裡所記載的李陵別蘇武的歌，還有東漢時候的張衡的《四愁詩》，都是從楚歌體演化而來的。

後來我們講到，曹丕的《燕歌行》已經是一首完整的七言詩了。不過它不是後來的那種七言詩，它與我們中國後來形成的七言詩的最大差別就是，不管是律詩、絕句，甚至於長篇的歌行，像白居易的《琵琶行》、《長恨歌》，都是雙數的句子押韻，可是《燕歌行》，是每句押韻。所以它雖然沒有「兮」字，但是它每句押韻，這仍然是受楚歌的影響。

雖然它每句押韻，與後來的格式，就是說雙數句子押韻的形式不完全一樣，但它畢竟是完整的七言詩。

至於後來五言詩的出現，則是一種必然，但也有偶然性。因為四言一句，太短了，而《離騷》呢，又太長了，所以在曹丕的《燕歌行》這種七言詩還沒出現以前，我們就已經有一些個五言詩出現了。

五言詩的出現，其實與樂府詩有非常密切的關係。所謂樂府詩，這個「樂府」的名字最早見於《漢書》。《漢書》說，武帝的時候，乃立樂府，樂府本來是個官署的名字，是掌管音樂的一個官署。說漢武帝時候立了樂府，就設立了一個樂官，叫李延年，李延年就做了這個「協律都尉」，因為他懂得音樂，也會歌唱，所以叫李延年做協律都尉。而且漢武帝立了樂府以後，他就令人採集趙、代、秦、楚等各地方的歌謠，採詩夜誦，晚上的時候就歌誦，而且叫像李延年這樣的協律都尉給它配上音樂。因為本來採集的是歌謠，後來才給它配上了音樂，所以樂府是先有歌詞，而後配的音樂。與詞之先有音樂，後配上歌詞這一點是不相同的。

當時漢朝流行的樂府詩，其實有幾種不同的體裁。

一種，是沿襲《詩經》，四個字一句。沿襲《詩經》的四個字一句的，大半是用在宗廟、朝堂之中的比較莊嚴的音樂。像唐山夫人的《房中樂》之類的，是四個字一句的。那是比較整齊的，大半用於廟堂的祭祀，所以一般人覺得它不那麼活潑，不是很有情趣，很少人讀它。總之，有部分漢代的樂府詩，是莊嚴的，是四個字一句的。

那麼另外的呢，其實漢代的樂府，還有一種形式，就是雜言體，就是它的句數是不整齊的。因為是民間的歌謠，有很多句數並不整齊，「出東門，不顧歸。來入門，悵欲悲。盎中無斗儲，還視架上無懸衣」之類的。像這個《婦病行》、《孤兒行》啦，都是參差錯落的雜言體式。

除了繼承傳統古典的四言，還有帶著很濃厚的民間風味的雜言。它所成立的另外一種體式，值得注意的就是五言。所以樂府詩裡面，也有很多的作品就是五言詩歌。《漢書》上有一個傳記叫《佞幸傳》。幸，是得到皇帝的寵幸，佞（ㄋㄧˋㄥ）是佞人，就是善於在皇帝面前逢迎討好的人。《漢書》的《佞幸傳》裡面記了一個人的傳記，就是我們剛才說的，樂府裡面的一個官吏，叫作協律都尉，他的職責就是給採集的各地風謠配音樂，他的名字叫李延年。《漢書》上記載說，李延年能為新變聲，說李延年這個樂師，他創造了一種新的、跟過去不同的音樂，所以他能夠作新變聲。而歷史上傳下來的李延年最有名的一首詩，其實就是他的《佳人歌》。「北方有佳人，絕世而獨立。一顧傾人城，再顧傾人國。寧不知傾城與傾國？佳人難再得！」「北方有佳人」，五個字，「絕世而獨立」，五個字，「一笑傾人城」，五個字，「再笑傾人國」，還是五個字。後面，是「寧不知傾城與傾國」，就變成八個字了，可是這八個字裡面，有一點與這個輕重的語氣不同。你可以說，「傾城與傾國」還是五個字，「寧不知」，是加上去的三個字，就是代表一種口氣——你難道不知道嗎？最後「佳人難再得」，還是五個字。所以這首詩，等於說整體都是五個字一句，只不過，中間有一句，多了三個字，而我們中國後來的詞曲常常有所謂的「增字」和「襯字」。那就是說懂得音樂的人，他知道在這個歌曲的固定樂律之間，可以在它那個拍板的空的地方，加上一些個句子，這就是所謂「襯字」和「增字」。「寧不知」有點這樣的性質，所以可以說那就是五言詩了，很原始的五言詩，還不是那麼固定的形式，這種五言詩的早期形式，就是樂府詩的五言詩。

樂府詩還有一點讓我們注意的，就是樂府詩裡面開始有敘寫，有故事性的詩篇。比如說「上山採蘼蕪，下山逢故夫」之類的，還有這個《陌上桑》，說是「日出東南隅，照我秦氏樓。秦氏有好女，自名為羅敷。羅敷善蠶桑，採桑東南隅」，就是五言有敘事的詩。這些都是很值得注意的，但是這種詩呢，我們還說它是樂府的詩。

在《昭明文選》裡面，它所選的，是它認為正式的，是完整地脫離了樂府的性質的五言詩，它所選的一組古詩，名字就叫作古詩，所以不再是樂府詩了，那就是《古詩十九首》。

我們現在主要是吟誦，我們吟誦了四言詩，吟誦了騷體的詩，吟誦了楚歌體的詩。那麼樂府詩，因為長短句不同，其中最難吟的一首詩，是樂府裡面的《上邪》。

我記得去年，有一位導演，要拍一個片子，他說他片子裡面要用《上邪》這一首詩，要請人吟。本來，南開有一位校友，在南開中學教學的，叫程濱，他吟詩吟得很好，很會吟詩。所以當那個導演跟我說要找一個吟詩的人的時候，我就介紹了程濱。那天晚上，那個導演也在這裡，程濱也坐在這邊，那個導演就對他說，請你吟一下這個《上邪》，因為我們這個片子裡面啊，要有一個人吟誦《上邪》這一首詩。程濱就說，這個我不會吟，這個很難吟。因為吟的時候呢，五言七言，它都有一個頓挫，有一個節奏，就是上次我們講《詩經》的時候，引摯虞的《文章流別論》

時候說的，說「雅音之韻，四言為正」，以其可以「成聲為節」。比如「關關雎鳩，在河之洲」。你可以說「上邪」，你「上邪」只兩個字，「上邪」，沒了，怎麼吟呢？所以程濱就說，這首詩我不會吟。

其實我以為，也是我個人看法，當然也許是不正確的，就是詩歌裡面遇到兩個字、三個字，如果非常短，沒有一個節奏，那它的聲音出來就完了。「上邪」，沒有了，你怎麼樣使它有一個吟誦的節奏呢？這樣的詩就很難吟，我自己有一個體會，當然也不見得多正確。這個，在戲曲裡面，比如說有聲、有腔。「聲」就是這個字原來的聲音，「ㄕㄤˋ」「ㄧㄝˊ」這就是它的「聲」。但是你在吟唱的時候，吟的時候，或者唱的時候，你這「聲」就可以把它拖長，就可以有一種「腔」。這都因為兩個字、三個字，這樣短的句子，它沒有一個節奏。就是說，你出聲的時候，是很短的，可是你吟的時候可以把這個腔拖長。所以我就把《上邪》吟一下。因為這是一般人不大吟的，大家都有一個疑問，說這樣的詩句我們怎麼吟。上邪！沒了，我們怎麼吟？所以我現在就姑且用我自己個人的辦法，吟一下。

我們先把它讀一下，其實我這稿子上沒有寫這首詩，反正是很短的，說「上邪！我欲與君相知，長命無絕衰。山無陵，江水為竭，冬雷震震，夏雨雪，天地合，乃敢與君絕」。這是愛情詩裡面，表現得非常非常堅決、非常投入的一首詩。那麼，這首詩怎樣吟呢？而且「上邪」是什麼意思呢？我以為上邪者，這個「邪」本來是一個發聲之詞，我以為「上邪」兩個字就是人在發咒賭誓的時候，說「天哪！」就是這種意思。那麼現在我把它，用我自己想像的腔調讀一下，因為很少人吟這樣的詩。

上邪！我欲與君相知，長命無絕衰。
山無陵，江水為竭，冬雷震震，夏雨雪，天地合，（我）乃敢與君絕！
天地合，乃敢與君絕！

這重複也是我加上去的，因為有些個詩，它就是過於簡短直接，好像在結尾的時候收不住，所以我常常重複一句。其實，這個也是在音樂的樂曲之中常用的辦法，要不然怎麼會有渭城三疊呢？就是把一些個句子重疊一下。那麼現在我們是把這個很奇怪的這種樂府的體裁讀了，那後面，我就要正式地讀一讀，就是《昭明文選》所說的《古詩十九首》。

《古詩十九首》的時代跟作者，有很多不同的說法，從遠到西漢的枚乘，晚到建安的曹、王，各種說法都有。我在從前我出版的《漢魏六朝詩講錄》那本書裡面，曾經寫過兩篇文章，論《古詩十九首》的時代的問題，也在我講《古詩十九首》時候，提到過這個問題，因為這是考證的事情，它到底是西漢還是東漢還是什麼時代。那我們主要以吟誦為主，所以我就不講考證，關於考證可以看我的那冊書。一個是我寫的論文《談〈古詩十九首〉之時代問題》，[3]一個是我的《漢魏六朝詩講錄》。[4]那我們就念一念這個《古詩十九首》。

現在，當然主要是以吟誦為主，但是詩，你要真的能夠欣賞它，體會它，你當然是通過聲音，有一種感動。可是有的人，他對於這種感覺不那麼細緻，不那麼敏銳，就是對它真正的特質不能夠一時掌握得到。那像我，我們昨天讀這個《離騷》，我們只是吟誦，那只是《離騷》的一個聲音。但是我講到，其實《離騷》之所以使人感動，是因為它裡面所寫的，這種高潔好修，這種芳潔、這種美好的心志，有感嘆於搖落無成的這個秋士的悲慨，有它所寫的這種追求，還有九死無悔的精神，這個才是真正你欣賞《離騷》時的興發感動，是你要透過聲音來欣賞的。

我上次也說了，有代表字義的字音，有代表音樂性的聲腔。你是透過了聲音，結合它的字義，而其實你真正要追求的，還不只是那個聲音而已。你吟誦就只是聲音，是透過它的聲音跟文字的意思，音義結合起來。你要體會的，是它裡面真正的感情和精神，這樣才是對的。我們昨天已經簡單地講到了《離騷》的這幾種特色，所以《離騷》對後世的詩人影響很深遠，就因為《離騷》透過那種優美的文字、優美的聲調和優美的形象，帶給後代的詩人很多興發感動，所以影響了很多人。

那麼《詩經》，其實我沒有講，我只是說《詩經》是四個字一句，只講了它的音樂性，沒有講《詩經》真正的特色是什麼。其實我覺得，關於《詩經》的特質，正如中國《毛詩．大序》所說的，古人有的時候你覺得他太死板了、太教條了，但是他有他的一個道理。我們說，《詩經》是「樂而不淫，哀而不傷」，這是我們中國感情的、品德的、修養的一種特色。而這種特色呢，其實，我們透過詩歌也可以體會到。就像《關雎》，說君子要有一個好的配偶。可是它說的，並不是很淺薄的，只是情欲。它說的是「窈窕淑女，鐘鼓樂之」「窈窕淑女，琴瑟友之」，這是所謂「樂而不淫」。

至於「哀而不傷」呢，我這裡其實也有《詩經》的一些個例證。《詩經》裡面有兩首詩，都是寫棄婦之辭，一個是《氓》這一首詩，「氓之蚩蚩，抱布貿絲」。還有一首應該是《柏舟》。

《氓》這首詩其實是寫一個女孩子跟一個男孩子戀愛了，然後就嫁給他了，所以開頭是「氓之蚩蚩，抱布貿絲。匪來貿絲，來即我謀。送子涉淇，至於頓丘。匪我愆期，子無良媒」，就是嫁給他了。後來，這成了很長的一首詩，嫁過去以後是「三歲為婦，靡室勞矣。夙興夜寐，靡有朝矣。言既遂矣，至於暴矣。兄弟不知，咥其笑矣。靜言思之，躬自悼矣」。結婚以前，這男孩子一直追求她。可是結婚以後，過了幾年，這男孩子對她很不好了。所以，她說的是什麼呢？她只是說「靜言思之，躬自悼矣」，我只是自己很悲哀就是了。它後面最後一段，說「及爾偕老，老使我怨。淇則有岸，隰則有泮。總角之宴，言笑晏晏。信誓旦旦，不思其反」，後面說「反是不思，亦已焉哉」，你既然不顧念從前的感情，那也就算了，沒有話可說了。這是《詩經》，所以它的一個特色，是「樂而不淫，哀而不傷」，不是空談的一句話，是中國詩歌的感情真的有一種溫柔敦厚的特色，跟現在有些個人，強求，或者強求而不得，甚至於殺人放火，是截然不同的。這是中國的感情上的，一種修養，一種品格。

我現在又要講到《古詩十九首》了。《古詩十九首》，我們就不能只是講它的聲音。我們說不管《詩經》也好，《離騷》也好，現在到五言詩的《古詩十九首》，它都是有一種真實感情的境界。感情有不同的境界，有高低深淺的各種不同的境界。清朝一個評《古詩十九首》的人叫陳祚明，他的《採菽堂古詩選》裡面，說了這麼一段話。

其實《古詩十九首》，本來在鍾嶸的《詩品》、劉勰的《文心雕龍》裡面，都有很多的讚美。鍾嶸《詩品・序》就說，《古詩十九首》是「文溫以麗，意悲而遠，驚心動魄，可謂幾乎一字千金」，他是說《古詩十九首》所表現的感情。所以我們不只是說詩的聲音，我們還說那種聲音跟文字的結合，所表現出來的，我們詩歌傳統的幾種感情的姿態、感情的境界。鍾嶸《詩品・序》說，陸機所擬的有十四首。陸機擬古詩，他擬了很多首。而陸機擬古詩裡面的十四首詩，就擬的是《古詩十九首》。那麼鍾嶸在《詩品・序》裡就說，這《古詩十九首》，是「文溫以麗」，說得真是好，就是我們剛才所說的中國的詩歌「溫柔敦厚，詩之教也」。它寫得這樣溫厚，這樣美麗。「意悲而遠」，它的情意有悲慨，可是那個悲慨寫得如此之綿長。所以真是「驚心動魄」，它雖然用的這樣的溫婉的語言，但是可以打動你，可以讓你驚心動魄。所以，鍾嶸讚美說，像《古詩十九首》這樣的詩真是一字千金，每一個字都那麼美好。

其實，每個字都是美好的。我們中國後來常常講，字有字眼，說一個句子裡面有一個眼睛，意思是這個句子裡面只有這個詞才好。說「春風又過江南岸」不好，「春風又滿江南岸」不好，說「春風又綠江南岸」就這個「綠」字才好。其實，詩要講究一個句的好，不要只講究一個字的好，講究「詩眼」那已經是第二等的詩。真正的好詩，是沒有字句可以摘的，你不能摘出說這一句好，還是這個字好，是它整體的好，它沒有一個字配合得不是恰到好處。其實《古詩十九首》所謂一字千金，並不是像後來的所謂字眼、句眼的那樣的一個字，它是整體的，每一個字都是這樣美好的。這是說它的文字。

至於說到《古詩十九首》的境界，我剛才提到了陳祚明。陳祚明說了這樣幾句話，他說「十九首所以為千古至文者」，是中國千百年來的文學裡面，真正了不起的。其實，我一直在教詩，就一直有一個疑問，從很多年前，從我小時候讀《古詩十九首》，到我到了臺灣，在臺灣大學教《古詩十九首》，一直困惑我的一個問題，到現在也沒有得到解答。就是這《古詩十九首》，是什麼人作的，什麼人寫的。我常常會想到，李商隱寫了《燕台四首》，而由《燕台四首》引起來的，還不是讀到的這《燕台四首》，是聽到人吟誦這《燕台四首》，而引來一個女孩子的動心。所以詩歌能不能打動人心，詩歌本身的語言文字感情是一個問題，那麼當這個詩歌被人吟誦的時候，這個情意，結合了音聲之打動人，那才是微妙的。有人吟誦李商隱的《燕台四首》，被一個叫柳枝的女子聽到了，說：「誰能有此？誰能為是？」誰能有此者，誰能有此情啊。詩裡面所寫的這一份情意，什麼人能夠有？誰能有此？誰能為是？不但有這種感情，而且能夠把這種感情表現得這樣好，什麼人能夠，「為」，是做出來，「是」，是這樣，什麼人能夠作出這樣的詩？我讀《古詩十九首》，常常在想：「誰能有此？誰能為是？」這《古詩十九首》是什麼人寫的，就連一個作者的名字都沒有，真是「誰能有此？誰能為是？」我這只是說我讀《古詩十九首》的一點感覺。

陳祚明也寫了他的感覺，他說《古詩十九首》是「千古至文」，是千古以來，最好的文字。為什麼是最好的呢？「以能言人同有之情也」，因為《古詩十九首》所寫的，是我們人類共同的感情。前些日子，我到清華大學去演講，講晚唐五代詞的欣賞，講李後主的詞。李後主詞之所以了不起，王國維說了，說李後主「有釋迦、基督擔荷人類罪惡之意」。李後主又不是一個宗教的教主，他自己就是罪人，他怎麼能夠擔荷我們人類什麼罪惡。王國維的意思是說李後主所寫出來的，是我們所有的、千古的、人類的共同的悲哀，他是透過他自己一個人的破國亡家經歷，寫出來千古人的悲哀。「春花秋月何時了，往事知多少，小樓昨夜又東風，故國不堪回首月明中。」頭兩句，就是「春花秋月何時了」，說「往事知多少」，兩句，把我們世界上所有的人都打進去了。我們每個人都是如此。「春花秋月」，年年春花開，年年秋月圓，我們的歲月都流逝了，流逝之中帶走了我們多少往事。所以陳祚明就說，《古詩十九首》所寫的，是我們千古人類同有的感情。李後主所寫的，是今昔的對比，說多變的人世，跟不變的這個永恆的大自然世界的對比，那是共同的。那麼《古詩十九首》所寫的是什麼共同的呢？他說「人情莫不思得志，而得志者有幾」，每個人都希望得志如願，可是世界上真正滿足的人有幾個？每個人其實都是不滿足的。俗話說的「人心不足蛇吞象」，總是不滿足的。所以他寫的這種，人生的一種追求，一種不得的，一種感慨。還有就是說「志不可得而年命如流，誰不感慨」，那麼你覺得人生有很多缺憾一直沒有滿足，可是「歲月逝矣，年不我與」，這種悲哀，也是人類共同的感情。再有他說，我們「人情於所愛，莫不欲終身相守」，你對於所愛的人就願意長久終身都在一起。「然誰不有別離」，可是誰沒有別離呢？不管是生離，還是死別，每一個人都同樣經歷過。所以《古詩十九首》所寫的，這種追求而不得的悲哀，這種歲月消逝的悲哀，這種離別的悲哀，都是人類共同的感情。人人有這種感情，但不是人人都能寫出這樣的詩來。他說可是《古詩十九首》寫出來了，而且《古詩十九首》寫的還不是一瀉無餘。說我真是悲哀，一百二十分的悲哀。它所寫的，是反覆低迴、含蓄不盡的，所以才好。我是只講他的大意，這是陳祚明說《古詩十九首》的好處。

好，那，我們現在就開始吟吧。

其實《古詩十九首》中我想吟的，有兩首，第一首《行行重行行》，是《古詩十九首》裡面的第一首。這是大家都很熟悉的，我們還是先讀誦再吟。

讀：

行行重行行，與君生別離。相去萬餘里，各在天一涯。

「涯」這個字，有三種不同的讀音，有的時候押麻韻，念「ㄧㄚˊ」，有的時候是九佳十灰的韻，念「ㄞˊ」，現在它押的是四支的韻，所以念「ㄧˊ」。各在天一涯（ㄧˊ）。

道路阻且長，會面安可知。胡馬依北風，越鳥巢南枝。

它的敘述是一直一直向前敘述的，忽然間有兩個形象，中間有一個徘徊，這是很妙的地方。

相去日已遠，衣帶日已緩。浮雲蔽白日，遊子不顧返。
思君令人老，歲月忽已晚。棄捐勿復道，努力加餐飯。

這我還要說，這是我們東方的溫柔敦厚，哀而不傷，就算你不回來了，就算你把我拋棄了，這件事情放下不說了，努力加餐飯，也可以說，我是希望你在外地努力加餐飯，我，也要努力加餐飯，這樣我們將來才有一個再見的日子。這正是中國詩歌的「樂而不淫，哀而不傷」。現在我們把它吟誦一遍。

吟：

行行重行行，（我）與君生別離（啊）。相去萬餘里，各在天一涯。
道路阻且長，會面安可知（啊）。胡馬依北風，越鳥巢南枝。
相去日已遠，衣帶日已緩。浮雲蔽白日，（你）遊子不顧返。
思君令人老，歲月忽已晚。棄捐勿復道，努力加餐飯。

這首比較平鋪直敘的，下面一首是很妙的一首詩《東城高且長》。

東城高且長，逶迤自相屬。

「屬」這個字念「ㄓㄨˋ」，「ㄕㄨˇ」是歸屬，「ㄓㄨˋ」是連接，逶迤自相屬（ㄓㄨˋ）。

回風動地起，秋草萋已綠。四時更變化，歲暮一何速！
晨風懷苦心，蟋蟀傷局促。蕩滌放情志，何為自結束！

後來有人以為這首詩從開頭到最後都押的是一個韻，但是有人以為，後面這段忽然間說：

燕趙多佳人，美者顏如玉。被服羅裳衣，當戶理清曲。
音響一何悲！弦急知柱促。馳情整巾帶，沉吟聊躑躅。
思為雙飛燕，銜泥巢君屋。

他以為後面跟前面不相銜接，怎麼會出來個「燕趙多佳人」呢？所以有人有這種說法。可是我以為，這首詩，從「東城高且長，逶迤自相屬」的這個「屬」一直到「銜泥巢君屋」的「屋」，都押的是一個韻，是入聲的「ㄨ」韻，中間這個轉折，正是它妙的地方。它本來是說，人生苦短，我是被隔絕的，我是孤獨的，而且「晨風懷苦心，蟋蟀傷局促」，從表面上，可以有一個表面的字義，說當早晨啊，晨風這麼寒冷，所以我自己很悲哀。但是「晨風」，同時是《詩經．秦風》裡面的一篇的篇名，表示一個做妻子的對丈夫的懷念，一種離別之中的思念。「蟋蟀傷局促」，你也可以從表面理解，說他寫的是秋天吶，「秋草萋已綠」，蟋蟀的生命很短促，所以「蟋蟀傷局促」。可是蟋蟀其實也很妙，它也是《詩經》裡面的一篇的篇名，是《詩經》的「唐風」。《詩經》有十五國風嘛，有「秦風」、有「唐風」，是《詩經．唐風》裡面的一篇。所以呢，其實蟋蟀跟這個晨風，你可以講表面的意思。你也可以聯想到，「晨風」跟「蟋蟀」，都是《詩經》裡面的篇名，是寫人生別離的悲哀，人生短促的悲哀。所以才有雙重可能性。那麼它後面說，既然我與所愛的人離別了不能在一起，而且人生又這樣短促，那我們的人生為什麼不得樂且樂，尋一些快樂呢？「蕩滌放情志，何為自結束！」這是接著上面來的，我們所追求的不能得到，相愛的人不能在一起，而生命這麼短促，那就算了，我就放開我自己，何必這麼約束呢？所以他就說了，那我就去追求享樂吧。「燕趙多佳人，美者顏如玉。」我就追求一個美女吧。而且，他說這個美女非常美，衣服很美，「被服羅裳衣」，而且這個女孩的技藝也很好，「當戶理清曲」，可以彈琴鼓瑟。她不但音樂的彈奏技術好，而且她音樂裡所表現出來的情意很動人，「音響一何悲！弦急知柱促」。那麼這個女孩子，容貌是美的，衣服是美的，她的音樂技能是美的，她表現的情思是美的，所以就使我動心了。「馳情整巾帶」，我的癡情，我的感情，我的心，就跑到她那裡去了。可是我，本來不但馳情，而且整巾帶，我把我這衣服啊、腰帶啊、頭巾啊，都整理整理，要去追求這個女孩子。雖然我整理了頭巾、腰帶，但我忽然間「沉吟聊躑躅」，就遲疑了。我想，我是去呢，還是不去呢？它後面沒有寫他去，他只是說我願意、我希望變成雙飛的燕子。那這裡，他又說得很矛盾，你既然是雙飛的燕子，就是你跟你愛的人，是兩個人，是一對，這才是雙飛燕嘛。可是他又從這個假象的人變成燕子又回到人來，我變成燕子我就做個巢，在你的家裡面。那麼有人就覺得不通，「思為雙飛燕」，我們「思為雙鴻鵠」，我們就「奮翅起高飛」就好了，我幹麼還要「銜泥」？所以這是人當時的一種本能，這種很快的聯想。先是我要跟你在一起是雙飛燕，後來又說我要在你的家裡，就「銜泥巢君屋」了，這是很妙的一點，說得不是很通順，但是詩的妙處正在於如此。現在我們還是把它吟誦一遍：

東城高且長，逶迤自相屬。回風動地起，秋草萋已綠。
四時更變化，歲暮一何速（啊）！晨風懷苦心，蟋蟀傷局促。
蕩滌放情志，何為自結束！燕趙多佳人，美者顏如玉。

被服羅裳衣，當戶理清曲。音響一何悲！弦急知柱促。
馳情整巾帶，沉吟聊躑躅。思為雙飛燕，（我）銜泥巢君屋。

現在我們的詩體已經開始有七言了，像《燕歌行》，五言的古詩也這麼完整了，所以後面其實我們就要講到律詩出現的問題了。我們語言的特色是單音獨體。那麼單音獨體，我們的每一個字，都有不同的聲調，現在我們普通話還有一聲、二聲、三聲、四聲的分別。那麼古代，有平上去入的四聲。我們現在的一聲、二聲、三聲、四聲，並不是古代的平上去入。我們一聲、二聲都是平聲，一聲是陰平，二聲是陽平，本來上去入也有陰陽之分，像廣東人，他們語音裡面有八個音甚至於九個音，但我們普通話裡，就沒有那麼多的聲音。但是我們中國的語言，這個單音獨體，是有不同的聲調的。這是經過慢慢反省而知道的。而這種反省，使人有更明白的認知的過程，那與我們中國對佛經的翻譯有很密切的關係。因為我們要翻譯佛經，那麼有很多梵文，我們要把它的聲音翻出來，尤其是念誦佛經的時候，這個字，用梵文是怎麼樣念？

我曾經到一個廟裡面去講過課，這個廟裡每天早晨四點鐘，就在大堂裡唱誦，他們唱誦的是最大部頭的《華嚴經》。這個《華嚴經》，你要打開看，它的第一卷第一頁開頭，不是這個佛經的本文，都是拼音，告訴你這個字怎麼念那個字怎麼念。所以，有人就以為，說當然是了，我們中國的這個語言文字有音調的不同，我們自己也知道，可是沒有清楚明白的反省，是佛教翻譯、譯經的緣故，要把它翻譯得更正確，所以才發現要有聲母有韻母。你要念一個字，怎麼樣念？你用聲母跟韻母拼起來，你就知道怎麼樣念。比如說「東」字，中國的反切，反切就是拼音了，說「東」就是「德紅」切，切就是拼起來，是取第一個字的聲母，第二個字的韻母。「德」，它的聲母是「ㄉ」，「紅」它是「ㄨㄥ」，所以它是「ㄉㄨㄥ」，德紅切。這樣的話，就對中國的聲韻，有一個清楚明白的認識、認知，然後你才知道，這個是雙聲，那個是疊韻。像杜甫的《秋興八首》，「雲移雉尾開宮扇，日繞龍鱗識聖顏」，「龍鱗」是雙聲；「雲移雉尾」，「雉尾」是疊韻。所以中國傳統對詩歌有了聲韻的這種反省。因為有聲韻的反省，所以我們中國，就開始注意到平仄的關係。

到南北朝時候，沈約、周顒他們這些個人，有「四聲八病」之說。說第一句的第幾個字跟第二句第幾個字，你不能用雙聲，或者你不能用疊韻，說這樣聽起來才好聽。所以他們舉例證，說如果你寫一句詩，說「溪西雞齊啼」，溪水的西邊雞都叫了，這溪水的西邊雞可以叫，但「溪西雞齊啼」你念起來，人家說這是什麼，聽不懂嘛。說「後牖有朽柳」，說後面的窗戶旁邊，有一棵枯朽的柳樹，這念起來就不好聽。所以你作詩的時候要避免，他們提出來八種毛病，就是所謂四聲，平上去入的四聲，分陰陽，有聲有韻。那麼「八病」，就是平頭、上尾，什麼蜂腰、鶴膝的，當然我們今天來不及講這四聲八病。所以後面才有了律詩，有了絕句。

中國語言單體獨音，就是單獨的聲音，單獨的形體，「單」字是一定會注意到的一個特色。所以，司馬相如答這個盛覽問作賦，就說一宮一商，一陰一陽，就是要宮商陰陽的聲調相匹配。所以陸機的《文賦》也曾經說過，「曁音聲之迭代，若五色之相宣」，你聲音的平仄變化，就好像五種顏色相互配合得恰到好處，這樣才好。所以我們後來注意到格律，形成了律詩跟絕句。

在這一演化之中，當我們近體詩的格律還沒有完成的時候，中間有一個階段，就是六朝的時候。先是注意了對偶，就是對對子，這個字可以把它對起來。這個中國的字可以對對子，這是白古就有的，可是沒有很清楚地反省，說雲從龍，風從虎。水流濕，火就燥。它天生就容易對偶，這是中國語言的特色，容易形成對偶，再把對偶結合上平仄。所以才有近體的，像律詩的，這個對句。像李笠翁的《對韻》，什麼「天對地，雨對風，大陸對長空」。就是平仄要相反，字義要相似，才有了這種反省，所以有了律詩跟絕句。

其實我在講吟誦的傳統的那篇文章裡面，我把我的基本的格律畫了一些個符號，如果平聲都用橫線來代表，仄聲都用豎直線來代表，你可以畫起圖畫來，我這個書裡面有這個圖畫，你可以很清楚地看到平仄的格律。平平平仄仄，第二個字是平，第四個字一定是仄。然後仄仄仄平平，所以這個，第一句第二字是平，下面一句的第二字就是仄，下面這個第二字是平，上面這個第二字就是仄。所以它有相承的地方，有相反的地方，就是這樣子相似與相反的配合，也就是一宮一商，一陰一陽，就是這樣配合起來，才有聲調的美好。這是我們中國的語言的特色，是自然而然形成的。所以我們就有了近體詩。後面，我們就念誦幾首近體詩。

我們先說五言絕句。四句的詩叫作絕句。五言的絕句有三種不同的情況，表面看起來都是五個字一句，四句的絕句，可是事實上，有三種不同。

第一種是樂府的絕句，就是這個絕句，它不屬於近體詩，它沒有格律，它是樂府的體裁。比如，像李白的《玉階怨》之類的。《玉階怨》是樂府的詩體。還有像這個唐朝崔顥的《長干曲》之類的，這是樂府的詩體，所以是樂府的絕句。

還有一種呢，是古體的絕句。它不屬於樂府詩，但是它也沒有平仄的格律。那是古體的絕句。像柳宗元的《江雪》，「千山鳥飛絕」之類的。

然後，隨著這個格律詩的完成，到了唐朝，這個格律，就非常完善，很完美了。六朝，南北朝，是一個從古到律的演變過程。在這個演變之間的詩，其實沒有一個名字，我們有時叫它「格詩」。就是有一個格局，但是還沒有嚴整的音律。到了唐朝這個律才完成。

我就讓大家看一首所謂的「格詩」。本來，在南北朝的時候，徐陵、庾信都是對於格律的詩有很大的貢獻的。他們有時候寫的一些個詩，就是所謂像格詩一類的詩。我給大家找一首徐陵的詩看一下。徐陵有一首詩，叫《山齋》，就是寫他在山裡面的一個住所，幾個學道的人住在山裡面。他是這樣寫的：

桃源驚往客，鶴嶠斷來賓。復有風雲處，蕭條無俗人。山寒微有雪，石路本無塵。竹徑蒙籠巧，茅齋結構新。燒香披道記，懸鏡厭山神。砌水何年溜，檐桐幾度春。雲霞一已絕，寧辨漢將秦。

我們現在就不仔細地談他的詩了，就說他的屬於格律化的、中間的情況。他「桃源驚往客，鶴嶠斷來賓」，那麼「桃源」是個地方，「鶴嶠」是有仙鶴的一個山嶠上。相對的，「往客」指過去的人，「來賓」指現在來的人。他在詞性上，也就是詞的性質上，比如名詞、動詞等詞性，有了一個對稱，於是整首詩開始有了對稱。他沒有很嚴格的格律，但是他有相當多的對稱。可是他也不是每個句子都是對得很工整的。他後面兩句「復有風雲處，蕭條無俗人」，就對得不是很嚴格。可是他後來又來了兩句，說「山寒微有雪」，說山上很冷，路上還有雪，「石路本無塵」，可是山石的路上沒有塵土，是「有雪」，跟「無塵」，又有對的意思。「砌水何年溜，檐桐幾度春」，那階砌下的水是從什麼，哪一年開始向下溜的？那屋檐外面的梧桐樹，已經經過幾個春天了？何年溜、幾度春，也是對稱的。階砌上的流水，屋檐外的梧桐也是對稱的。他開始有一種對偶的感覺，可是不是很嚴格。那麼這種詩，是格律化中間的一些個作品，所以我們就管它叫格詩。至於謝靈運的詩它還是五言古詩，不過它中間非常注重對偶，對的地方很多。那我們就不再多講了，反正你可以從他們的詩裡面看到這種演化。

到唐朝，這個格律就形成了。形成以後，這個五言的絕句有幾種不同的情況，第一種是樂府的絕句。那現在，我們念一首，是崔顥的《長干曲》。長干曲就是長江邊上，這些男女在長江的船上相遇時候的問答。「君家何處住，妾住在橫塘。停船暫借問，或恐是同鄉。」我們把它簡單地吟一下，因為這種詩都是格律還沒有完成的，所以念起來跟古詩差不多。

君家何處住，妾住在橫塘。停船暫借問，或恐是同鄉。

至於已經格律化的詩，像大家都熟悉的一首詩，王之渙的《登鸛雀樓》，還是先讀一遍：「白日依山盡，黃河入海流。欲窮千里目，更上一層樓。」這首詩有格律，所以我們就按照格律的詩來讀：

白日依山盡，黃河入海流。欲窮千里目，更上一層樓。

至於說古體的絕句，像柳宗元的《江雪》：「千山鳥飛絕，萬徑人蹤滅，孤舟蓑笠翁，獨釣寒江雪。」

千山鳥飛絕，萬徑人蹤滅，孤舟蓑笠翁，獨釣寒江雪。

有了五言絕句，跟隨著來的，當然就有七言絕句。杜甫的七言絕句有些是七言絕句裡面的「拗體」，是別體，是另外一種體式。像杜甫的一首詩，說「前年渝州殺刺史，今年開州殺刺史。群盜相隨劇虎狼，食人更肯留妻子。」平仄根本都不對，說「前年渝州殺刺史，今年開州殺刺史」，這句法和平仄都一樣，根本就不能稱為近體的絕句，這是杜甫的特色。杜甫常常在這種不合格律之中，一種拗澀之中，表現他的力量。當時時代的戰亂、叛亂如此之多，死傷的人如此之多，所以今年這裡殺刺史，明年那裡殺刺史，是故意把它重複的。他們這些個盜匪，一批接著一批，他們殺害人，比虎狼更甚，所以「劇虎狼」，就是甚於虎狼。他們不但吃人，他們連你的妻子兒女都不留下來的。所以杜甫呢，又是特別的。

其實唐人的絕句，律體絕句寫得最好的，如王昌齡、李太白、杜牧之、李商隱，這四個人的七言絕句真是寫得好。而這四個人的七言絕句的風格，又各有不同。

李白，真是飛揚的，飛在天上的、高揚的。李太白這個人，就是寫悲哀，都寫得飛揚。李太白有一首詩，他說「大鵬一日同風起」，就像一隻大鵬鳥，如果有一天有風我就乘著風飛起來了。「扶搖直上九萬里」，我駕著扶搖的風，我可以飛到九萬里的天上。「假令風歇時下來」，就算中間那個風沒了，我掉下來了，「猶能簸卻滄溟水」，我掉下來，都能把你們地面的海掀起來滔天巨浪。這是李太白。

杜牧之呢？「千里鶯啼綠映紅，水村山郭酒旗風。南朝四百八十寺，多少樓台煙雨中。」在寫景之中，表現一種歷史的悲慨。這是杜牧之。「商女不知亡國恨，隔江猶唱後庭花」，用很美麗的文字，表現一些歷史今昔的悲慨。這是杜牧之。

其實其中最有特色的，是李商隱。李商隱，他真的是一種幽深、婉轉的，深入到裡面去的。有一本書叫《千首唐人絕句》，就是把這些唐人的絕句選了一千首。《千首唐人絕句》裡面就提到「義山絕句」，它說李義山的絕句啊，是有一種特色的。它說「義山佳處不可思議」，李義山的這個詩的好處，特別是他七言絕句的好處，就是你想像不到的，不可思議。它說「實為唐人之冠」，說唐人的絕句詩最好的，應該是李商隱。它說「喟嘆之餘，餘音裊裊，一唱三嘆」，他的詩啊，纏綿，婉轉，一唱三嘆，而且餘音裊裊，留下來的情味，那種韻致啊，讓你追思不盡。它說，李義山（李商隱）的詩「絕句之神境也」，是七言絕句裡面，進入神境、化境的一種境界。

還是這個《千首唐人絕句》，又說「義山七言絕句」，它說他的詩「意必極工」，情意非常的工致深窈，「調必極響」，念起來也很響，「語必極豔」，他的語言也非常的豔麗。「味必極永」，他的滋味，一定是非常悠長的。「有美皆臻，無微不備」，凡是好處，它說他都有，無論是多麼精微、幽深的地方，他沒有不表現出來的。它說「真晚唐之獨出」，是晚唐的七言絕句寫得最好的一個人。它說「即一代亦無多矣」，不用說晚唐，就是從整個唐朝來說，也是不多見的。

那我現在呢，就先讀一首李白的，再讀兩首李商隱的。李白的我們讀一首《聞王昌齡左遷龍標遙有此寄》，這是他的朋友王昌齡被貶謫了寫的詩。被貶謫本來是一件悲哀的事情，但是你看李太白怎麼寫呢？他說：「楊花落盡子規啼，聞道龍標過五溪。我寄愁心與明月，隨風直到夜郎西。」他把那種悲哀寫得那麼飛揚，飛到天上去了，這是李太白。我們也把它吟誦一下：

楊花落盡子規啼，（我）聞道龍標過五溪。
我寄愁心與明月，隨風直到夜郎西。
我寄愁心與明月，隨風直到夜郎西。直到夜郎西。

有的時候，為什麼渭城、陽關三疊呢？我剛才念別的詩，有的時候，是要把那個餘味，重複一下的。那麼李商隱，我們也念他一首七言絕句。李商隱有一首詩是《昨夜》：「不辭鶗鴂妒年芳，但惜流塵暗燭房。昨夜西池涼露滿，桂花吹斷月中香。」這是李商隱。你看李太白寫懷念，寫這個同情，寫人家被貶，他都寫得那麼飛揚。可李商隱就是無可奈何。他總是向內心深處去追求，他說我不辭，他真是自己站在一個應該是說最自苦的地位。「鶗鴂妒年芳」，其實是《離騷》裡面的，說「恐鶗鴂之先鳴兮，使夫百草為之不芳」，鶗鴂是一種鳥，相傳就是杜鵑，說鶗鴂鳥一叫，那所有的花都零落了，這本來是一件可悲哀的事情。可是李商隱要把這悲哀說深一層。他說這種鶗鴂叫，把所有的花都催落了，我對這個不可避免，我不逃避，我寧願零落，寧願隨著春天而消逝，我不辭，因為我的悲哀，比這個更悲哀。我「不辭鶗鴂妒年芳」，我所悲哀的是什麼？「但惜」，我所惋惜的是「流塵暗燭房」，我像一個蠟燭，蠟燭中心的那一點點的光明，被塵土給遮暗了。如果你認識了我的光明，我就是死了、消逝了，花零落了，我也不愛惜。我的這一點光明你沒看到，我的花的美好你也沒看到，所以我就落了啊。所以「不辭鶗鴂妒年芳」，我是「但惜流塵暗燭房」。「昨夜西池涼露滿」，「池」當然是水池啦，中國喜歡說西池，喜歡說西園，這個西字呢就好像有一種幽微婉轉的感覺。那麼西池上，已經是秋天了，露水下來了，滿池塘都是露水，「昨夜西池涼露滿」。秋天是桂花開的時候，而且開的是天上的桂花樹，因為月亮裡面，相傳有一棵桂花樹，桂花的香氣，他說我沒有聞到。「桂花吹斷月中香」，其實是吹斷了月中桂花的香氣。他沒有聞到這個香氣。連香氣也沒有聞到，他就是把什麼都丟掉了，什麼都沒有了。他自己站到一個最克己的地位，可是，還是把一切都丟了。「不辭鶗鴂妒年芳，但惜流塵暗燭房。昨夜西池涼露滿，桂花吹斷月中香。」

不辭鶗鴂妒年芳，（我）但惜流塵暗燭房。

昨夜西池涼露滿，桂花吹斷月中香。

昨夜西池涼露滿，桂花吹斷月中香。桂花吹斷（了）月中香。

所以五言絕句和七言絕句後面就應該是五言律詩了。

五言律詩，我們念一首李太白的《夜泊牛渚懷古》：「牛渚西江夜，青天無片雲。登舟望秋月，空憶謝將軍。余亦能高詠，斯人不可聞。明朝掛帆去，楓葉落紛紛。」這個「牛渚」有一個典故。相傳當年，有一個人叫作袁宏，作詩作得很好，然後他在這裡吟詩，被這個謝尚將軍聽到了，於是就受到了賞識。因此李白說：「今天我這個船，也來到了牛渚，我吟詩說不定比袁宏吟得還好呢，就是可惜怎麼沒有謝將軍聽見我的吟詩呢？」所以他說「牛渚西江夜」，就在西江，在牛渚這裡，天上一片雲都沒有，月亮這麼亮。所以，後邊值得你注意的就是李白律詩的特色，它不是那麼死板的，說天對地，雨對風，大陸就對長空。不是。「余亦能高詠，斯人不可聞」，它不是完全對的。我也能夠高詠，斯人不可聞。「余」是我，是一個名詞，可是「斯人」的「人」是一個名詞，「斯」是形容這個人的，這兩句不對啊。名詞對名詞，動詞對動詞，它不完全對啊。前面的也是，「登舟望秋月，空憶謝將軍」，「登舟」，一個動詞一個名詞，我上了船了；「空憶」，我白白地懷念，一個副詞一個動詞；「望秋月」的「望」一個動詞，「秋」一個形容詞，「月」一個名詞；「謝將軍」，整個是一個名詞。這就是李太白。李太白，這個人真是一個天才，人家說他的天才如同白雲在空，好像天上一朵雲，風一吹他就千變萬化地出來了，你抓不住他，這就是他的特色……可是為什麼說這還是律詩呢？它不對怎麼還是律詩？李太白所掌握的，不是表面的文字的對偶，是本質上的分量的對偶。什麼叫分量的對偶？登舟可以望秋月，我看天上的秋月，我懷念的是謝將軍，一個是我在望月，一個是我在懷念謝將軍。一個是說我，我能夠詠，但是你，那個人，他聽不見。這就是分量上的相對，而不是文字上的相對偶。好，我們現在也把這首詩讀一下：

牛渚西江夜，青天無片雲。登舟望秋月，（我）空憶謝將軍。
余亦能高詠，斯人不可聞。明朝掛帆去，楓葉落紛紛。

我沒有遇到謝將軍，這裡是古代的袁宏碰見知賞他的人的唯一地點，我在這裡停留的這個夜晚，遇不到這樣的人。明天我就離開這裡，走了，我的前途，充滿了蕭蕭的落葉，我再也沒有一個機會，碰到一個相知相賞的人了，再沒有欣賞我李太白才華的人了。這是李太白。

那麼我們再念一首杜甫的詩吧。念了半天，這詩聖的詩還沒念呢。杜甫有一首詩《登岳陽樓》：「昔聞洞庭水，今上岳陽樓。吳楚東南坼，乾坤日夜浮。親朋無一字，老病有孤舟。戎馬關山北，憑軒涕泗流。」這是杜甫。他老年漂泊江南，在洞庭湖上，登上了岳陽樓，他的平生本來是想「致君堯舜上」的，現在一切都落空了。「昔聞洞庭水，今上岳陽樓。吳楚東南坼，乾坤日夜浮」，他漂泊在東南之地，這個東南，是吳楚。我在這個岳陽樓上，底下都是湖水的起伏，所以「吳楚東南坼，乾坤日夜浮」。「親朋無一字，老病有孤舟」啊，他一個人漂泊東南天地間，連書信都沒有，他衰老多病，自己曾經寫詩，是「左臂偏枯半耳聾」，是「衰年臥病惟高枕」，這是老病，就只能生活在漂浮的船上。可是他儘管這樣的困苦，他登上岳陽樓，所想的還不只是他自己，「戎馬關山北」，是我的國家，我的朝廷。我在岳陽樓上，北望關山，還是充滿了戰亂的「戎馬關山北」，所以「憑軒涕泗流」，我站在窗前，不覺流下淚來了。這是杜甫。所以杜甫他這種家國的情懷，一直是很深重的。好，我們把杜甫的詩也吟一遍：

昔聞洞庭水，今上岳陽樓。吳楚東南坼，乾坤日夜浮。

親朋無一字，（我）老病有孤舟（啊）。戎馬關山北，憑軒涕泗流。

這首是五言律詩。中國的詩體還有一種叫排律。因為律詩只是八句，排律，是比較長的，你可以作得很長很長的，杜甫有時候寫那五言排律，寫得非常長。但是那太長了，我現在只想讀一首李商隱的五言排律。它的題目叫《西溪》，我先把這首詩讀一遍：

悵望西溪水，潺湲奈爾何。

這是李商隱晚年，在四川的時候所寫的。西溪，就是那裡的一條「水」，他說這個流水，「潺湲」是水聲，總是嘩嘩嘩這樣流下去，對它無可奈何，它為什麼這麼纏綿，它為什麼這麼不斷絕？所以「悵望西溪水，潺湲奈爾何」。

不驚春物少，只覺夕陽多。

現在，讓我驚心的，還不是說，春天的花都零落了，「春物少」，花是稀少了，但讓我更覺得悲慨的，是夕陽多。「夕陽無限好，只是近黃昏。」所以我們就從剛才講李商隱那首詩，「不辭鶗鴂妒年芳」，我有比這個更深的悲哀。他現在說的也是如此。我「不驚春物少」，可是「只覺夕陽多」。

他說在西溪的水邊：

色染妖韶柳。

春天的柳樹那麼柔弱，隨風搖擺，又那麼嬌柔裊娜的姿態，都被春天染綠了。所以「色染妖韶柳」。

光含窈窕蘿。

那個爬蔓的藤蘿，上面也有日光的閃爍，「光含窈窕蘿」，這是寫西溪的景色。我「不驚春物少，只覺夕陽多」。而且，西溪的旁邊，有這麼美麗的柳樹，有這麼美麗的藤蘿，「色染妖韶柳，光含窈窕蘿」，這光影、色彩的閃動，他後面忽然接的是什麼呢？他說：

人間從到海，天上莫為河。

我知道人間有很多事情是不可挽回的，這是「人生長恨水長東」啊，那我不能挽回，我只有任憑它到海。「從」，是任憑它。人間的遺憾我不能挽回。但是為什麼天上還有銀河呢？天上就不要再有銀河的阻隔了嘛。難道人間受到痛苦，天上還要受痛苦嗎？所以「人間從到海」，那天上就「莫為河」。

鳳女彈瑤瑟，龍孫撼玉珂。

他遙想有一個美好的地方，有鳳女。我們說，龍鳳，一個代表男性，一個代表女性，所以他說鳳女，這美麗的女子會彈瑤瑟，會彈美麗的琴瑟。「龍孫撼玉珂」，那美麗的王孫，那美麗的男子，身上佩著這個佩玉的玉珂。當年我所追求的，曾經有過這麼一段美好的夢想。那是「京華他夜夢」。

京華他夜夢。

他現在已經遠在四川了。他說我當年在首都長安的時候，那些往事，就像昨天晚上的一場夢。我現在還在懷念京華，我希望把我的感情，都隨著天上的白雲，隨著地面的流水，傳送到那邊去。所以「京華他夜夢」。

好好寄雲波。

那麼現在把它吟誦一遍：

悵望西溪水，潺湲奈爾何。不驚春物少，（我）只覺夕陽多。
色染妖韶柳，光含窈窕蘿。人間從到海，天上莫為河。
鳳女彈瑤瑟，龍孫撼玉珂。京華他夜夢，好好寄雲波。

那麼這個完了以後，我們應該念一首七言律詩。就念杜甫《秋興八首》裡面的一首吧。念《秋

《秋興八首》裡面的第七首：「昆明池水漢時功，武帝旌旗在眼中。織女機絲虛夜月，石鯨鱗甲動秋風。波漂菰米沉雲黑，露冷蓮房墜粉紅。關塞極天唯鳥道，江湖滿地一漁翁。」

好，我現在把它吟誦一下：

昆明池水漢時功，武帝旌旗在眼中（啊）。
織女機絲虛夜月，石鯨鱗甲動秋風。
波漂菰米沉雲黑，露冷蓮房墜粉紅（啊）。
關塞極天唯鳥道，江湖滿地一漁翁。

所以我說我不能夠念杜甫的詩，人家杜甫，這麼沉雄悲壯的，我這女人一念，把這味道都念沒有了。所以這個不適合我念，應該等一下，我叫汪夢川老師把他帶來的別人的吟誦錄音播放一下。我覺得我的老師戴君仁先生吟誦這《秋興八首》吟誦得很好。等一下等我吟誦完了，聽我的老師的吟誦。

下面我還是再念一首李商隱的七言律詩。那跟杜甫是迥然不同了，所以我覺得我念李商隱還比較好，我念杜甫是一定不像了。我念李商隱的一首詩《春雨》。

讀：

悵臥新春白袷衣，白門寥落意多違。
紅樓隔雨相望冷，珠箔飄燈獨自歸。
遠路應悲春晼晚，殘宵猶得夢依稀。
玉璫緘札何由達？萬里雲羅一雁飛。

吟：

悵臥新春白袷衣（呀），白門寥落（我）意多違。
紅樓隔雨相望冷，珠箔飄燈獨自歸。
遠路應悲春晼晚，殘宵（也）猶得夢依稀。
玉璫緘札何由達？萬里雲羅一雁飛。

詩體中還有兩種體裁，一個是五言古詩，另一個是七言的歌行。五言古詩我吟了《古詩十九首》，樂府詩我吟了，但是，七言的歌行我沒有吟。

七言的歌行有兩種不同的歌行，不同的體式，一個是像白居易的《琵琶行》、《長恨歌》的那種歌行。那種歌行，是適合於敘事的，有一個故事來敘寫，而且它裡面不避免律句。它的平仄跟對偶，有很多是跟律體的詩很接近的。比如說《長恨歌》裡，「行宮見月傷心色，夜雨聞鈴腸斷聲」。它的詞性也是相對的，平仄也是合乎近體詩的平仄的。「春風桃李花開日，秋雨梧桐葉落時」，春風、秋雨，也是對的，桃李、梧桐，也是對的，花開日、葉落時，都是對的。平仄也是合乎格律的。春風這個「風」是平聲，秋雨這個「雨」是仄聲。桃李這個「李」是仄聲，梧桐的「桐」是平聲。所以，有一種歌行，就是像《長恨歌》、《琵琶行》這一類的。但是《長恨歌》太長了，所以我們沒有辦法通篇來念。

與這種七言的歌行相對的，還有一種避免律句，就是說一定不能夠用律詩的句子，像岑參的寫邊塞的那種歌行，說三個平聲不能連用，他故意要用三個平聲。還有就是像李太白的那種，真是變化萬千的那種七言歌行，句子也不整齊的，平仄也沒有一定格律的，這兩種不同的七言歌行。那我們現在就舉兩個例證來，也把它讀一遍，把這些體式至少念一個例證，就比較完整。

我的吟詩，我自己說先天就有缺陷。一個我是北方人，念起詩來沒有味道，普通話沒有味道，這四聲太簡單，要有點方音才有味道。還有就是我是婦女，這個婦女的聲音啊，不夠洪亮，不夠宏偉。所以，有先天的缺陷。但是，我們既然說吟誦，就要把各種體裁都吟一遍，我雖然不完美，我還是把它吟一遍。

我們先吟一首，李太白的《將進酒》吧。還是先讀一遍。

讀：

君不見黃河之水天上來，奔流到海不復回。
君不見高堂明鏡悲白髮，朝如青絲暮成雪。
人生得意須盡歡，莫使金樽空對月。
天生我材必有用，千金散盡還復來。
烹羊宰牛且為樂，會須一飲三百杯。
岑夫子，丹丘生，將進酒，杯莫停。
與君歌一曲，請君為我傾耳聽。
鐘鼓饌玉不足貴，但願長醉不願醒。
古來聖賢皆寂寞，惟有飲者留其名。
陳王昔時宴平樂，斗酒十千恣（ㄗˋ）歡謔。
主人何為言少錢，徑須沽取對君酌。

五花馬，千金裘，呼兒將出換美酒，

與爾同銷萬古愁。

吟：

君不見黃河之水天上來，奔流到海不復回。

君不見高堂明鏡悲白髮，朝如青絲暮成雪。

人生得意須盡歡，莫使金樽空對月。

天生我材必有用，千金散盡還復來。

烹羊宰牛且為樂，會須一飲三百杯。

岑夫子，丹丘生，將進酒，杯莫停。

與君歌一曲，請君為我傾耳聽。

鐘鼓饌玉不足貴，但願長醉不願醒。

古來聖賢皆寂寞，惟有飲者留其名。

陳王昔時宴平樂，斗酒十千恣歡謔。

主人何為言少錢，徑須沽取對君酌。

五花馬，千金裘，呼兒將出換美酒，

與爾同銷萬古愁。（我）與爾同銷萬古愁。

後面的《長恨歌》我想大家都很熟，我不要念了。這念起來也太耗時間了，我只讀中間幾段就是了，從「漢皇重色思傾國」開始吧。這是完全不同的調子了。

吟：

漢皇重色思傾國，御宇多年求不得。

楊家有女初長成，養在深閨人未識。

天生麗質難自棄，一朝（就）選在（了）君王側。

回眸一笑百媚生，六宮粉黛無顏色。

春寒賜浴華清池，溫泉（的）水滑洗凝脂。

侍兒扶起嬌無力，始是新承恩澤時。

雲鬢花顏金步搖，（那）芙蓉（的）帳暖度春宵。

春宵苦短日高起，從此君王不早朝。

承歡侍宴無閒暇，春從春遊夜專夜。
後宮佳麗三千人，三千寵愛在一身。
金屋妝成嬌侍夜，（那）玉樓宴罷醉和春。
姊妹弟兄皆列土，可憐（那）光彩生門戶。
遂令天下父母心，不重生男重生女。
驪宮高處入青雲，仙樂（那）風飄處處聞。
緩歌慢舞凝絲竹，盡日君王看不足。
漁陽鼙鼓動地來，驚破（了）霓裳羽衣曲。

後面念念兩個結尾就完了啊。

吟：

回頭下望人寰處，（我）不見（那）長安見塵霧。
唯將舊物表深情，鈿合金釵寄將去。
釵留一股合一扇，釵擘黃金合分鈿。

但教心似金鈿堅，天上人間會相見。
臨別殷勤重寄詞，詞中有誓兩心知。
七月七日（的）長生殿，夜半無人私語時。
在天願作比翼鳥，在地（就）願為連理枝。
天長地久有時盡，此恨綿綿無絕期。

好，就念到這裡了，不過我已經是強弩之末，快說不出話來了，呵呵。

◎注解

1 本書收錄之《葉嘉瑩先生論吟誦》兩篇文章，爲二〇〇九年徐健順等人進行吟誦採錄時的採訪紀錄整理講稿，並保留部分口語表現。

2 指《談古典詩歌中興發感動之特質與吟誦傳統》一文，見本書第一三頁。

3 《迦陵論詩叢稿》第二一九至二二八頁，大塊文化二〇一二年版。

4 可參見《漢魏六朝詩講錄》第二章，大塊文化二〇一二年版。

葉嘉瑩先生論吟誦

〔二〕

現在先談詞與詩之分別。詩呢，是古代曾經合樂的，所以《詩經》在當年也是可以合樂而歌的。五言詩裡的樂府詩當年也是合樂而歌的，至於近體詩裡唐代的，像王維的《渭城曲》之類，他在寫作的時候是沒有按照曲子去填詞的，但是他寫作以後，他們可以選取一些唐朝的絕句配合音樂歌唱，這種形式的作品，是詩，可以配合音樂來唱的。任二北先生管這種形式的詩歌叫「唐聲詩」，就是指唐朝的可以配合音樂的有聲之詩。至於詞呢，早期的詞，本來是配合當時的一種流行的音樂歌唱的歌詞，這種流行的音樂在當時叫作「燕樂」（也作「宴樂」），是隋唐以來，結合中國傳統音樂的產物。中國傳統音樂本來分為兩種，一種是比較古老的、形式變化不多的「雅樂」，即典雅之樂；還有一種是六朝以來配合清商曲歌唱的，所謂的「清樂」。雅樂，一般用在廟堂之上，比如典禮、祭祀的時候，會演奏雅樂。而六朝以來，在民間比較流行的是清樂，那麼所謂配合詞調來歌唱的燕樂（宴樂），是結合了中國六朝以來原有的清樂，和當時少數民族的非漢族的音樂（胡樂）。還有中國自南北朝到隋唐之間，宗教也很盛行，有道教，也有佛教，道教佛教這種宗教的音樂，因為要藉之以感動人心，有很大的力量，那麼這種配合宗教的儀式演唱的音樂，叫作「法曲」。而隋唐之間新興的這一種音樂，是結合了中國原來的清樂，還有佛教的、道教的音樂也就是法曲，再攙雜上外族傳進來的胡樂，是一種綜合性的音樂。所以在當時——雖然我們在當時沒有錄音，可是我們中國是文字最發達的國家、歷史最發達的國家——根據歷史上的記載，這種音樂，歌唱起來音聲之美妙，可以使人如醉如癡，這是文字上的記載。而詞，就是配合這種燕樂來歌唱的歌詞。傳統的士大夫以為這是民間的俗曲，而那些配合這些燕樂所唱的歌詞，也是不夠文雅的。所以一般士大夫對它們不大重視，而且那個時候的印刷，也不是很發達，這種曲子不能印刷，不能流行，我們所見到的當時的這些配合燕樂的俗曲，是一直經歷了千百年以後，直到晚清的時候，有一個王道士，在敦煌一個石窟裡面，發現了很多唐人寫本的卷子，是那些卷子上，記了當時流行的這些個燕樂的俗曲，所以現在我們把它叫作「敦煌曲子」。因為那是在敦煌發現的，過去沒有印刷、沒有流行，很多人在敦煌曲子發現之前，沒有看見過這一類曲子。過去文人雅士所看到的，是晚唐五代的時候，後蜀趙崇祚所編的《花間集》。《花間集》的前面，有一個人叫歐陽炯，他給《花間集》寫了一篇序文。序文裡就說了，他編寫《花間集》的目的。為什麼要編寫《花間集》呢？我們只是簡單地引他幾句，他說「庶使」，庶是庶幾，大概，我編的這個集子可以使得西園的這些文士英哲「用資羽蓋之歡」。西園是當年建安時代曹家的兄弟跟建安七子常常聚會、飲宴的地方，所以他說「庶使西園英哲」，就是使這些傑出的、英俊的、有才能的才子、詩人，「用資羽蓋之歡」，就用我所編的這些歌曲，來資助，來提供，提供「羽蓋」的歡樂。羽蓋，是當年曹丕、曹植與建安七子他們宴飲以後在西園坐著車，車上有車蓋，車蓋是車上的棚子，上面有裝飾的翠羽，其實就是他們遊園的意思。我就編了這個集子，「庶幾」可以提供給西園的文人詩客，當他們坐著車遊園的時候，能夠歌唱這個曲子增加他們的歡樂。那麼誰歌唱呢？就是美麗的歌女，所以他後面說「南國嬋娟，休唱《蓮舟》之引」。使那些南方的嬋娟、美麗的女子，她們就可以不再歌唱那江南採蓮的俗曲了，而由這些文人詩客的曲子，可見原來流行的曲子詞是庸俗的。他說我所編選的是這些文人詩客的曲子詞，是提供給文人詩客宴飲時的歡樂，所以它叫《花間集》。就是在花叢之中，美麗的場合，有美麗的歌女唱歌。所以呢，毫無疑問地，《花間集》裡面的詞，都是在當年，能夠配合音樂來歌唱的。可是，我們中國很遺憾的就是文字的記載雖然很多很詳細，但是音樂的詳細紀錄比較少，所以究竟它們應該怎麼唱，我們現在是不能確定的。總而言之，詞最早本來是配合音樂來唱的，而不是用來吟的，所以我們只說吟詩、吟詩，從來沒有人說過吟詞，詞不是用來吟的，詞是用來歌唱的。

為什麼呢？這個與它們的形式有關係。為什麼形成了中國近體的詩歌？五個字或七個字一句，而且平平平仄仄，仄仄仄平平或平平仄仄平平仄，仄仄平平仄仄平這種近體詩的形成，就是為了吟誦的方便。吟誦有一個固定的形式，一個頓挫、一個節奏、一個韻律，所以中國的詩一直是重在吟誦的。而這種詩的形式的形成，也與吟誦有密切關係。而詞呢，是長短句，詞的押韻有很多的變格，不像詩，押一個韻，比如一東二冬。你押什麼韻，通篇押一個韻，吟起來、聽起來好聽。那麼詞，像《菩薩蠻》，兩句換一個韻，兩句換一個韻，中間有很多入聲的韻，這個是根本不適合於吟的。所以，沒有人說吟詞，不過詞雖然不是吟的，是用來歌唱的，可是歌唱也有一種韻律。詞雖然不方便我們口吻之間的吟誦，可是它可以歌唱，所以有很多長調，特別是遇上周邦彥、姜白石（姜夔）這些懂得音樂的人。他們常常製作一些新的詞的曲子，歌唱時有特別的樂調，像周邦彥的《蘭陵王》有這樣兩句「似夢裡，淚暗滴」，六個字都是仄聲，吟誦起來口吻之間不方便，口吻之間所習慣的是平平仄仄，仄仄平平，這樣才有一個抑揚起伏，若像《蘭陵王》這首詞這樣全是仄仄仄仄仄仄，就很難吟，但可以唱，所以詞是唱的。不過呢，詞的調子裡面，畢竟也曾受了詩的，尤其是聲詩的一些影響，所以詞裡面有一些調子是跟詩的平仄的格律比較接近的，那麼這樣的詞句就比較便於吟誦。

而且在我們中國清朝，有一個音韻學家叫作江永，曾提出一個問題，他說詞曲都可以通押，什麼叫通押？就是詞曲的四聲，平聲的韻跟仄聲的韻，平上去入的四聲可以通押，可以押在一篇作品裡面，比如說大家所熟悉的馬致遠的《天淨沙·秋思》：「枯藤老樹昏鴉。小橋流水人家。古道西風瘦馬。夕陽西下。斷腸人在天涯。」它的韻母都是「ㄚ」，枯藤老樹昏鴉「ㄧㄚ」第一聲；小橋流水人家，「ㄐㄧㄚ」第一聲；古道西風瘦馬，「ㄇㄚˇ」第三聲；夕陽西下，「ㄒㄧㄚˋ」第四聲；斷腸人在天涯，「ㄧㄚˊ」第二聲。所以它是一聲、二聲、三聲、四聲在一篇作品裡都押了。可是詩裡從來沒有這樣的現象。詩要是平聲韻，都是平聲韻；要是仄聲韻，都是仄聲韻。我們上次吟誦的像律詩、絕句，都是押一個韻的，像杜甫的《秋興八首·其一》：「玉露凋傷楓樹林，巫山巫峽氣蕭森。江間波浪兼天涌，塞上風雲接地陰。」它總是押一個韻，沒有變來變去的。至於長篇的詩，比如歌行，就可以換韻了，因為你都用一個韻，沒有那麼多韻字了，因此就可以換韻。所以《長恨歌》那是換韻，「漢皇重色思傾國」，入聲韻，「御宇多年求不得。楊家有女初長成」，第三句不押韻，「養在深閨人未識」，「識」是押韻的。「天生麗質難自棄，一朝選在君王側。回眸一笑百媚生，六宮粉黛無顏色」，這開頭押的都是同一個韻，都是入聲韻，沒有換韻。所以它在後面換韻了，它說「春寒賜浴華清池，溫泉水滑洗凝脂。侍兒扶起嬌無力，始是新承恩澤時」。它換了四支的韻了，所以它是可以換韻，但不是四聲通押。四聲通押，只有在詞或曲裡面可以。

詩可以換韻，但不是四聲通押，為什麼如此呢？江永曾提出這個問題，後來有人研究為什麼如此，正因為詞曲是配合音樂歌唱的，所以它可以通押。可是詩是吟誦的，吟誦要有一個整齊的節奏，所以詩裡沒有四聲通押。這是詞曲跟詩的一個絕大的分別。那麼現在的詞我們是不能歌唱的，但是我們還是可以把它讀誦一下。

因為詞不能吟，所以我現在只能讀，但要是讀的話，就應該讀出牌調的特色，你只讀一首還不能讀出它的特色，所以要多讀幾首（才能讀出它的特色），所以我現在要把馮延巳這幾首《鵲踏枝》通篇讀下來，體會一下牌調的特色。

詞呢，本來不是可以吟的，而且真正歌唱的那個樂曲的曲調又沒有傳下來，不過無論如何，詞是音樂性很強的一個文學體式，所以雖然很正確的唱法我們不知道了，但是，在它那種抑揚頓挫的節奏韻律之間，我們還是能夠感受到這種音樂性的。我現在就把馮延巳的這幾首《鵲踏枝》讀一遍。

《鵲踏枝》，其實我沒有準備很多材料。《鵲踏枝》，特別是馮延巳這十幾首《鵲踏枝》，那真是「鬱伊惝怳」，這是前人王鵬運對他這幾首詞的評語，他寫的真是鬱伊惝怳。其實每個人的詞的作風本來就不一樣，每個詞人的性情不一樣，每個詞調的音樂的特質不一樣。《鵲踏枝》這首牌調，我先念它一首，就是在馮延巳集子裡的第一首：「梅落繁枝千萬片，猶自多情，學雪隨風轉。昨夜笙歌容易散，酒醒添得愁無限。」這是上半首，因為詞是音樂性，它有一個曲調，就像我們現在的歌曲也是如此，它常有一個往復的重複，所以它下半首，音樂的名詞叫「下半闋」，所以它寫下半闋的這個聲律跟上半首是重複的，一樣，現在的樂曲有很多也是如此的，「樓上春山寒四面，過盡征鴻，暮景煙深淺。一晌憑欄人不見，鮫綃掩淚思量遍」。這首詞的特色，因為它樂調失傳了，所以我只能從它文字上的特色來說明。「梅落繁枝千萬片」它是平仄平平平仄仄，所以它是合乎詩的一種格律。不過如果是詩的話，比如說杜甫的「玉露凋傷楓樹林」，它最後押的是平聲，像李太白的「峨眉山月半輪秋」最後一個字也押的是平聲，可是「梅落繁枝千萬片」，它是平仄平平平仄仄，這個在詩裡面不是押韻的句子。「玉露凋傷楓樹林，巫山巫峽氣蕭森。江間波浪兼天湧，塞上風雲接地陰。叢菊兩開他日淚」，是相當於這樣的，是詩裡面不押韻的那一句的平仄。仄仄平平平仄仄，要是詩，就應該是仄仄平平仄仄平了。所以這就是詩跟詞的區別，也是吟詞的時候一種微妙的作用。就是你如果只從一句的平仄來說，仄仄平平平仄仄，是詩的平仄，但詩的押韻在下一句，是仄仄平平仄仄平，它現在沒有那下一句了。而這一首詞通首都押的是仄聲韻：千萬片、學雪隨風轉、笙歌容易散、添得愁無限、春山寒四面、過盡征鴻、暮景煙深淺、憑欄人不見、掩淚思量遍，通首都押的是仄聲韻。所以它如果以平仄來說，跟詩裡面的不押韻的仄的句子有相同之處，可是它不是詩，詩是一仄一平、一仄一平，一定要押到平。

可是《鵲踏枝》不是的，《鵲踏枝》的單句跟詩的單數句相同，但它沒有雙數的詩的押韻，它押的都是仄聲，每一句都落下來，它的聲調總是落下來的。而且「梅落繁枝千萬片」是七個字，「昨夜笙歌容易散」是七個字，「酒醒添得愁無限」也是七個字，可是它中間有一個迴環，有一個迴旋，有一個徘徊，是「梅落繁枝千萬片。猶自多情，學雪隨風轉」，中間加了一個應該是九個字的長長的句子，四、五的停頓。中間有一個迴旋的姿態，這是《鵲踏枝》這個牌調整體上的特色。雖然現在，我們沒有一個詞譜能夠配合來唱這個《鵲踏枝》，但是我們讀的時候，要把它這個特色讀出來。所以我就先多讀幾首《鵲踏枝》，大家就可以體會這個牌調的特色，第一首：

梅落繁枝千萬片，猶自多情，學雪隨風轉。昨夜笙歌容易散，酒醒添得愁無限。 樓上春寒山四面，過盡征鴻，暮景煙深淺。一晌憑欄人不見，鮫綃掩淚思量遍。

我現在還要提醒幾句，讀的時候，有一句我念的是「酒醒（ㄒㄧㄥ）添得（ㄉㄜˋ）愁無限」，按照普通話，是「酒醒（ㄒㄧㄥˇ）添得（ㄉㄜˊ）愁無限」。但是你一定不能把它按照普通話念「酒醒（ㄒㄧㄥˇ）添得（ㄉㄜˊ）愁無限」，那把這個詞原來的音樂的美感完全破壞了。我最近聽人家告訴我說，我們國家漢語的標準考試，最高一個測驗是讀詩詞，可是讀詩詞，要用我們普通話的聲調來讀，我認為這是一個絕大的錯誤！因為詩詞不是普通話，你要是考普通話的標準，你讓他讀小說，讀散文，讀話劇，都可以，不可以讓他用普通話讀詩詞，因為詩詞不是普通話。詩詞的美感，它有它本身的平仄。現代人，你說我不知道入聲了，我就用普通話的音調寫，好嘛，你現在如果是自己的創作，你用普通話寫作，你用普通話誦讀，可以，因為你是按普通話的平仄寫作的。但是你如果讀的是古人的詩詞，你就要按照古人的平仄來讀，不然你就把古人原來的那個韻律聲調的美感完全破壞了。如果像這樣的讀法，不但不能發揚古詩詞，反而破壞古詩詞。所以我認為，我們如果有普通話的測驗，可以讀散文，可以讀小說，可以讀話劇，但是不可以要求參賽的人用普通話讀古人詩詞。當然，我也不是廣東人，也不是福建人，我也不會讀出真正的入聲字。但是古人的詩詞，一個基本的聲律，是要有平仄的。古人的這個字是入聲，它是按照仄聲來使用的，我們至少要把它還原成古人的平仄，雖然我們不能讀出正確的古人的入聲，但是我們要讀出正確的平仄。所以，「酒醒（ㄒㄧㄥ）添得（ㄉㄜˋ）愁無限」。

還有大家聽我剛才念，我前後兩次念的不同，我一次念的是「樓上春山寒四面」，一次是「樓上春寒山四面」，這個「寒」跟「山」那是版本的不同。古代的詩詞傳到現在有不同的版本，「樓上春山寒四面」還是「樓上春寒山四面」。本來有的時候它版本不同，我們可以選擇一個比較好的版本，就是從這個詩詞的感受來說，意境來說，怎麼樣更好。你可以說，「樓上春寒」，高處不勝寒啊，樓上當然是寒冷的，何況你從樓上望出去，四面都是隔絕的高山，就在寒冷之中，更增加一種隔絕的、孤獨的、寂寞的感覺；「樓上春山寒四面」，是樓上看到四圍都是隔絕的高山，那寒氣從四面侵襲進來，也可以。其實呢，我倒是以為「樓上春寒」是一層，「山四面」又是一層，這樣可能更好。我這本來是要一口氣讀幾首，才能夠讀出它的特色，但在有些地方我不得不說明一下，像剛才我說古詩詞一定要按古人的平仄讀；還有就是它有版本的差別，你要怎樣判斷跟選擇。好，我們下面讀下去了，我把原則說了我們就讀下去：

誰道閒情拋擲久？每到春來，惆悵還依舊。日日花前常病酒，不辭鏡裡朱顏瘦。　河畔青蕪堤上柳，為問新愁，何事年年有？獨立小橋風滿袖，平林新月人歸後。

幾日行雲何處去？忘了歸來，不道春將暮。百草千花寒食路，香車繫在誰家樹？　淚眼倚樓頻獨語。雙燕飛來，陌上相逢否？撩亂春愁如柳絮，悠悠夢裡無尋處。

六曲闌干偎碧樹。楊柳風輕，展盡黃金縷。誰把鈿箏移玉柱，穿簾海燕雙飛去。　滿眼遊絲兼落絮，紅杏開時，一霎清明雨。濃睡覺來鶯亂語，驚殘好夢無尋處。

花外寒雞天欲曙。香印成灰，坐起渾無緒。檐際高梧凝宿霧，捲簾雙鵲驚飛去。　屏上羅衣閒繡樓，一晌關情，憶遍江南路。夜夜夢魂休謾語，已知前事無尋處。

好，我們就先念這幾首吧，那麼這幾首只是想說明詞只是可以讀誦，把聲調的美讀出來，它中間有一種抑揚頓挫，像我說的每一句都是仄聲，每一句都落下來，中間有一個四、五的句子，有一個徘徊在句中。有一個徘徊，這是這首詞的特色。那現在這首詞，因為基本上，雖然它不完全合乎詩的格律，但是它的平仄，我說了，相當於詩裡面仄聲那一句的平仄，所以還是可以吟的，現在我把它吟一下。第一首我讀過了，就是「梅落繁枝千萬片」這一首，我再讀一遍，然後再吟。

樓上春

梅落繁枝千萬片，猶自多情，學雪隨風轉。昨夜笙歌容易散，酒醒添得愁無限。

寒山四面，過盡征鴻，暮景煙深淺。一晌憑欄人不見，鮫綃掩淚思量遍。

現在來吟：

樓上春

梅落繁枝千萬片，猶自多情，學雪隨風轉。昨夜笙歌容易散，酒醒添得愁無限。

寒山四面，過盡征鴻，暮景煙深淺。一晌憑欄人不見，鮫綃掩淚思量遍。一晌憑欄人不見，鮫綃掩淚思量遍。鮫綃掩淚思量遍。

我讀了這首詞，可是，這個詞裡面的平仄呢，雖然不跟詩完全一樣，但是它還是比較相近的，所以我們可以吟。但是有些呢，它跟詩不相近了，你就不能夠用吟的調子了。

那我們就讀一首，我所說的像周邦彥的很多長調子，就不能吟，剛才我說「似夢裡，淚暗滴」，仄仄仄仄仄仄，你怎麼能夠吟呢？雖然不能夠吟，但是你可以讀。你可以讀的時候，把它那個平仄的韻律特色讀出來。我們現在來看一首周邦彥的《蘭陵王》，這個只是讀，沒有吟了。

> 柳陰直。煙裡絲絲弄碧。隋堤上、曾見幾番，拂水飄綿送行色。登臨望故國。誰識。京華倦客。長亭路，年去歲來，應折柔條過千尺。
>
> 閒尋舊蹤跡。又酒趁哀弦，燈照離席。梨花榆火催寒食。愁一箭風快，半篙波暖，回頭迢遞便數驛。望人在天北。
>
> 悽惻。恨堆積。漸別浦縈迴，津堠岑寂。斜陽冉冉春無極。念月榭攜手，露橋聞笛。沉思前事，似夢裡，淚暗滴。

這首詞不容易唱，因為它整首都押的是入聲韻，而且，句法有很多不合平詩的平仄，所以不能夠吟，這個是周邦彥的特色。可是柳永呢，有時與周邦彥不同，周邦彥是一個很精於樂律的詞人，柳永也是很精於樂律的詞人。柳永有一首詞，他不是押仄聲，他押的是平聲韻，所以讀起來跟周邦彥這首詞完全不一樣。周邦彥呢，根據過去關於他的記載，說周邦彥喜歡作三犯四犯的曲子。周邦彥還寫過《六醜》，一個牌調的詞，那個《六醜》，就是他自己編出來的曲調。人家就問他，說你這個牌調的名字幹麼叫「六醜」呢？他說《六醜》啊，是因為我這個牌調裡面，是犯了六個調子，所以他有犯調。比如你這個是C調，C調可以轉D調，還可轉G調，他們這些音樂家就是玩弄聲律。這個犯那個，那個犯這個，他說《六醜》啊，是犯了六個調子，而這六個調子，是我所編進來的曲調中最難唱的曲調，所以叫《六醜》。你看我們剛才所念的這首《蘭陵王》，當時宋人就說，這首詞除了老樂師或者真的懂得音樂的人，很少有人會唱。周邦彥有周邦彥的特色。那麼至於柳永呢，柳永當年常常給這個瓦舍之間的歌妓酒女寫曲子，而且凡是樂師，得到一個新的曲調，他們一定要請柳永給這個曲調來填詞，可見柳永也是非常精通音律的。可是柳永音律的美，跟周邦彥不同。周邦彥曲子拗折，這是他故意，有心這樣拗折。而柳永有一首詞，是非常妙的一首詞，詞的牌調叫《雪梅香》。這個也不能吟，我只能讀。它有什麼特色呢，我先說一說。這首牌調裡面，它押的是平聲韻。平聲韻是流利的，就是能夠讀起來比較順暢的，不像那入聲，入聲每個字你都要閉口，就是把嘴巴閉起來，不能夠拖長。而平聲韻都是可以拖長的，所以讀起來流利、順暢。可是柳永呢，這首詞就很妙，他在這個流利、順暢的曲子裡面弄了兩個對偶的句子，就是仄仄平平相對。因為我還沒有讀，我這樣就相當於空口說了，我還是要讀一遍才可以。它在流利之中有頓挫，押的是平聲韻，平平仄仄平平仄，或是平平平仄仄，或者仄仄平平，或者仄仄平平平仄仄。總而言之，不管它三個字一句，還是四個字一句，五個字一句，七個字一句，它基本上是流利的。這是柳永的妙處。雖然不能吟，但是我可以把它的音律的妙處說一說。它中間有兩句是對偶的句子，這兩句對偶的句子裡面它又有一點變化，不是按照詩句的對偶，詩句裡面有拗句，他用了一句是詩句裡面的拗句。所以這個曲調就變成流利之中有頓挫，在順暢流利之中，它忽然讓你拗折一下，在單行的一句一句的韻律中忽然駢偶一下，它就有它的特色。所以，你讀的時候，要把這個特色讀出來，雖然不能唱，但是這個特色在讀的時候你還是可以體會的。我現在讀一下《雪梅香》：

> 景蕭索，危樓獨立面晴空。動悲秋情緒，當時宋玉應同。漁市孤煙裊寒碧，水村殘葉舞愁紅。楚天闊、浪浸斜陽，千里溶溶。　臨風。想佳麗，別後愁顏，鎮斂眉峰。可惜當年，頓乖雨跡雲蹤。雅態妍姿正歡洽，落花流水忽西東。無憀恨、相思意，盡分付征鴻。

「景蕭索」，仄平仄；「危樓獨立面晴空」，平平仄仄仄平平。「動悲秋情緒」，這是詞裡面一個特色，如果是詩，都是二、三的停頓，可是詞裡面，是一、四的停頓，不是「動悲——秋情緒」，而是「動——悲秋情緒」，是一、四的停頓。「當時宋玉應同」，平平仄仄平平，這是順暢的句法。後面他來了一個對偶：「漁市孤煙裊寒碧，水村殘葉舞愁紅」，「漁市」對「水村」，「孤煙」對「殘葉」，「裊寒碧」對「舞愁紅」，碧是顏色，紅也是顏色。這裡在單行的句子之間，有兩句駢偶。駢偶的句子也很妙，按照一般的駢偶，「漁市孤煙渺寒碧」它應該是平仄平平平仄仄，這是一般的詩句，可是「漁市孤煙渺寒碧」是什麼？它是平仄平平仄平仄，這是拗句，這是詩裡面的拗句。可是它是對偶，對句是「水村殘葉舞愁紅」，仄平平仄仄平平，這句是合乎詩律的。它在駢散之間，平仄之間，流利之中有頓挫，通暢之中有迴旋，有轉折，這就是柳永的妙處。我們把它講了，可以再讀一遍：

景蕭索，危樓獨立面晴空。動悲秋情緒，當時宋玉應同。漁市孤煙裊寒碧，水村殘葉舞愁紅。楚天闊、浪浸斜陽，千里溶溶。

「臨風」這個「風」字我還要再提一下。它通首押的是東紅的韻，本來「臨風想佳麗」是五個字，「佳麗」的「麗」字不押韻，到後面是「別後愁顏，鎮斂眉峰」的「峰」字才押韻。可是

「臨風想佳麗」一句在二、三的停頓處，兩個字的停頓「臨風」是個句中的韻字，在句子的中間押個韻。

臨風。想佳麗，別後愁顏，鎮斂眉峰。可惜當年，頓乖雨跡雲蹤。雅態妍姿正歡洽，落花流水忽西東。無憀恨、相思意，盡分付征鴻。

說到句中的押韻，我現在沒有找到別人好的例證，我念一首我自己的詞，句中有押韻的。還有很多朋友問我，說葉先生你的讀詞跟別人讀詞不一樣，你跟誰學的？沒有，我的老師並不這樣讀詞，我家裡人也不這樣讀詞，是我自己，我自己也不是故意，我不是要故意造一個調子，我要這樣讀，不是的，而且詞調，小令，長調，平韻仄韻變化這麼多，我是盡量每一首詞讀的時候把它平仄的美感讀出來。我看到這首詞，覺得就應該這樣讀平仄就是這樣，我就自然覺得它有一種音樂的美感，我自己本能的要把它音樂的美感讀出來。詞這麼多，跟詩還不一樣。詩有一個基本的，什麼律絕，什麼五言、七言，詞不是這麼簡單，詞有好幾百個調子，我每個都跟誰學？沒有，就是說，你只要懂得詩詞的這種音樂性，懂得平仄的格律，你知道它基本的駢散頓挫的變化，你讀的時候，你的本能，人家好好的這麼美麗的聲音，你憑什麼不把它讀出來呢？這是一種本能，自然而然就應該如此。剛才我說有的長調在句子中間要押韻，就是按照句法它是五字句，「臨風想佳麗」，「風」字加了一個韻。

我自己寫過一首《木蘭花慢》，裡面就有很多句中的韻，因為我現在馬上要翻檢一首《木蘭花慢》要翻半天，所以我就拿我這個來讀一讀吧。這是一首慢詞，一首長調的慢詞。《木蘭花慢》我有一個題目，是詠荷花的。我還是要從頭來說一遍。因為我有這個題目，你們知道古人有時候詞前面還有一個小序。如果你這個詞，像早期的《花間集》，是寫給歌女去唱的，一般沒有題目，我就是給流行歌曲填個詞，讓歌女去唱。可是自從宋人，像蘇東坡以後，像姜白石，會去說明我這個詞寫作的背景是什麼，蘇東坡是有個題，姜白石有個小序，我的這首詞前面就有一篇序，有一個題目是《詠荷》，就是詠荷花。我說「《爾雅》曰」，《爾雅》是中國最早的字書，說「荷，芙渠」，也叫芙蕖，「其莖茄，其葉蕸，其本蔤」，這是《爾雅》的原句。「其華菡萏，其實蓮，其根藕，其中的，的中薏」。《爾雅》說，荷花也叫這個名字，也叫那個名字，它的花叫什麼名字，葉子叫什麼名字，它的本——還不是根，本是根旁邊發的小芽——那叫什麼名字。它的花叫什麼名字，它的果實叫什麼名字，它的根叫什麼名字，它果實中那個，中間以蓮蓬包著的蓮子啊，叫什麼名字，蓮子中間還有一個蓮心，那個叫什麼名字。《爾雅》就把這個荷花各部分，所有的名字都寫出來了，《爾雅》從來沒有把一種花這麼多名字寫出來。只有荷花有這麼多名字，每一小部分它都給它寫了，為什麼？因為荷花每一個小部分的東西都有用處，或者可以當食物來吃的，或者可以當飲料來飲，或者當醫藥來用，可以治病，就是因為荷花的用處這麼多，每個地方都有用，所以它每一個有用的地方都有一個名字。不是所有的花都有這麼多名字，這是荷花的特色，所以我就說「蓋荷之為物，其花既可賞」，欣賞的賞，「根實莖葉皆有可用，百花中殊罕其匹」，在百花中沒有能夠跟它相比的。「余生於荷月」，我是在荷花那個月出生的，生於荷月，「雙親每呼之曰『荷』」，所以我的小名叫「荷」，「遂為乳字焉」。「稍長，讀義山詩」，我長大以後，讀李義山的詩，「每誦其」，每每讀到李義山的「荷葉生時春恨生，荷葉枯時秋恨成」。這個荷花代表人生，代表人生那麼多的情意，那麼多的理想，那麼多的失落，這是李商隱說的，「荷葉生時春恨生，荷葉枯時秋恨成」，而且李商隱還有一首詩，說「何當百億蓮花上，一一蓮花現佛身」。這個「佛」字是入聲，所以我念「ㄈㄛˋ」。你看，所有的佛教中，那些個佛像，釋迦、如來都是坐在蓮花座上，而且說釋迦牟尼剛剛降世，走路就步步生蓮花。蓮花是出淤泥而不染的，所以蓮花代表清淨，代表覺悟，代表一種慈悲的、普度的精神，所以李商隱說「何當百億蓮花上」，等到什麼時候才能在幾百億的蓮花上，「一一蓮花」每一個蓮花上都出現了一尊佛，什麼時候我們大地上，能夠得到這樣的清淨境界，能夠得到這樣的拯救盼望？「何當百億蓮花上，一一蓮花現佛身」。我從小時候起，讀李商隱的這樣的詩句，就很受感動，所以

「輒為之低迴不已，曾賦五言絕句詠荷小詩一首」。那時我十幾歲，很小的時候寫的一首詩，是五言絕句，說：「植本出蓬瀛，淤泥不染清。如來原是幻，何以度蒼生？」李商隱說等待佛來救贖，我說這個荷花是從清潔的水裡長出來的，不沾染一點泥土，所以「出淤泥而不染」。我最近還看到報紙上科學的解釋，說為什麼荷花荷葉上從來不沾泥土呢？科學家研究說因為它的花跟葉子上都有一層現在叫作「奈米」的物質，這個奈米是不沾塵土的，甚至於不沾水。所以你看露水、下的雨水到荷葉上，它不散開，它不沾在上面，它在滾動，搖來搖去，這荷葉風一搖，水珠就落下去了，它不沾在上面。現代科學家說是因為奈米，而中國古代就說它不染污穢，出淤泥而不染，花也不染污穢，葉子也不染污穢，連水都不沾的，這是傳說。如此，我說「淤泥不染清」。大家都說荷花是象徵佛的，是能夠救眾生脫離苦海的，但是「如來原是幻」，我們怎麼知道佛能把我們眾生拯救脫離苦海？所以後面「何以度蒼生」，眾生，我們有這麼多悲哀、苦難、不平、災禍的現象，而且人生有那麼多邪惡的行為，什麼時候才能夠沒有那自然的災禍？什麼時候才能夠沒有這人為的邪惡呢？所以「如來原是幻」，是何以，怎麼樣，度蒼生。我讀了李商隱，寫了這麼一首小絕句，我也不知道我十幾歲怎麼寫了這麼一首小絕句，反正就寫了這麼一首絕句。我後面就說了，「其後」那我小時候寫的詩啊，「幾經憂患，輾轉飄零」，我是經過抗戰，經過白色恐怖，經過無家無業的連個床鋪都沒有的孤苦伶仃的生活，這是經過輾轉飄零，所以「遂羈居加拿大之溫哥華城」，最後就飄落在加拿大的溫哥華了，因為我說是飄落，不是我選擇的，我就落在溫哥華了，說「此城」，溫哥華這個城市，「地近太平洋之暖流，氣候宜人，百花繁茂」，人家都說溫哥華這個城市像個大花園，而且有「四時不謝之花，八節長青之草」，我不是在吹牛，四時都有花，而且草地冬天都不枯黃的，所以溫哥華確實是個美麗的城市。可是呢，雖然各種花都好，氣候也好，「而獨鮮植荷者」，可是沒有人種荷花，不但家裡面沒人種荷花，連花園裡面都沒人種荷花。所以我就說了，這是我當年寫的，我這樣說「獨」，單獨，很少有人種植荷花，我說「蓋」，大概是，「彼邦人士」，加拿大這些個人，「既未解其花之可賞，亦未識其根之可食也」，就是加拿大人不知道這個荷花從根枝莖葉有這麼多用處，他們不知道。「年來」，我寫的時候是一九八〇年代，說「屢以暑假歸國講學」，我從一九七九年以後，八〇年代就常常歸國講學來了，「每睹新荷」，每次看見荷花，不管是南開這裡的荷花，還是北京北海的荷花，「每睹新荷，輒思往事」。我就想起我小時候叫「荷」，我還寫過荷花的詩，「而雙親棄養已久」，可是我的父母早已都過世了，「嘆年華之不返，感身世之多艱」，當然，我這消逝的年華是永遠不會回來的，而我一生經過了很多憂患苦難，「悵觸於心」，心裡面有所感動，「因賦此解」，所以我就寫了這首詞。我特別在下面標明了「篇內」，在這首詞以內，這首詞我押的是詩韻裡面庚青的韻，「ㄥ」的這個韻，除了押韻的韻字以外，句中的「月明」的「明」字，「星星」的「星」

字，都是句中的短韻，這是我要說明的，那現在我就把它讀一遍：

> 花前思乳字，更誰與，話生平。悵卅載天涯，夢中常憶，青蓋亭亭。飄零自懷羈恨，總芳根、不向異鄉生。卻喜歸來重見，嫣然舊識娉婷。　月明一片露華凝。珠淚暗中傾。算淨植無塵，化身有願，枉負深情。星星鬢絲欲老，向西風、愁聽佩環聲。獨倚池闌小立，幾多心影難憑。

這是我的一首詞，因為想中國的這些個什麼「月明」啊，什麼「星星」啊。這都是句中的押韻，我只說明詞裡面有這樣的格律。你要是讀誦的時候，把它忽略了，那就失去了這個詞的一部分美感，所以詞雖然不能吟，但是你在讀的時候，是可以把它聲音的美感結合著你的情感，意境的美讀出來的。

我們讀一首大家常常選的，辛棄疾的《水龍吟・登建康賞心亭》吧。「楚天千里清秋」，先讀一遍，再試著用吟的調子吟一吟。

> 楚天千里清秋，水隨天去秋無際。遙岑遠目，獻愁供恨，玉簪螺髻。落日樓頭，斷鴻聲裡，江南遊子。把吳鉤看了，欄杆拍遍，無人會，登臨意。　休說鱸魚堪鱠，盡西風、季鷹歸未。

求田問舍，怕應羞見，劉郎才氣。可惜流年，憂愁風雨，樹猶如此。倩何人喚取，紅巾翠袖，搵英雄淚！

我現在試著把它吟誦一遍吧。

楚天千里清秋，水隨天去秋無際。遙岑遠目，獻愁供恨，玉簪螺髻。落日樓頭，斷鴻聲裡，江南遊子。把吳鉤看了，欄杆拍遍，無人會，登臨意。　休說鱸魚堪膾，盡西風、季鷹歸未。求田問舍，怕應羞見，劉郎才氣。可惜流年，憂愁風雨，樹猶如此。倩何人喚取，紅巾翠袖，搵英雄淚！

好，我們把詞告一段落吧。

◆◆◆

那我們現在讀幾支曲子，剛才我們已經講過，詩與詞的差別，詞是長短句，詩是齊言的，所以呢，詩是在吟誦的時候比較方便，而中國之所以形成五言、七言這樣平仄間錯的形式，其實從根本上說與吟誦有非常大的關係。我昨天曾經提到，就是以前清代的一個聲韻學家，叫作江永，他曾經提出來一個問題，而且江永有一本書，叫作《古韻標準》，在《例言》裡他說，「如後人詩餘」，「詩餘」指的就是詞。還有「歌曲」，指的就是後來的這些個曲。他說後人的這些詩餘歌曲，正是以雜用四聲為節奏。就像今天早晨我們說的馬致遠的《天淨沙》，「枯藤老樹昏鴉」的那一首，它是平上去，就是我們說的那個一聲二聲三聲四聲，都通押的，沒有入聲，因為馬致遠是元曲，元曲裡面的北曲，沒有入聲。所以江永在他的《古韻標準·例言》裡面就說，這個曲子裡面常常是以雜用四聲為節奏，說「詩韻何獨不然」。為什麼說詩？我今天上午說的，平聲就是平聲的韻，仄聲就是仄聲的韻，像《長恨歌》、《琵琶行》，可以換韻，但是絕對不能通押。這是江永提出來的。那後來郭紹虞先生寫了一篇文章叫《永明聲病說》，他在這篇文章裡面提到，說四聲應用於文詞韻腳方面，是有一個特殊的需要，這個特殊的需要基本上就是吟誦的關係，詩之不要四聲通押，就正因為詩是吟誦的，這也是剛才我提到的，但是我沒有引這些書的名字，所以我要再說一遍。為什麼是吟誦的需要呢？他說，因為吟誦與歌唱的節奏是顯然不同的。自從詩不歌，就是說不再配合音樂來歌唱以後，就逐漸離開了歌的音節，而趨向誦的音節了。我是把他的話用普通話講了，當然，你們可以查，郭紹虞先生的《永明聲病說》，他說歌的韻，就是唱的調子，可以歌唱的，那麼它的韻，可以「隨曲諧適」，所以它沒有一個固定的格式，容易轉變。可是吟誦，詩的吟誦，這個韻腳要分析得比較嚴格，所以「一定難移」，就是說是平聲韻一定是平聲韻，仄聲韻就是仄聲韻，你可以換韻，但是不能夠四聲通押。這是我補充的我們上午所講的，我舉出了江永跟郭紹虞的話，來做一個說明。

至於曲子，比詞更明顯的是四聲通押，其實除了少數的幾首詞是可以四聲通押，詞裡面基本上四聲通押的也很少，曲子才能四聲通押。其實還有一個問題應該注意，就是詞裡面這個平上去入的四聲，還是分析得很嚴格的。就是你這首詞，是押平聲韻的，就是平聲韻，但是上去聲，在詞裡面可以通押，上聲跟去聲的韻可以通押，入聲單獨是入聲的韻，不能通押。詩裡面有入聲的韻，詞裡面也有入聲的韻，而入聲韻跟其他的聲調不能通押。可是曲子裡面，特別是北曲，元曲的北曲裡面，因為它是流行在中國的北方，那個時候元代的北方大都，就是現在北京附近的地方，就已經沒有入聲了，所以元曲裡面就沒有入聲的字，曲裡面入聲的字就分配到其他各聲裡面去了。就像我們現在，我們說過這個臘月了，這個「月」字就是入聲的字，可是我們把它念「ㄩㄝˋ」，這個變成第四聲，這不是一個入聲字。我們說過春節了，節（ㄐㄧㄝˊ），就是我們北方沒有入聲字，入聲就分別到其他各聲去了。所以我們北方人念元曲、念北曲，反而很方便，因為它就是我們北方話，它就是沒有入聲字的。可是曲子裡面也有另外一個特殊的情況，就是說，它沒有入聲字，好像跟我們的普通話裡的四聲一樣了，可是曲子裡面有些個韻字，它是念俗音的，它不是念這個正確的讀音。我這樣說是很空洞的，那我要念一套北曲，來說明它這個聲調是怎麼樣分配的，它的讀音是怎麼樣去誦讀的。我們現在念一套，白樸的《梧桐雨》，就是《唐明皇秋夜梧桐雨第四折》，是寫唐明皇，他本來逃難到四川，後來他回來了，《長恨歌》上說，「春風桃李花開日，秋雨梧桐葉落時」，所以「秋雨梧桐葉落時」寫唐明皇回到長安以後，在秋雨梧桐葉落時，懷念楊貴妃的時候所唱的。本來戲曲呢，它除了曲文，押韻的曲文以外，它還有說白，還有動作，我們今天只是讀誦，所以凡是這個元曲裡面的說白和動作我們都不管它，我們只讀它的曲文。這個曲文，它都有一套一套的曲子，就是哪一個曲子可以開頭，哪一個曲子是在中間，哪一個曲子是可以結尾，哪個曲子可以跟哪一個曲子銜接，哪一個曲子跟哪一個曲子不可以銜接，它都有一定的規定，所以它成為一套從頭到尾，哪一個是開端，哪一個是中間，哪一個是結尾，哪一個接哪一個，它有一定的、固定的一個套式，一個格式。白樸的《唐明皇秋夜梧桐雨》，這個曲子我們今天念的是第四折，第四折他用的這個曲調是「正宮・端正好」。曲子裡分很多宮調，詞裡面也有很多宮調，一般寫詞牌的時候，有時候，並不注明這個宮調，可是曲子一定是注明這個宮調的。那麼第一支曲子，正宮裡面的這一套曲子，第一支曲子是端正好，所以我們就開始念這個「正宮・端正好」。

【正宮・端正好】自從幸西川還京兆。甚的是月夜花朝。這半年來（我）白髮添多少。怎打疊愁容貌。

【ㄠ篇】，就是說，還是【正宮・端正好】。

【ㄠ篇】瘦岩岩不避群臣笑。玉叉兒將畫軸高挑。荔枝花果香檀桌。

這就是一個特別的讀音了，他是說唐明皇擺上一些個貢品，擺上了荔枝、鮮花、水果，放在一個檀香木的桌子上。這個「桌」，桌子的桌，本來是個入聲字。北曲裡面沒有入聲字，它也不是念我們現在的普通話「ㄓㄨㄛ」，不念桌，它押的是「ㄓㄠˋ」，它取自一個特別的讀音，「瘦岩岩不避群臣笑。玉叉兒將畫軸高挑。荔枝花果香檀桌。目覷了傷懷抱。」

下一支曲子【滾繡球】：

險些把我氣衝倒。身謾靠。把太真妃放聲高叫。叫不應雨淚號咷。這待詔。手段高。畫的來沒半星兒差錯（ㄘㄠˋ）。

是錯誤的「錯」，也是入聲，也不念我們普通話的「ㄘㄨㄛˋ」，跟那個「ㄓㄠˋ」，念「ㄘㄠˋ」。

畫的來沒半星兒差錯（ㄘㄠˋ）。雖然是快染能描。畫不出沉香亭畔回鸞舞，花萼樓前上馬嬌。一段兒妖嬈。

下一支曲子【倘秀才】：

妃子呵，常記得千秋節華清宮宴樂。

這是快樂的「樂」，入聲字，也不念「ㄌㄜˋ」，念「ㄌㄠˋ」。說：

常記得千秋節華清宮宴樂。七夕會長生殿乞巧。誓願學連理枝比翼鳥。誰想你乘彩鳳返丹霄。命夭。

【呆骨朵】寡人有心待蓋一座楊妃廟。爭奈無權柄謝位辭朝。

他變成太上皇了。

爭奈無權柄謝位辭朝。則俺這孤辰限難熬。更打著離恨天最高。在生時同衾枕，不能勾死後也同棺槨。

這是棺槨的「槨（ㄍㄨㄛˇ）」字，也是入聲字，念棺槨（ㄍㄠˋ）。

死後也同棺槨。誰承望馬嵬坡塵土中，可惜把一朵海棠花零落了。

下面是【白鶴子】：

揶身離殿宇，信步下亭皋。見楊柳裊翠藍絲，芙蓉拆胭脂萼。

這是花萼的「萼（ㄜˋ）」字，也是入聲字，念「ㄠˋ」。

再下面【雙鴛鴦】：

斜嚲翠鸞翹。渾一似出浴的舊風標。映著雲屏一半兒嬌。好夢將成還驚覺。半襟情淚濕鮫綃。

【蠻姑兒】懊惱。窨約。驚我來的又不是樓頭過雁，砌下寒蛩，檐前玉馬，架上金雞，是兀那窗兒外梧桐上雨瀟瀟。一聲聲灑殘葉，一點點滴寒梢。會把愁人定虐（ㄋㄧㄠˋ）。

我現在都不再說明了，就是這是入聲字，虐（ㄋㄧㄠˋ）本來是虐待的「虐」，但是它不念「ㄋㄩㄝˋ」，而念「ㄋㄧㄠˋ」。我以後就不再說明，我就一直念下去了。反正入聲字它都有一個跟我們現在不同的讀音。

下面是【滾繡球】：

這雨呵，又不是救旱苗。潤枯草。灑開花萼（ㄠˋ）。誰望道秋雨如膏。向青翠條。碧玉梢。碎聲兒𠛅剝。增百十倍，歇和芭蕉。子管裡珠連玉散飄千顆，平白地瀽瓫番盆下一宵。惹的人心焦。

下面是【叨叨令】：

一會價緊呵，似玉盤中萬顆珍珠落。一會價響呵，似玳筵前幾簇笙歌鬧。一會價清呵，似翠岩頭一派寒泉瀑。一會價猛呵，似繡旗下數面征鼙操。兀的不惱殺人也麼哥！兀的不惱殺人也麼哥！則被他諸般兒雨聲相聒噪。

「兀的不惱殺人也麼哥」，這是【叨叨令】這個曲子一個特殊的形式，不管你寫什麼，都要「也麼哥」。

下面是【倘秀才】：

這雨一陣陣打梧桐葉凋。一點點滴人心碎了。枉著金井銀床緊圍繞。只好把潑枝葉做柴燒。鋸倒。

下面是【滾繡球】：

長生殿那一宵。轉迴廊，說誓約。不合對梧桐並肩斜靠。盡言詞絮絮叨叨。沉香亭那一朝。按霓裳，舞六幺。紅牙箸擊成腔調。亂宮商鬧鬧炒炒。是兀那當時歡會栽排下，今日淒涼廝輳著，暗地量度（ㄉㄠˋ）。

後面是【三煞】：

潤濛濛楊柳雨，淒淒院宇侵簾幕。細絲絲梅子雨，裝點江干滿樓閣（ㄍㄠˋ）。杏花雨紅濕闌干，梨花雨玉容寂寞。荷花雨翠蓋翩（ㄆㄧㄢ）翻（ㄈㄢ），豆花雨綠葉蕭條。都不似你驚魂破夢，助恨添愁，徹夜連宵。莫不是水仙弄嬌。蘸楊柳灑風飄。

下面是【二煞】，對，還差兩支曲子。這兩支曲子，在這個曲子裡面是很有特色的，因為它一直是把這個文字的聲音配合著下雨的聲音來寫的，是一直都押韻的，我把最後一段的曲子念了，最後的就是結尾了。現在我們念【二煞】：

咻（ㄒㄧㄡ）咻（ㄒㄧㄡ）似噴泉瑞獸臨雙沼。刷刷似食葉春蠶散滿箔（ㄅㄠˊ）。亂灑瓊階，水傳宮漏，飛上雕檐，酒滴新槽。直下的更殘漏斷，枕冷衾寒，燭滅香消。可知道夏天不覺。把高鳳麥來漂。

最後一節是【黃鐘煞】，這是結尾了：

順西風低把紗窗哨。送寒氣頻將繡戶敲。莫不是天故將人愁悶攪。度鈴聲響棧道。似花奴羯鼓調。如伯牙水仙操。洗黃花，潤籬落。漬蒼苔，倒牆角。渲湖山，漱石竅。浸枯荷，溢池沼。沾殘蝶粉漸消。灑流螢焰不著。綠窗前促織叫。聲相近雁影高。催鄰砧處處搗。助新涼分外早。斟量來這一宵。雨和人緊廝熬。伴銅壺點點敲。雨更多淚不少。雨濕寒梢。淚染龍袍。不肯相饒。共隔著一樹梧桐直滴到曉。

這應該是很好聽的曲子，不過我把它的氣勢念斷了。曲子應該有一個氣勢，它是一口氣下來的，我看不清楚它的字，就把這個氣勢念斷了。

念一段歐陽修的《秋聲賦》吧，剛才那個曲子我只是讀誦，因為曲子，凡是配合音樂的，都不能吟。這個歐陽修的《秋聲賦》，這當然也不是吟了，但是這個可以不是讀，可以有一點聲調。我就不讀了，這也不能說是吟，就直接美讀吧。

歐陽子方夜讀書，聞有聲自西南來者，悚然而聽之，曰：異哉！初淅瀝以蕭颯，忽奔騰而砰湃，如波濤夜驚，風雨驟至。其觸於物也，鏦鏦錚錚，金鐵皆鳴。又如赴敵之兵，銜枚疾走，不聞號令，但聞人馬之行聲。余謂童子：「此何聲也？汝出視之。」童子曰：「星月皎潔，明河在天，四無人聲，聲在樹間。」

余曰：「噫嘻悲哉！此秋聲也，胡為乎來哉？蓋夫秋之為狀也，其色慘淡，煙霏雲斂；其容清明，天高日晶；其氣慄冽，砭人肌骨；其意蕭條，山川寂寥。故其為聲也，淒淒切切，呼號憤發。豐草綠縟而爭茂，佳木蔥蘢而可悅；草拂之而色變，木遭之而葉脫。其所以摧敗零落者，乃其一氣之餘烈。夫秋，刑官也，於時為陰；又兵象也，於行為金。是謂天地之義氣，常以肅殺而為心。天之於物，春生秋實。故其在樂也，商聲主西方之音，夷則為七月之律。商，傷也，物既老而悲傷；夷，戮也，物過盛而當殺。

「嗟乎！草木無情，有時飄零。人為動物，惟物之靈，百憂感其心，萬事勞其形；有動乎中，必搖其精。而況思其力之所不及，憂其智之所不能；宜其渥然丹者為槁木，黟然黑者為星星。奈何以非金石之質，欲與草木而爭榮？念誰為之戕賊，亦何恨乎秋聲！」

還有就是文體之中有一種帶這麼一點駢律的聲調。可以看一篇范仲淹的《岳陽樓記》（全文見本書第四二八頁）。

◆◆◆

文跟曲都念完了，你們可以問問題吧。

徐老師：葉先生，我想問理論上的一系列問題，相關的，也是順著我們這個下來，那您覺得沒有一些駢儷的感覺的，比如說《四書》、《五經》，比如先秦的一些散文，這些是可以吟誦的嗎？

葉先生：也可以啊。

徐老師：比如《論語》。

葉先生：也可以啊。《論語》不大容易吟誦，因為《論語》是一種問答的形式，所以它不是一篇很長的文章。那古人當然也有誦讀，因為「學而時習之，不亦說乎；有朋自遠方來，不亦樂乎；人不知而不慍，不亦君子乎？」也可以這麼念就是了。

徐老師：那您上午說，詞有平仄，裡面的這種跟詩律相關的詞是可以吟的，可詩律平仄不是很規律的這種，就不太好吟，或不能吟，那這個古體詩也是平仄不太有規律的啊？

葉先生：那完全不一樣，你這樣說完全不一樣。

徐老師：這裡有什麼區別呢？

葉先生：古體詩就如李太白的那些長短雜言的歌行，它雖然不是整齊的五言或七言，但它都是詩的節奏，跟詞完全不一樣。

徐老師：就是說，再往前，比如說樂府，甚至於楚辭，它們都是可以吟誦的，但為什麼那些詞沒有平仄規律的，就不能吟誦？

葉先生：因為有的它雖然沒有平仄，但是它的節奏合乎我們說話的口吻，而詞，它有時候跟我們說話的口吻不相合。你說李太白這個，我就以他那個《將進酒》為例，「君不見，黃河之水天上來，奔流到海不復回」，這個就得這麼念，我那天給你們那個是吟，「君不見，黃河之水天上來，奔流到海不復回」，你也可以就是讀誦「君不見，黃河之水天上來，奔流到海不復回；君不見，高堂明鏡悲白髮，朝如青絲暮成雪。人生得意須盡歡，莫使金樽空對月」，它是有一個節奏的。像我們說的周邦彥的詞「柳陰直，煙裡絲絲弄碧」，它就沒有那個節奏。

徐老師：那這個就是我們原來想問的問題了，您剛才讀誦的，或者說美讀的這些，就是說朗誦，或者說念，還是不一樣的，我們聽到的是有節奏，有一些旋律的，那到底吟和誦，和美讀，和念之間，這些到底是什麼關係，它們的分界線在哪兒？

葉先生：吟是那個調子拖得更長；美讀呢，只是把它的聲調按照它的這個聲音的特色，把這個特色讀出來，美讀就是一種誦，讀誦的誦；誦就是一種美讀。

徐老師：那麼吟和誦之間的區別到底是什麼？

葉先生：現在所謂美讀就是古人的誦，《周禮》教國子的，就是興、道、諷、誦、言、語，就說誦，諷是背讀，誦是有節奏的讀，或者是拖長了聲音去讀，我們不都說念書，是一個字一個字念的。

徐老師：那我們聽到的您拖長聲音的這種那個誦或美讀，您還是有一些音高的變化，這個有音階的，有旋律的，這點是不是誦和美讀，和念之間的區別呢？

葉先生：對。念，比較平，像一般人念詞，他們就是念，我念就是把聲調念出來。我們現在可以請同學讀一首詞，然後我再讀一首詞，你看看有什麼不一樣吧。

（學生念周邦彥的《蘭陵王》。）

葉先生：你就是讀的時候把它押韻的入聲都沒有讀出來，所以你就是念，就是用普通話來念的。那如果要把它的聲調讀出來呢？

（葉先生讀《蘭陵王》。）

柳陰直。煙裡絲絲弄碧。隋堤上、曾見幾番，拂水飄綿送行色。登臨望故國。誰識。京華倦客。長亭路，年去歲來，應折柔條過千尺。

閒尋舊蹤跡。又酒趁哀弦，燈照離席。梨花榆火催寒食。愁一箭風快，半篙波暖，回頭迢遞便數驛。望人在天北。　悽惻。恨堆積。漸別浦縈迴，津堠岑寂。斜陽冉冉春無極。念月榭攜手，露橋聞笛。沉思前事，似夢裡，淚暗滴。

徐老師：您剛才的這個是屬於誦？

葉先生：這個就是誦讀，就是誦，也就是讀，讀誦，就應該這樣讀，就是把它的四聲，這個聲調讀對。

徐老師：那是不是，我理解就是，您的這個聲音體系當中，這是誦，然後和吟之間，還有一個美讀，是這樣分三個層次嗎？

葉先生：因為我剛才念的是歐陽修的《秋聲賦》。《秋聲賦》它是不能吟的嘛，所以我就說我盡量把這個調子拖長，「歐陽子方夜讀書，聞有聲自西南來者」，我剛才念這個周邦彥的「柳陰直，煙裡絲絲弄碧」這個就是還沒有一個調子，歐陽修這一篇《秋聲賦》，雖然我沒有吟，但是我是有時候拖長「歐陽子方夜讀書，聞有聲自西南來者」，「予觀夫巴陵勝狀，在洞庭一湖」，就是你有一個拖長的音調跟這個誦讀不大一樣。

徐老師：那這個調子，這個方法能用在您這個詞上，比如說周邦彥的這個詞上，可以嗎？

葉先生：這個，我沒有這麼試驗過，這個不能，為什麼呢？因為不管是歐陽修的《秋聲賦》，還是范仲淹的《岳陽樓記》，它都有一個文氣，韓退之說的，夫文以氣為主，「水大而物之浮者大小畢浮」，「文氣」它有一個高低起伏的文氣，而這個文氣，也是單純的，是我們人類的喉舌聲吻，跟字的平上去入的結合，是自然的，是人體之自然的。周邦彥的《蘭陵王》，不是人體的自然，區別就在這裡。他那個《蘭陵王》是為特別的音樂製作的曲子，它不是人體的自然，不一樣。

徐老師：你看我理解得對不對，就是說在您這呢，聲音處理詩詞文賦的方式有三種，分別是吟、美讀和誦，這三種是不一樣的。

葉先生：也可以這麼說，如果你要這麼分的話。但這只是用名字的不同。

徐老師：下一個問題就是葉先生能不能講一講，您從小開始，到後來整個的學習吟誦的過程，和您接觸到的一些人？

葉先生：我沒有特別學習過，沒有一個人教過我吟誦。

徐老師：他們都說您的吟誦是來自顧隨先生。

葉先生：沒有。顧隨先生從來沒有在課堂上吟誦過，顧隨先生不吟誦。

徐老師：是嗎？

葉先生：對。從來沒有。我的老師戴君仁先生吟誦，但是我不是他教的。我大學，戴君仁在我大一教我國文的時候，他也沒有吟誦過，是我到了加拿大以後，我叫我的學生去找戴先生錄他的吟誦，我才拿到的。我沒有跟顧先生學過吟誦，我聽顧先生講的很多，顧先生都是講課，我所記的那個筆記上，就是他當年怎麼講，我就怎麼記的，但是裡面沒有吟誦。顧先生從來沒有在課堂上吟誦過，也許有的同學聽過，但是我沒有。那是他們的傳聞之誤。我的吟誦，是小時候，我的父親和伯父，他們沒事就吟誦，但是我跟我伯父或父親的吟誦也根本不一樣。反正你聽慣了人家，你就覺得詩是可以這麼念的，就可以這麼念。那你就念出一個你的調子來。我跟我父親的吟誦不一樣，我父親跟我伯父的吟誦也不一樣。范曾先生也吟誦，范曾先生的父親也吟誦，但是范曾把他的吟誦錄給我，把他父親的吟誦也錄給我，他跟他父親完全不一樣。但是你在一個家庭裡面，如果家人都吟誦，你自然就培養出一個你自己的聲音來，不是死板的去學習。

現在呢，當然這些個年輕人，他肯定什麼調子都沒有，他也沒有習慣聽人家吟誦。你每次給他一個調子，他就先照著個調子吟吧，有的人，你教他吟了這首，他就只會吟這首，換一首，他就吟不出來了，因為他只是按照你這一個死板地去學習，范曾先生跟他的父親范子愚兩位吟的完全不一樣。我有他們兩人的錄音，我們家裡。我伯父跟我父親，當然都不在了，現在沒有辦法把他們都錄下來了，但是，絕對不一樣。可是有一個原則，你聽來聽去，你自然就覺得有一個原則，不是說，不一樣就是隨便，你隨便怎麼吟，他隨便怎麼吟，現在的人配了很多音樂，譜了很多曲子，那就是吟唱？不是的。它有一個原則，它有一個平仄的、停頓的、節奏的、押韻的原則。你不是隨便亂吟，也不是隨便亂拔高，也不是隨便亂拖長的。還有，你有一次說仄聲都不能拖長，不是必然的，仄聲有的時候可以拖長。但是仄聲拖長的時候跟平聲的拖長不一樣，平聲，你就一直拖長，仄聲中間有一個轉折。當然，這個還是得有詩為證才可以。

徐老師：對，我聽到的也基本都是這樣的，沒有說完全按照老師的，或者學過的，其實每個人都有自己的一套方法，一些體會。

葉先生：但是這並不是要選我自己製作個調子。不是的，它中間還是有一個原則的。

徐老師：也不是憑空創造的。

葉先生：我現在也可以給你吟出不少的調子來。比如我們說說杜甫的《秋興八首》，戴先生是「玉露凋傷楓樹林，巫山巫峽氣蕭森」，他可以這麼讀，我不是，我是「玉露凋傷楓樹林，巫山巫峽氣蕭森」，這兩個不一樣，但是它中間有一個原則是一樣的，它中間都是兩個字、兩個字的停頓。「玉露凋傷」，他是把四個字連起來了，不是「玉露凋傷——楓樹林」，「玉露——凋傷——楓樹林」，這不一樣，但是原則是一樣的，它原則是都是四、三的停頓，那是一樣的。

徐老師：那葉先生您還能記得您父親、伯父吟過的調子嗎？

葉先生：我沒有學過他們的調子，所以我不會學。我真的沒有跟任何一個人學過吟誦。

徐老師：今天澄清了這個問題，非常好。

葉先生：對，所以大家說我跟顧先生學。我聽了他很多課，在我聽的所有課裡面，他沒有吟誦過一次，一次都沒有。

徐老師：那他會（吟誦）嗎？

葉先生：我不知道，我沒聽過，我不知道他會不會，我沒有聽過，我只能說我沒有聽過。這是事實，但是會不會，我不知道。我聽他的課很多，聽了好幾年，而且聽了很多課，但是從來沒有一次在課堂上吟的。像戴先生我是聽過的，因為他有錄音，所以我知道他的調子。小時候聽我父親跟我伯父，但是我沒有錄下來，所以，我其實很難說他們怎麼樣吟的，而且我讀詞的調子也不是我老師顧先生讀詞的調子，他也不是這麼讀的。

學生：他讀詞也有一定的調子。

葉先生：他讀的時候，絕對不是像我這麼讀。我真的很難學，我的老師，他真的不是這樣讀的，你問顧之京，看她記不記得他父親怎麼樣讀，你問顧之京，她見過她父親吟嗎？她父親怎麼樣讀的，你去問顧之京。

學生：那您說讀詞的調子是不是，您說那個……

葉先生：我讀詞的調子，你隨便拿任何一首詞，我來讀，這個都是我的讀法，沒有一個人是這樣讀的。任何一首，我絕對沒有和任何人學吟誦。至於讀呢，就是我以為，我對這首詞的體會，我覺得這首詞的平仄是這樣子的，所以我就這樣讀了。但是我沒有跟哪一個人去學，比如秦少游的《踏莎行》：「霧失樓台，月迷津渡，桃源望斷無尋處。可堪孤館閉春寒，杜鵑聲裡斜陽暮。」我覺得，它的平仄、聲調，就是如此的，我要把它的平仄，聲調讀出來，就該這樣讀，沒有跟任何人學習，這是絕對的，我絕對沒有跟任何人學習，而我的老師，顧隨先生，在我所聽的他那麼多課裡面，他沒有在課堂上讀誦、吟唱過一次。

徐老師：葉先生，您是從什麼時候開始用這種調子來讀的呢，形成的時間，是什麼時候？

葉先生：我小時候在家裡，我就自己看，沒有很大聲地讀。我是在教書，我教書的時候，我給學生講課，拿一首詞先讀一遍。

徐老師：這就是在臺灣的時候，還是……

葉先生：對，我在臺灣的時候就這麼讀，你去問我臺灣的學生。「風老鶯雛，雨肥梅子，午陰嘉樹清圓。地卑山近，衣潤費爐煙。人靜烏鳶自樂，小橋外、新綠濺濺。」就是我覺得它自然就該這麼讀，它的押韻、平仄就是這樣的。我沒有特別的聲調，我只是把它的平仄、聲調都盡量讀得正確，就是了。

學生：先生，我插一句，您在北平教書的時候怎麼讀的？

葉先生：我在北平教書，我那個時候教中學的詩詞，不是很多（課），如果有詩詞我應該也是這麼讀的。

學生：您在中學教詩詞也是這麼讀的。

葉先生：對。

徐老師：葉先生，這麼多年來，您接觸過很多吟誦界的先生，您覺得現在的吟誦界是一個什麼樣子，比如說是不是有一些流派？

葉先生：我沒有研究過流派，我不屬於任何派，我也沒有把他人歸納成任何一派。在我所聽過的讀得最好的，戴君仁先生讀得好，文懷沙先生讀得好，范曾先生也讀得不錯。別人可能有讀得更好的，但是我沒有聽過，我不敢隨便說，我說話一定要負責任，是我真的這樣覺得，我才說。而我聽過的，我覺得文懷沙先生、戴君仁、范曾，三人讀得都不錯。

徐老師：葉先生，您覺得現在的年輕人要學吟誦的話，應該怎麼辦？有沒有什麼方法和順序？

葉先生：現在的人要讀好，要先自己看很多詩詞。根本沒有看進去，拿一首就生搬硬套，拿個套子在那裡讀，也不是辦法。他要自己先鑽到詩詞裡面去，能夠對詩詞有較多的體會，然後再學讀誦。當然說小孩子，你要說幼兒園，幼兒園很簡單，你教他一個簡單的調子。我教過幼兒園的小孩子，我就教他一個簡單的調子，就是「床前明月光，疑是地上霜。舉頭望明月，低頭思故鄉」。他就這麼念，就是這樣。「白日依山盡，黃河入海流。欲窮千里目，更上一層樓」。這個我有兩個調子，有一個「白日依山盡，黃河入海流」，這個比較難，「白日依山盡，黃河入海流。欲窮千里目，更上一層樓」。我那小姪孫女，她從小，你就讓她把平仄讀對了，她就說「夕陽無限好，只是近黃昏」，然後她可以把它背串了，「夕陽無限好，只是鬢毛衰」，因為「鬢毛衰」與「近黃昏」三個字的平仄完全一樣，就因為她讀得多了，她自然出口就是合乎那個平仄的。我弟弟教她念「向晚意不適，驅車登古原」，你從小就讓她這麼念，「向晚意不適」這個合適的「適」，是一個入聲字，驅車，這個「車」就念「ㄐㄩ」，驅車登古原。「夕（ㄒㄧˋ）陽（ㄧㄤˊ）無限好，只是近黃昏」。你讓她先把平仄讀對了，然後你可以教她「向晚意不適，驅車登古原。夕陽無限好，只是近黃昏」，你可以製造一個簡單的調子教小孩子。其實，我的一個學生的姪子的小孩在臺灣，他在小學，在臺灣的鹿港，他們的老師教他們吟誦過。我應該有一個小孩子唱詩的音帶，「月落烏啼霜滿天，江楓漁火對愁眠」，他會這麼唱。我知道我的答覆，一定不是你想要的，因為你們現在所要尋求的是，如何找到一個調子教小孩子去學。

徐老師：不是一個調子，而是一個方法。其實您說得很好，就是這個路已經很清楚了。就是首先怎樣，然後再學調子，小孩應該怎樣，年輕人應該怎樣。

葉先生：其實一個小孩，就像我說的，教他一個簡單的調就好了，比如說這個「春眠不覺曉，處處聞啼鳥。夜來風雨聲，花落知多少」，你就教他這麼念，你就教他按照這個調子念，「床前明月光，疑是地上霜。舉頭望明月，低頭思故鄉」，就這一個調子，很簡單，你就教他，都這麼唱，凡是五言絕句都這麼唱。「君家何處住，妾住在橫塘。停船暫借問，或恐是同鄉」、「打起黃鶯兒，莫教枝上啼。啼時驚妾夢，不得到遼西」，都是這一個調子，你讓他一個一個五言絕句就這麼念。這是最簡單的。

徐老師：然後還想問問您，您覺得，我們現在希望在全中國的範圍內，恢復吟誦的傳統，從小孩開始一直到大學，在講詩詞文賦的時候能夠有吟誦，您覺得這方面我們需要做什麼工作？

葉先生：要從幼兒園，我老早就有這個提倡，就是在幼兒園的大班，不要等到小學，小學就已經太晚了。從幼兒園的中班、大班的時候，你就教他，就像我剛才說的，讓他背誦這些五言絕句。

徐老師：從小養成。

葉先生：對，讓他從小就這樣背。

徐老師：那麼現在很多已經進到中學、進到大學，但是還沒有學過吟誦的這些學生怎麼辦？

葉先生：那比小孩子要難，因為他有很多成見，他聽了很多流行歌曲，他就總覺得你這吟誦太奇怪了。幼兒園還是一張白紙。你教他他就容易學會。到小學、中學以後就比較晚了一點了。但是當然也可以試一試去教。大班你可以讓他念七言絕句嘛。「月落烏啼霜滿天，江楓漁火對愁眠。姑蘇城外寒山寺，夜半鐘聲到客船」，讓他沒事就去念吧。或者你就讓他念古文。「歐陽子方夜讀書，聞有聲自西南來者」，你就讓他拿著調子去念。不過到中學真的是比較困難，因為他成見很深。他就會說，這麼難聽，這比那流行歌曲難聽多了，不要學了。幼兒園的小孩呢，他還沒有成見，你讓他怎麼念，他就怎麼念。「打起黃鶯兒，莫教枝上啼。啼時驚妾夢，不得到遼西」，他就跟你這麼唱。中學生你讓他跟著學，他說難聽死了，什麼東西你們唱的這個。所以我早就說要從小，從小孩子，幼兒園的中班、大班開始讀誦。他小時候已經讀了，他到了初中，就不會覺得奇怪了。你讓他念長篇的「歐陽子方夜讀書」，他就覺得就是這樣，他就不會奇怪了，他從來沒聽過，你從中學、大學讓他念，他就覺得太奇怪了，難聽死了。范曾先生，一九七九年，那個時候因為我在南開教書，他是南開的校友，那我臨走的時候，南開送了我一張他的畫，所以我到了北京，范曾就跟他的夫人，叫邊寶華，到我住的那個友誼賓館來看我，范曾說他是范伯子的後人，我說那你們幾代都是詩人啊，我很注重吟詩，我說你一定會吟詩，他就一定不肯吟，後來我說凡是好的詩人，會作詩的人一定會吟詩，尤其你們家，歷代都是詩人，肯定會吟詩，我說我還會吟呢，就給他吟了一首，他聽我吟也是稀奇古怪的，然後他說，好，他給我吟，可是他還不好意思在客廳裡，有大家在他不好意思，他就拿著錄音機躲到裡面一個小屋子裡去了，然後他在錄音機上錄完了再給我們放，我說你吟得非常好啊。從此以後，范先生他就都很大膽地吟詩了。他為什麼那時候不肯吟？因為他在家裡吟，邊寶華就說他，難聽死了，難聽死了。因為邊寶華是會唱歌的，這個吟跟她那個唱歌完全不一樣，所以邊寶華就老說他難聽難聽，他就在家裡也不敢吟，所以出來也不敢吟，後來我說好，非常好，他後來才吟了，是這樣子。

學生：這樣的話，顧先生也應該會吟是吧。

葉先生：顧先生我沒聽過，我還要說我沒聽過顧先生吟詩，從來沒聽過。所以我不敢說。我知之為知之，不知為不知，我這人向來說真話，我聽過當然就聽過，沒聽過當然就沒聽過。

學生：您的父親和伯父他們的吟詩是從祖上傳下來的嗎？

葉先生：那個我就不知道了，因為我只聽到過他們的吟詩，再往上面的我祖父、曾祖父，我沒聽過我不敢說，我還是知之為知之，不知為不知，我不能說謊說我們家世代都吟詩，沒那回事。

徐老師：您還有什麼想說的？

葉先生：我也沒有什麼想要說的，但我記得我在一張紙上寫了一些字，是別人談到吟誦的。對，這裡有幾句話，是我從別人那裡看來的，我隨便寫下來的。聞一多先生有一篇文章，他說，《詩經》這個體式為什麼是四言的，他沒有像我這麼說了，他原文是這麼說的，「以鼓為節的配樂詩多為齊言」，就是說你配合的音樂是什麼樂器，你看《詩經》上說，這個「參差荇菜，左右芼之。窈窕淑女，鐘鼓樂之」，所以古代唱的時候，古代的音樂，鐘鼓是重要的兩種配樂的樂器，用鐘鼓來配樂的音樂，這個文字，大都是齊言的，因為鐘鼓「嘣」，在那「嘣」的節奏，是比較整齊的「嘣」。可是你如果是絲竹管弦，那個聲調就會委婉曲折，多有變化，這是聞一多先生說的。而詩歌的吟誦，一個就是它的主要節奏，一個就是它細緻的旋律。還有就是我認識的一個朋友，澳門的沈秉和先生，他是研究廣東戲、粵曲的。他說，一般曲子主要由兩種聲音組合成的，他說一個是直音，一個是腔音。什麼叫直音呢？比如說，「ㄉㄨㄥ」，「ㄉㄨㄥ」就是「ㄉㄨㄥ」，就完了；可是什麼是腔音呢？就是你把「ㄉㄨㄥ」字拖長，那就是腔調的腔了。這是一個字，你的聲音可以拖長，比如「玉露凋傷」，字拖長了，這底下是腔，「傷」這是直音，「玉露凋傷」，對，你把「傷」字拖長了，那個就是腔；「玉露凋傷楓樹林，巫山巫峽氣蕭森」，這個「蕭」字我也拖長了，這個拖長的就是腔，所以說行腔。所以它除了音以外，還有腔。至於你說怎麼樣唱，根據王驥德的《曲律》，他說，譜，有一個樂譜，「Do、Re、Mi、Fa」，譜是一個框格，它指一些規範、死板的，一個外在的規格。至於你唱得好不好，色澤在唱，所以同樣的一個歌曲，這個人唱得好聽，那個人唱得就沒有那麼好聽，它「Do、Re、Mi、Fa」是一樣的。所以除了這框格，那麼詩你也可以說，這個平仄，這個外表的格律，這個框格。你怎麼吟，色澤實際在你自己怎麼吟。還有也是那位沈秉和先生說的，他說聲音，音韻有起伏、高低，是聲音的波瀾，是聲音有一個波瀾、有起伏。而這種聲音波瀾的起伏，也代表了你感情、思想波瀾的起伏，而且他說有一個唱粵曲的，唱廣東戲的一個人，姓阮，叫阮兆輝，他學那個李向榮，李向榮是另外一個唱廣東戲的人。

阮兆輝說：「當我學李向榮的時候，當我自己真的唱起來的時候，其實我是把原來的那個樂譜的聲腔忘記了，我當時跟隨的是一份感覺，我所跟隨的就是原來的、唱的那個李向榮，他的感情跟他有了一種共鳴，我已經把外在的那個音調的聲腔忘記了，當一個人唱的時候，除了『Do、Re、Mi、Fa』的死板聲調以外，還有一種腔嘛，這個腔變化多端，每個人都不一樣，而這種聲音的韻味，就是一種味道。」說味道，味道其實是你嘴巴吃了許多東西，是甜、是鹹，是好吃、不好吃，是你嘗了之後才會知道的。你嘗了以後，你就掌握了中間的輕重、緩急，而且，你不但知道這個聲音的輕重、緩急、高低，你在中間就知道了苦樂，知道了教養。所以聲音，也就是吟詩，在吟詩之中，要像阮兆輝唱李向榮的曲子一樣，當你真的去唱起來的時候，你忘記了那外表的格律的聲腔，你就是一種感覺，你現在跟著他的感覺走，那就如同你真是吃了這個東西，像真嘗了這個東西，你知道它的滋味，你知道什麼是苦，什麼是甜，不僅是知道口中滋味的苦和甜，你還知道人生的苦樂，你懂得了其中的一種境界，一種修養，一種教養。這樣，如果你真的學了讀詩，你也常常吟誦，你的感覺會更細緻、更沉穩，更具人性化。你就懂得，怎麼樣品味人生，怎麼樣品味人生的道德境界、感情的苦樂。是聲音，你學會了聲音，你就會對人生有更多的體會，對吟詩有更多的體會。佛經上說的，「說食不飽」啊，你說這個東西很好吃，你光說好吃，他沒吃過他怎麼知道，所以「說食」永遠吃不飽，要你自己去吃，要你自己真的把詩背熟。范曾還有一點我是很同意他的，他說，他那天，就是在友誼賓館，在吟詩，他就吟了很多詩啊，我就說請你吟一首這個詩好不好。范曾先生說，「這首詩我不熟，我不熟的不能吟」。他這句話說得很好，說得非常有道理，是你真的鑽進去了，真的對這首詩熟了，你能夠背誦，你要是，像我一樣拿著本子看，這都是下策。而且你真正要吟得好，是你不要這個本子，你要在忘我的時候，讓那個聲音自然出來，那才是好的。所以我讓范先生讀一首詩，他說「這我不會背」，我說我這有本子，我說你就看，他說不成，他說「這樣的我吟不好，我背熟的才能吟得好」。他說得非常對，很有道理。而且，他還說他的曾祖父范伯子，是清朝非常有名的詩人，曾經說過，說你作詩不是懂得了平仄，查一個詩韻，一句一句湊出來的，作詩是要「字從音出，字從韻出」，就是你詩裡的那些文字是你腦子裡面先有一種聲音，那個文字是結合著聲音跑出來的。還有上一次，我曾經說英國有一個啟蒙讀詩的一個課本，還有我曾常常引的，我的學生也知道的，我常常引，就是朱莉婭・克里斯蒂娃（Julia Kristeva），她講詩歌的語言，她說詩歌的語言是有一個「code（符碼）」的，這是一個英文字，是指一種樂曲樣的聲調，是你沒有文字以前那個聲調就在你的耳目聲吻之中旋轉的，迴旋動盪在那裡的，那個聲調已經在你的心靈之中、頭腦之中，迴旋動盪，然後你的文字是配著那個聲音跑出來的，不是生硬的，生搬硬套的，不是的。所以作詩作得好的人，真正的好，不是說你平仄對了普通的好。真正作詩作得好的，像杜甫說的，這叫「讀書破萬卷，下筆如有神」，說「筆落驚風雨，詩成泣鬼神」。你要真的作出這樣的詩來，這樣的詩人都是吟誦吟得好的。李太白是會吟誦，所以李太白《夜泊牛渚懷古》，說「余亦能高詠，斯人不可聞」，我李太白是會高聲吟誦的。杜甫也說，「酒酣懶舞誰相拽，詩罷能吟不復聽」，說是他跟老朋友鄭虔，兩個人一起吟詩，「酒酣懶舞誰相拽，詩罷能吟不復聽」，我寫的詩，現在還可以大聲吟，可是誰聽我吟？當年你聽我吟，願意聽我吟的人現在沒有了，「詩罷能吟不復聽」。李白、杜甫兩個人，我肯定知道他們兩人詩好，是因為他們兩個會吟，吟誦一定好。而且李太白寫的那種，還不是只是《將進酒》，那是太簡單，李白所寫的那種變化萬端的歌行，如果不是熟於誦讀的人，他不是從格律上來掌握平仄，是真的把聲音融化在一起去掌握平仄的，如果沒有這樣的工夫，他不能夠寫出來那麼長的詩，而那個節奏、韻律、氣勢，如此之和諧。李太白一定是吟詩吟得很好的人。

徐老師：我覺得您最後講的這些特別好，就是吟誦的境界。真正的吟誦是什麼。這樣您的吟誦理論就完整了。

葉先生：反正我只是，我這個人就是說「余雖不敏，然余誠矣」，我雖然是沒有什麼才能，但是我一定是誠懇的，知之為知之，不知為不知。我一定說我知道的話。說我真正的感知和感受，我不會瞎編、硬套，編一個東西來騙人，我絕對不會做這樣的事情。

本書圖片出處

第 71、83、95、107、115、123、183、199、215、249、267、347、413、427 頁
國立故宮博物院／《明孫克弘墨卉卷》

第 103、193、381、389 頁
國立國會圖書館／《芥子園画伝》

葉嘉瑩作品集

葉嘉瑩先生幼年學習古典詩詞，對於中國古典詩詞及中西文藝理論涉獵頗深。這位中國古典文學專家，以其生動優美的語彙和獨特細膩的興發感受，跨越時空阻隔，去體味挖掘詩人複雜而敏感的內心世界，帶領現代讀者與古代詩人做了一次次的心靈發現之旅。

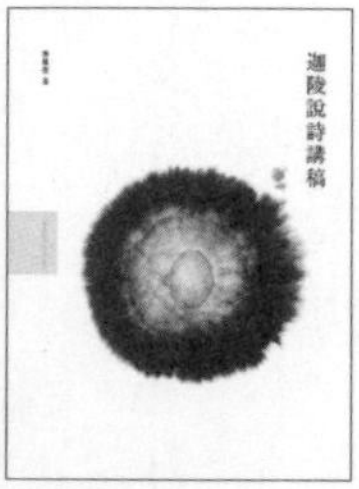

1 迦陵說詩講稿

本書是葉嘉瑩先生融會古今中外文藝理論之精華，對中國古典詩歌的全新解讀，新穎而不偏頗，深刻而不深奧。作者深入淺出的講解，對中國古典詩歌做出了清晰透徹的闡釋，並將中西方文藝理論講解得深入淺出平易近人。

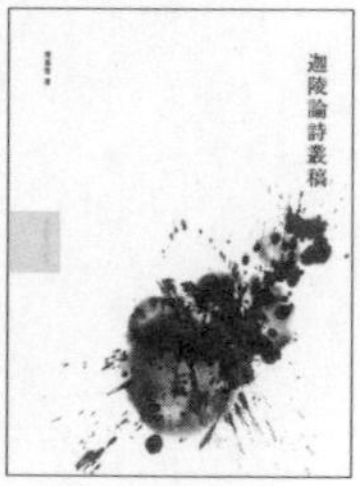

2 迦陵論詩叢稿

本書收錄葉嘉瑩先生評賞詩歌的十四篇文稿，葉先生以其知人論世之學養，以意逆志，縱觀古今、融貫中西的論詩特點，在本書中收錄了其從主觀到客觀、從感性到知性、從欣賞到理論、從為己到為人的過程中的多篇論著，讀者透過此書也能了解作者研讀態度與寫作方式的轉變過程。

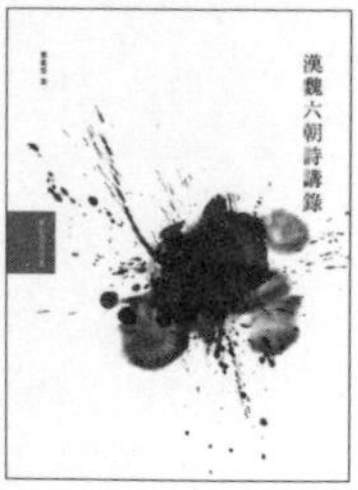

3 漢魏六朝詩講錄

本書是對漢魏六朝時期代表性詩人及其作品的鑑賞評點，葉嘉瑩先生從具體的個體詩人入手，以深入淺出的講解評析，闡述了歷史背景、社會現狀和詩人的身份地位、品性才情對其作品的深刻影響，並展示了整個漢魏六朝時期文學的整體風貌，以及這個時期的詩歌在中國文學史上的地位和承先啟後的過渡作用。

4 阮籍詠懷詩講錄

阮籍是中國文學史上繼建安文學之後正始文學時代的詩人。當時正處於魏晉之交，社會上的文士外表看來放蕩不羈、不守禮法，而內心深處卻懷有許多悲愴和痛苦。阮籍的詩寄託幽微，蘊藉深厚，在痛苦無人可訴的時候，把零亂的悲苦的內心感情用詩表現出來，這是一個亂世詩人的悲苦心聲。

5 陶淵明飲酒及擬古詩講錄

陶淵明親見東晉的滅亡，身處這樣的亂世，如何能夠持守住內心之中的一份平安，這也是詩人終其一生努力的目標。書中葉嘉瑩先生講解陶淵明的飲酒詩和擬古詩，解讀並深入詩人之內心，從詩的風格剖析陶淵明感情中的、孤獨、悲愴，讓讀者循著低迴宛轉的情思意念的流動，走入詩人的內心世界。

6 葉嘉瑩說初盛唐詩

本書是上世紀八十年代葉嘉瑩先生在台灣的《國文天地》雜誌上連載的唐詩系列講座。作者結合人物的生平和當時的歷史，對作品加以深刻剖析，講來入木三分，讓大家在領略詩歌的優雅與雋美的同時，更能體會作者獨到的用心。

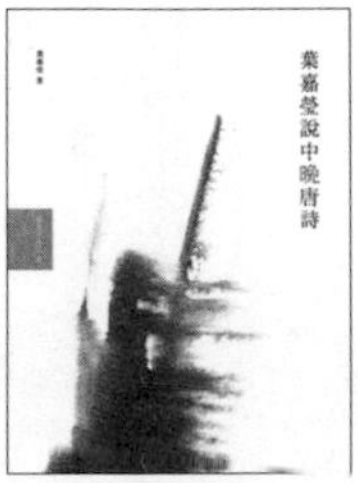

7 葉嘉瑩說中晚唐詩

本書融會了作者古今中外文藝理論之精華，對中晚唐時期的重要詩人，如韋應物、柳宗元、劉禹錫、韓愈、白居易、李賀、李商隱、杜牧等人，透過品評其詩作、細說人生，帶領讀者深切地剖析了詩人及其詩作。

8 葉嘉瑩說杜甫詩

在唐朝詩歌的歷史演進中，杜甫是一位集大成的人物，他的詩作中，有相當一部分反映的是他現實中的生活，所以被稱為「詩史」。葉嘉瑩先生結合杜甫的生平，融入自己對於詩歌感發生命的理解，深入講解杜甫具有代表性的作品，尤其對〈秋興八首〉作了詳細的解讀。

9 杜甫秋興八首集說

葉嘉瑩先生在本書中以〈秋興八首〉為例，展現了杜甫詩歌之集大成的成就，可以作為現代詩人之借鑒。並先後選輯了自宋迄清的杜詩注本 53 家，不同之版本 70 種，考訂異同，在仔細研讀和體會中將古典與現代結合，希望對新詩創作和學術研究都能有所助益。

葉嘉瑩作品集24

迦陵各體詩文吟誦全集

編　著：葉嘉瑩
責任編輯：陳柔君
封面設計：汪熙陵
文字校對：呂佳真
出　版：英屬蓋曼群島商網路與書股份有限公司臺灣分公司
發　行：大塊文化出版股份有限公司
105022 臺北市南京東路四段二十五號十一樓
www.locuspublishing.com
讀者服務專線：0800-006689
電話：(02) 8712-3898　傳真：(02) 8712-3897
郵撥帳號：1895-5675　戶名：大塊文化出版股份有限公司
法律顧問：董安丹律師、顧慕堯律師
本書繁體中文版
由廣西師範大學出版社集團有限公司　正式授權

總經銷：大和書報圖書股份有限公司
新北市新莊區五工五路二號
電話：(02) 8990-2588　傳真：(02) 2290-1658
初版一刷　二〇二二年二月
定　價：新台幣六五〇元
ISBN　978-626-7063-06-4
Printed in Taiwan

迦陵各體詩文吟誦全集 / 葉嘉瑩編著 . -- 初版 . -- 臺北市 :
英屬蓋曼群島商網路與書股份有限公司臺灣分公司，
2022.02
560 面 ; 17x23 公分 . --（葉嘉瑩作品集 ; 24）
ISBN　978-626-7063-06-4（平裝）

1. 中國詩　2. 詩文吟唱

821.4　　110020650